D1322570

L'espionne de la couronne

LAURIE GRANT

L'espionne
de la couronne

HARLEQUIN

Cet ouvrage a été publié en langue anglaise
sous le titre :
BELOVED DECEIVER

Traduction française de
ALCANTARA

Ce roman a déjà été publié dans la collection
LES HISTORIQUES (N° 54)
en février 1996.

HARLEQUIN®
est une marque déposée du Groupe Harlequin

© 1993, Laurie A. Miller. © 1996, 2002, Traduction française : Harlequin S.A.
83-85, boulevard Vincent-Auriol, 75013 Paris — Tél. : 01 42 16 63 63
Service Lectrices — Tél : 01 45 82 47 47
ISBN 2-280-12775-X

À cette époque…

Henri V, qui joue un rôle important dans l'*Espionne de la couronne*, devint roi d'Angleterre en 1413, à l'âge de 26 ans. Son règne, fort court, fut marqué par une brillante restauration de l'autorité royale, due avant tout à la personnalité énergique du souverain. Profitant des dissensions qui déchiraient la France, divisée entre Armagnacs et Bourguignons, il réclama le trône de France et relança la guerre de Cent Ans. Après avoir remporté la victoire d'Azincourt, il conquit la Normandie, et avec l'appui d'Isabeau de Bavière et du duc de Bourgogne — Jean sans Peur —, il signa en 1420 le traité de Troyes, qui lui donnait pour épouse Catherine de Valois, la fille de Charles VI, avec le titre de régent du royaume de France, et le désignait en qualité de gendre de Charles VI comme héritier au trône, au préjudice du dauphin Charles VII. Sa mort, à 34 ans, vint ruiner les espérances anglaises et marqua un tournant décisif dans la guerre de Cent Ans.

Prologue

Paris, avril 1417

— De grâce, sauvez-moi !

C'était un spectacle affligeant que de voir ce pauvre homme, sur le trône, en proie aux terribles tourments de la folie. Nul ne pouvait soulager sa détresse.

— A l'aide ! implorait-il d'une voix criarde. Oh ! Mon corps se brise en mille éclats de verre...

Le roi de France, Charles VI, n'était pas dans un bon jour. Il se recroquevilla dans sa robe de velours pourpre et, les yeux dans le vague, joignit ses mains aux ongles sales en un geste de prière.

Autour du trône, les courtisans échangeaient des regards où se mêlaient la pitié et la dérision.

Dans un pays en proie à des guerres intestines entre factions — sans compter celle, majeure, contre l'occupant anglais —, l'autorité suprême se trouvait aux mains d'une personne dont l'incapacité à gouverner était manifeste. Non qu'il fût indolent ou stupide... Charles était tout simplement malade, depuis déjà des années. Or, avec l'âge, ses crises devenaient de plus en plus fréquentes et longues.

Debout devant lui, Elise de Troarn était consternée.

« Tout cela pour rien... », pensa-t-elle.

Car à l'évidence, le roi n'avait pas compris un traître mot de la requête qu'elle venait de lui adresser. C'est pourtant avec une éloquence émouvante et des mots choisis qu'elle avait exhorté le souverain à venger la mort de son époux, tué par les Anglais à la bataille d'Azincourt. Hélas, que faire à présent devant un homme isolé par le haut mur de la démence ? Venue de Normandie, Elise ne pouvait demeurer à Paris indéfiniment, faute de moyens. Et sachant que les crises du roi duraient parfois de longs mois, elle devait à présent se résigner à considérer comme inutiles tous les efforts qu'elle avait déployés pour obtenir cette audience.

— Que me voulez-vous, madame ? murmura Charles, l'air ébahi, en posant un regard vide sur elle.

Elise se demanda s'il était utile de répondre à la question.

Conscient du fait que l'entretien menaçait de tourner en rond, un courtisan s'avança vers le trône et, d'une voix douce, parvint à persuader le roi de se retirer. Proférant des paroles insensées, porté par deux valets, le souverain disparut.

— Je crains que mon royal époux ne soit en mesure de vous apporter satisfaction, madame, fit une voix derrière un pilier.

Isabeau de Bavière s'avança alors en pleine lumière devant Elise. Celle-ci la reconnut et s'inclina en une profonde révérence. La reine de France était une matrone à double menton, boudinée dans une robe à riches brocarts. Un hennin, posé de guingois sur ses cheveux rares, achevait de rendre grotesque son imposante silhouette. Elle persistait cependant à faire montre d'une certaine coquetterie, donnant l'exemple à la cour de la mode vestimentaire la plus récente, sans parvenir pour autant à faire taire les moqueries chuchotées à l'égard de son physique ingrat.

— Relevez-vous, dit-elle d'un ton aimable. J'étais certaine, dès mon réveil, que le roi aurait une crise aujourd'hui.

Elle en parlait avec légèreté, comme elle eût devisé sur le temps qu'il faisait. Elise, décontenancée, ne savait que répondre.

— Je vous ai écoutée, reprit la reine. Vous êtes donc l'une des nombreuses veuves d'Azincourt et vous désirez que votre époux soit vengé, n'est-ce pas ?

Contrairement à son époux, Isabeau faisait preuve d'un esprit vif et autoritaire en toute circonstance.

— C'est mon vœu le plus cher, Votre Majesté, acquiesça Elise, recouvrant soudain espoir.

Après tout, la reine disposait du pouvoir nécessaire pour exaucer ses vœux de vengeance.

— Votre noble époux ne vous a donc pas laissé d'enfant pour distraire votre veuvage ?

— Non, Votre Majesté, parvint à murmurer Elise, la gorge serrée.

Elle baissa humblement les yeux, tâchant de dissimuler des larmes irrépressibles. En une seule phrase, la voix moqueuse de la reine avait ravivé ses blessures les plus profondes.

Elise revit le corps cruellement mutilé de son

époux, le comte de Troarn, avant qu'il ne soit enterré à Azincourt. Puis elle se souvint de son retour au château de Troarn, où elle n'avait guère trouvé de réconfort auprès de sa famille par alliance. Bien au contraire. Le frère du comte, qui avait hérité du domaine et du titre, lui avait fait savoir sans ménagement qu'elle était à présent une bouche inutile et indésirable. Sa présence serait tolérée à condition qu'elle assumât la tâche ingrate d'élever la nombreuse progéniture du nouveau maître. Elise, qui ne possédait pas de terres, n'avait d'autre choix que d'accepter ce rôle de parent pauvre ou de prendre le voile...

Agée de dix-huit ans, Elise s'était représenté l'une ou l'autre de ces perspectives comme une agonie interminable. Sa tristesse s'était bientôt muée en une haine féroce à l'égard de ces maudits Anglais qui lui avaient volé son mari et qui l'acculaient à un destin désespérant. Portée par sa fureur, elle s'était rendue à Paris pour obtenir du roi une audience et pouvoir clamer devant lui sa soif de vengeance.

— N'avez-vous pas de famille ? lui demanda la reine.

— Mes parents sont morts, Votre Majesté. Il ne me reste qu'un frère, Jehan Jourdain, arbalétrier au service du duc de Bourgogne. Hélas, il n'y a pas de place pour moi dans une garnison...

« Pas plus que dans le cœur de mon frère », pensa-t-elle. De naissance roturière, tout comme Elise, il ne lui avait guère pardonné de s'être mariée à un noble tandis qu'il restait simple soldat. La rancune de Jehan ne laissait aucun espoir à Elise.

— Quel âge avez-vous, madame ? l'interrogea encore Isabeau.

— Presque dix-neuf ans, Votre Majesté.

— Avez-vous une idée de la façon dont vous pourriez aider le roi à assouvir votre vengeance ?

— Mon époux louait souvent mon adresse à l'arc, répondit Elise à tout hasard. Si Sa Majesté voulait bien m'enrôler parmi ses archers...

Tant de naïveté provoqua l'hilarité générale. La reine elle-même ne put retenir un léger gloussement.

— Quelle ferveur guerrière, madame ! dit-elle en se ressaisissant. Si les parasites de la cour pouvaient seulement en prendre de la graine, l'ennemi serait bientôt anéanti...

— Sa Majesté me permet-elle une suggestion ? intervint alors une voix forte dans l'assistance.

Elise se tourna dans sa direction et vit un homme de haute taille se frayer un chemin parmi les courtisans, richement habillés de houppelandes chatoyantes. Lui était vêtu de noir, de la toque aux poulaines.

— Madame de Troarn, dit Isabeau, je vous présente messire Jean, seigneur de Bourgogne — que d'aucuns nomment Jean sans Peur...

Elise fit de nouveau la révérence, sous l'œil glacial de Jean sans Peur. Le puissant duc de Bourgogne avait réussi à évincer la faction des Armagnacs en s'alliant momentanément aux Anglais, mais les succès grandissants de leur roi Henri V l'inquiétaient à présent plus que tout autre chose. Il cherchait donc à se rapprocher du roi Charles, servi dans ses manœuvres par la relation privilégiée qu'il entretenait avec Isabeau.

Le duc était un personnage ambigu et puissant, Elise le savait. De même qu'elle connaissait, de

réputation, son manque de scrupule. Dix ans auparavant, il avait fait assassiner le duc d'Orléans à Paris,
acte qui était à l'origine du sanglant conflit qui
opposait encore les partis ennemis des Bourguignons et des Armagnacs.

L'entrée de Jean sans Peur et de ses mercenaires
dans la capitale, en 1411, était encore dans toutes les
mémoires. Quiconque refusait de porter la croix de
Saint-André, insigne des Bourguignons, était immédiatement pris en chasse et massacré. De terribles
années avaient suivi, où les factions s'emparaient
tour à tour de Paris, égorgeant sans merci tous leurs
opposants.

Le duc de Bourgogne était prêt à tout pour
prendre le pouvoir. On murmurait même que l'obé-
sité de la reine ne le rebutait guère...

Elise ne douta d'ailleurs plus qu'ils fussent
amants lorsqu'elle remarqua le regard enamouré
d'Isabeau, qui couvait le duc d'un œil de proprié-
taire.

— Correctement utilisée, je pense que cette jeune
veuve pourrait devenir une arme puissante contre les
Anglais, affirma Jean sans Peur. Voyons... Une belle
allure, de mystérieux yeux verts, une magnifique
chevelure rousse, la bouche est sensuelle...

Tandis qu'il tournait autour d'elle, Elise s'indigna. Pour qui la prenait-il ? Elle se sentait comme
une génisse sous le regard du maquignon !

Elle frémissait de rage contenue.

— Oh ! elle rougit ! ironisa-t-il. C'est encore plus
charmant !

Elise aurait juré qu'il jubilait d'humilier sa jeunesse devant la reine, ne fût-ce que pour flatter cette
dernière.

— Majesté, déclara-t-il, je suis certain que Mme de Troarn pourrait se rendre fort utile — avec un peu d'entraînement, bien sûr — comme espionne au service de la France.

Tel était donc le rôle que Jean sans Peur comptait lui proposer! Ce n'était pas vraiment ce qu'Elise attendait, qui se sentait plus d'affinités avec un style d'héroïsme moins obscur. Enfin, s'agissant de nuire à l'ennemi, tout était bon à prendre...

— Devrai-je me rendre en Angleterre? demanda-t-elle.

— Parlez-vous l'anglais?

— Non, avoua Elise, fort embarrassée.

— En ce cas, reprit Jean, ce ne serait pas sage de vous y envoyer. Mais laissons plutôt l'ennemi venir à vous — je pressens que la canaille anglaise va débarquer sur nos côtes incessamment. Or, Henri l'Usurpateur, lors de sa dernière campagne, a marié de nombreux barons de sa suite à de nobles dames de Harfleur afin de s'approprier cette région en toute légalité. Il usera sans aucun doute du même stratagème à Caen, qu'il compte envahir bientôt, selon les rapports de mes agents. Je propose donc, poursuivit le duc en s'adressant à la reine, de placer notre jeune patriote en embuscade dans cette ville. Sa mission, une fois l'ennemi dans la place, sera d'attirer sur elle l'attention d'un proche du roi — le plus proche possible — et de s'en faire épouser.

— Dans quel but, messire? demanda Elise.

— Pour en obtenir des renseignements de toutes sortes sur les intentions des Anglais, tout simplement. N'avez-vous pas dit que vous étiez prête à tout pour venger votre époux? s'enquit Jean sans Peur d'un air matois.

Le cœur battant à se rompre, Elise tâchait d'éviter le regard du duc de Bourgogne. Malgré la confusion de ses pensées, sa raison ne pouvait s'empêcher de trouver sensée cette surprenante proposition. Qui pourrait jamais soupçonner une jeune veuve sans défense d'être une espionne ?

— Certes, et je l'affirme encore, répondit-elle d'une voix affermie. Dois-je pour autant épouser un chevalier anglais ? J'aimerais mieux me faire courtisane...

Il lui semblait, en effet, qu'un mariage équivaudrait davantage à une trahison envers la mémoire de son défunt époux qu'à une véritable vengeance. De plus, ce serait bafouer un sacrement devant Dieu ! Elle envisageait donc plus facilement de jouer de ses charmes, sans se compromettre de façon aussi officielle.

Jean sans Peur, surpris par autant de sang-froid, lui jeta un regard admiratif.

— Ce n'est guère possible, car Henri est devenu un roi fort prude, et il vous tiendrait éloignée de ses hommes si vous gardiez le célibat. Ne va-t-il pas jusqu'à interdire à ses hommes de troupe la fréquentation des ribaudes ? De plus, on confie des secrets plus volontiers à une épouse qu'à une putain...

Malgré le ton de malveillance qui émanait de ces arguments, ils parurent pertinents à Elise.

— La langue ne pose-t-elle pas problème, en ce cas ? remarqua-t-elle.

— Je suis certain que vous l'apprendrez bien vite en partageant la couche d'un Anglais... Quant aux liens du mariage, j'ai plus d'un évêque à ma botte qui se fera un plaisir de les faire annuler devant

16

Dieu, une fois votre mission accomplie. En admettant que votre futur époux ne soit pas déjà mort sur le champ de bataille, cela va sans dire !

— Vous en sentez-vous réellement capable, madame de Troarn ? intervint la reine.

Elise garda le silence. Elle entrevit que le monde de tromperie et de traîtrise dans lequel elle allait s'aventurer lui ferait perdre à jamais son honorable condition de veuve d'un chevalier français.

— Si vous réussissez à épouser un gentilhomme anglais, votre frère sera fait capitaine, s'empressa d'ajouter Jean sans Peur, qui avait dû sentir son hésitation. Par ailleurs, je m'engage à vous trouver un mari de haut rang lorsque vous nous reviendrez.

Quand reviendrait-elle ? Cela semblait un rêve lointain pour Elise. En revanche, il ne faisait aucun doute que son frère Jehan serait heureux de devenir capitaine. Pourrait-elle un jour lui apprendre qu'elle était à l'origine de son avancement, et qu'ils avaient tous deux servi la France de leur mieux, chacun à sa façon ? Peut-être regagnerait-elle ainsi l'estime du seul parent qu'il lui restait.

— J'accepte, Votre Majesté, déclara-t-elle soudain, comme on se jette dans le vide.

— A la bonne heure ! s'exclama le duc de Bourgogne. Mais pensons dès à présent aux détails pratiques de votre mission. Vos messages devront être signés d'un nom de code...

Il passa sa main gantée sur les mèches fauves d'Elise et proposa :

— Que diriez-vous de... le Renard ?

1.

Caen, fin août 1417

Juchée en équilibre sur le dossier d'une chaise, Elise tentait de porter ses yeux à la hauteur de la fenêtre close.

— Mais que se passe-t-il, mon Dieu? s'écria-t-elle.

Dehors, des cris de terreur s'élevaient, couvrant le crépitement des maisons incendiées.

— Que voyez-vous, madame? demanda Gilles en roulant des yeux épouvantés. De grâce, répondez-moi!

Le valet d'Elise pesait de tout son faible poids sur la chaise qui supportait sa maîtresse. Il se serait volontiers hissé lui-même jusqu'à la fenêtre si sa condition de nain ne l'en avait empêché. Hélas, la vaillance de Gilles était limitée par sa taille, de quatre pieds au plus.

Sa maîtresse décela enfin un interstice, par lequel elle pouvait voir la rue.

— Les Anglais rassemblent sur la place tous ceux qu'ils trouvent, rapporta-t-elle. Il y a des soldats, des femmes et des enfants. Mais... Oh, non ! Dieu du ciel, Gilles, c'est impossible !

— Qu'y a-t-il, madame ? demanda le nain, tremblant de terreur.

— Les scélérats, ils les massacrent ! Ils les égorgent tous ! Chiens d'Anglais ! Gilles, nous ne pouvons pas les laisser faire...

Au-dehors, sur la place qui jouxtait la demeure d'Elise, une centaine d'archers et de piquiers anglais avaient entrepris un carnage révoltant sur tous les habitants qui n'avaient pu fuir la ruée des assaillants. Les malheureux se tenaient là, serrés les uns contre les autres en un troupeau apeuré, pleurant et gémissant en vain. Par petits groupes, et sans égard pour leur sexe ou leur âge, ils étaient tirés hors de la foule et aussitôt égorgés devant les autres. Ceux qui tentaient, en une ultime audace, d'échapper à leurs bourreaux étaient criblés de flèches par les hommes de trait.

La rage et l'horreur troublaient la vue d'Elise. Ses jambes la supportaient à peine.

— Descendez, madame, par pitié ! la supplia le valet en tirant sur sa robe.

Sentant qu'elle allait perdre l'équilibre, Elise se résigna à quitter sa position instable et s'assit, agitée de profonds sanglots. Tel était donc l'ennemi qu'elle devait affronter ! Un peuple de loups sanguinaires, des bêtes enragées ne pensant qu'à tuer. On lui avait rapporté que la bataille d'Azincourt s'était terminée par une épouvantable boucherie ; à présent, elle imaginait mieux la façon dont les Anglais s'y étaient pris et de quelle froide cruauté ils savaient faire preuve.

— Nous devons aider ces malheureux, répéta-t-elle, les yeux noyés de larmes.

— Madame, je vous en prie, rien de ce que nous pourrions tenter n'arrêterait ce carnage, assura Gilles avec une grimace. Le mieux que nous ayons à faire est de nous tenir cachés ici et de prier pour que l'ennemi ne nous trouve pas avant de s'être rassasié de sang.

Elise, bouleversée, appuya la tête contre la cloison du réduit dans lequel ils s'étaient réfugiés. Comme elle se sentait loin du château de Troarn et de sa sécurité ! Quelle folie, aussi, que d'avoir accepté cette mission ! Elle était à présent certaine que sa carrière d'espionne s'arrêterait là, à Caen, où elle allait mourir sur l'heure, comme les bourgeois qu'elle entendait encore hurler au-dehors. Comment croire que les Anglais se contenteraient de l'hécatombe qui se perpétrait sur la place. Ils viendraient sûrement les débusquer dès qu'ils auraient tranché la dernière gorge.

Ses rêves de vengeance, alors, auraient été aussi vains que la charge héroïque des chevaliers français à Azincourt...

— Je ne pense pas que le duc de Bourgogne ait prévu ce qui va nous arriver, réussit-elle à dire dans un rire qui l'effraya elle-même, tant il exprimait la démence.

— Ne perdez pas espoir. Dans toutes ses campagnes, le roi d'Angleterre a expressément défendu à ses troupes de massacrer les civils.

— Mon brave Gilles, comme je m'en veux de t'avoir fait venir de Troarn. Que je sois damnée si tu meurs par ma faute !

— Madame, déclara le nain en s'approchant d'Elise et en lui posant la main sur l'épaule, pensez à messire Aimeri, et montrons-nous courageux face à l'adversité.

— S'il vivait encore, mon pauvre mari se demanderait plutôt ce que je suis venue faire dans ce guêpier, au lieu d'être hors de danger dans un couvent, ou au château à m'occuper de mes jeunes neveux. Il me reprocherait sans nul doute de me mêler des affaires des hommes !

Gilles hocha la tête, visiblement ému. Elise avait connu le valet à Troarn et l'avait apprécié pour l'affection sincère qu'il lui avait toujours manifestée, même quand elle était tombée en disgrâce auprès de sa belle-famille. Aussi l'avait-elle fait venir à Caen, dès son retour de Paris, et l'avait-elle mis dans la confidence concernant sa mission. Le nain s'était montré enthousiaste à l'idée de participer à la vengeance d'Aimeri, auquel il était aussi fort attaché.

— Messire Aimeri a eu bien de la chance de vous avoir pour épouse, même pour un temps si bref.

Un bruit de pas les fit soudain sursauter. Ils entendirent la porte de la maison s'ouvrir à la volée, et ce fut la ruée dans l'escalier, le vacarme du pillage et les jurons proférés dans la langue gutturale de l'envahisseur. Paralysés par l'effroi, Elise et son valet ne disaient mot, s'attendant à périr d'un instant à l'autre.

Voilà donc ce que ressentait le gibier quand on sonnait l'hallali, pensa la jeune femme. A l'étage, on renversait les meubles, on fouillait certainement le moindre recoin à la recherche d'objets à voler.

Avec la plus grande ferveur et les yeux fermés, Elise demanda à Dieu de lui pardonner ses fautes avant de comparaître devant le tribunal céleste. Et c'est alors que l'imprévisible arriva : les pas des pillards s'éloignèrent précipitamment, et tout autre bruit cessa.

Un silence surnaturel régnait à présent — dans les maisons incendiées et mises à sac, dans la rue et sur la place détrempée de sang.

Un vrai silence de mort.

Henri V avait dirigé ses attaques sur l'île Saint-Jean et la citadelle de la vieille ville, dernier réduit où se défendait encore une poignée de Caennais. Leur prise ne serait qu'une simple formalité, car la Ville neuve était déjà tombée depuis plusieurs heures après avoir résisté pendant trois semaines derrière ses solides remparts. L'assaut final n'en avait été que plus féroce et les troupes anglaises, exaspérées par un siège plus long que prévu, avaient massacré indistinctement tout ce qui se trouvait sur leur passage.

Incapable de les contenir, leur roi s'était résigné à cette boucherie.

— Que l'on cesse à présent de tuer des innocents, décréta-t-il devant le cadavre d'une femme qui tenait encore dans ses bras le corps sans tête d'un nourrisson. Pillez et violez si vous ne pouvez vous en empêcher, mais ne tuez plus de femmes, d'enfants ou de prêtres. Qu'on m'obéisse !

Révulsé par le spectacle du carnage, sir Adam Saker s'éloigna au hasard des rues dévastées. Il avait été parmi les premiers à s'engouffrer dans la citadelle lors de l'assaut décisif, et sa propre épée était maculée du sang ennemi. Néanmoins, il ne pouvait supporter la mort de gens qui avaient cru sauver leur vie en acceptant de se rendre.

Malgré les années passées à son service, Adam n'arrivait pas à comprendre le roi. Pourquoi n'avait-il pas puni sur-le-champ les auteurs du massacre, alors qu'il avait émi un royal décret spécifiant que les femmes, les enfants et les prêtres devaient toujours être épargnés ? Pourquoi ce laxisme, aujourd'hui ? De même, était-il bien nécessaire d'encourager, comme il l'avait fait, le viol et le pillage pour prévenir d'autres meurtres ?

« Diantre, où est passé Harry ? » pensa-t-il tout à coup.

Dans la confusion de la bataille, Adam avait en effet perdu de vue son écuyer, Harry Ingles. Inquiet de son sort, il retira son casque et se mit à scruter les rues alentour. La dernière fois qu'il avait aperçu son bouillant protégé, celui-ci se démenait comme un beau diable à la tête d'une escouade en brandissant l'épée au cri de « Saint George ! » S'il continuait de se montrer aussi téméraire en toute occasion, Adam craignait qu'il ne vive pas assez longtemps pour être ordonné chevalier.

Il en était à pester contre Harry lorsque, sorti de nulle part, un homme surgit dans son dos et lui assena un violent coup de gourdin sur la tête. Adam chancela. Heureusement, il eut encore la ressource de tirer son épée devant l'agresseur, qui s'enfuit à toutes jambes.

Titubant, le chevalier anglais allait s'appuyer

contre un mur quand il aperçut, comme dans un brouillard, la tignasse rouge de son écuyer.

— Sir Adam, êtes-vous blessé ? s'écria Harry en accourant à son secours.

— Non, ce n'est rien. Où donc étais-tu, chenapan ?

— Vite, sir Adam, venez voir ce que j'ai trouvé ! lança l'écuyer sans lui répondre.

Il s'engouffra dans une bâtisse voisine et en ressortit, tenant à bout de bras une étrange petite créature qui vociférait et lançait des coups de poing en toutes directions.

— Maudits bâtards d'Anglais ! hurlait le nain. Lâchez-moi ! Ne faites pas de mal à ma maîtresse ou il vous en cuira !

Suivit une bordée d'injures qu'Adam ne comprit qu'à moitié malgré sa bonne connaissance de la langue française.

— Calmez-vous, petit homme, il ne vous sera fait aucun mal, affirma-t-il. Je vous le promets.

— Que valent les promesses d'un Anglais, quand nous vous avons vu égorger des innocents ? dit une jeune femme, surgissant de la maison.

— Madame, vous avez la parole d'un chevalier, bredouilla Adam, interloqué par l'apparition.

Elle était belle, sans conteste, mais d'une beauté opposée à celle que chantaient les trouvères — les pâles princesses, menues, aux cheveux blonds et aux yeux d'azur. Il avait devant lui une rousse de haute taille dont les yeux de jade évoquaient ceux d'un chat. Sa bouche, loin du bouton de rose évoqué par les poèmes courtois, était large et d'une sensualité sans détour, quoique son dessin fût d'une pureté saisissante. Tout en elle respirait l'énergie vitale d'un jeune animal : sa façon de parler, les gestes vigoureux qui accompagnaient ses imprécations et la lueur fière qui illuminait son regard.

« Comme elle est différente d'Anne ! » pensa Adam. Troublé par cette évocation involontaire, il ne put réprimer une sourde douleur qu'il connaissait bien : celle que cause la perte d'un être cher.

— Harry, pose cet homme à terre, je te prie, ordonna-il à son écuyer, qui s'exécuta aussitôt.

Elise, défiante, dévisageait ce chien d'Anglais, planté là avec son air supérieur et... une bien belle figure de prédateur. Des pommettes anguleuses, un nez aquilin et des yeux de jais, impénétrables, concouraient à l'harmonie guerrière qui se dégageait de sa haute stature. Elle avait du mal à se représenter cet homme en train de piller, de tuer et de violer... Or, c'était un Anglais, et elle avait pu se rendre compte de quoi ils étaient capables, sous leurs dehors pleins de dignité.

Au fond d'elle, la noble allure de l'homme lui inspirait confiance, mais elle ne pouvait faire taire sa hargne tant son cœur en était empli. La colère et la peur mêlées la poussaient à blesser, ne fût-ce que par des mots, le premier ennemi qui se présentait à elle. Elle avait envie de frapper, de griffer, de mordre et de s'aveugler de sa propre fureur pour oublier les images sanglantes dont elle avait été le témoin.

— Un chevalier qui tue des innocents ne mérite plus de porter ce titre, affirma Elise.

— Madame, je vous le répète, vous n'avez à craindre aucun mal. Ni vous ni ce...

— C'est Gilles le Petit, mon valet. Et il vaut mieux que tous les gentilshommes anglais.

« Calme-toi, Elise, se disait-elle. N'oublie pas ta mission : tu es censée les séduire, pas les provoquer ! » Dieu qu'il était ardu de faire montre de sagesse et de mesure dans de telles circonstances ! Il fallait cependant qu'elle manœuvre avec intelligence pour ne pas risquer de gâcher une situation qui pouvait tourner à son avantage.

— Et vous, quel est votre nom ? lui demanda sir Adam d'une voix lasse.

D'où lui venait, soudain, ce ton blasé, indifférent, après la solennité de son attitude ?

— Elise de Troarn, et je réclame votre protection, répondit-elle.

Le mieux était sans doute de solliciter sans détour l'orgueil chevaleresque que tout homme porte en lui.

— Vous n'avez nul besoin de la réclamer, je vous l'ai spontanément offerte. Je suis Adam Saker et je tiens à vous dire, même si vous devez ne pas me croire, que je n'ai pas pris part à ce massacre. A présent, madame de Troarn, je vous prie de nous suivre...

Elise remarqua que la voix du chevalier s'était étrangement amenuisée alors qu'il prononçait ces derniers mots. Elle le vit plier les genoux avant qu'il ne tombe sans connaissance à ses pieds.

2.

Quand Adam revint à lui, sa première sensation fut celle, agréable, que lui procurait de l'eau fraîche appliquée sur son front. Immédiatement après, il grimaça sous l'emprise d'une douleur lancinante, irradiant depuis l'occiput. Que s'était-il passé ? Où donc était-il ?

— Tout doux, monsieur l'Anglais, laissez-moi nettoyer votre blessure, lui ordonna une voix de femme.

Malgré sa vue encore trouble, Adam parvint à comprendre qu'il se trouvait allongé sur un lit à colonnes, dans une chambre inconnue. Il était nu-tête, mais portait toujours son armure et ses gantelets. Devant lui, une femme aux cheveux roux, fort belle, tordait un linge souillé de sang au-dessus d'un bassinet. Une femme dont le nom ne lui revenait pas pour le moment, mais qu'il était sûr d'avoir vue quelque part...

Il se sentit rougir de honte en se rappelant soudain qu'il avait perdu connaissance devant elle — Elise, car c'est ainsi qu'elle se prénommait. Lui, le farouche guerrier du glorieux roi Henri, il s'était évanoui comme une demoiselle ! Pis encore, il était sans force, à la merci de cette Française ! La mémoire lui revint alors entièrement. Il se revit, dans cette rue déserte en apparence, où il avait reçu un bien mauvais coup qui lui avait ébranlé la cervelle.

Il s'avisa alors qu'Elise tentait d'enfiler un crin sur une aiguille d'os.

— Non, je ne crois pas que ce soit nécessaire, bredouilla-t-il d'une voix blanche.

Pour avoir dû la subir à maintes reprises à la fin de batailles, il connaissait la douleur engendrée par cette opération. Or, il se sentait encore trop faible pour l'endurer sans risque de geindre ou de s'évanouir de nouveau devant cette femme.

— Mais... et votre blessure ? protesta-t-elle. Je dois la recoudre.

— Elle guérira bien sans cela ! Où suis-je ? Où est Harry, mon écuyer ?

Pour Adam, il ne faisait aucun doute que la jeune femme était contrariée de ne pas avoir pu le tuer pendant qu'il était inconscient. Sûrement, cette aiguille était enduite d'un poison mortel !

— Vous avez perdu beaucoup de sang avant de vous évanouir, expliqua-t-elle. Gilles et votre écuyer vous ont ensuite porté sur mon lit. Et je vous ai veillé jusqu'à votre réveil. Vous êtes en ce moment chez moi, sir Adam.

En dépit des circonstances, il fut charmé d'entendre son prénom prononcé d'une voix douce, avec un accent français irrésistible.

— Votre écuyer est en bas, reprit-elle. Il monte la garde devant la porte pour empêcher vos vaillants compatriotes de brûler la maison...

30

Adam ne releva pas cette pique, car il songeait à son suzerain, le duc de Clarence, qui ne manquerait pas de rire quand on lui rapporterait sa mésaventure. Les allusions grivoises et les railleries fuseraient, qui mettraient en doute la véracité de son malaise. Il les entendait déjà : « Quelle chance vous avez eue, de trouver une jolie rousse pour vous ranimer ! » Des finesses du même acabit succéderaient les unes aux autres...

Sa douleur en redoublait.

— Alors, nous sommes chez vous ? s'enquit-il en redressant le buste. Où est votre mari ? Faisait-il partie... de la garnison de la Ville neuve ?

— Non, messire, il est mort à Azincourt, répondit la jeune femme d'une voix singulière.

Elle se dirigea vers la fenêtre et projeta dans la rue le contenu du bassin. Un juron sonore de l'écuyer confirma aussitôt qu'elle avait atteint sa cible. En revenant près du lit, le visage de la Française arborait une innocence feinte qui faillit faire rire Adam en dépit de sa douleur. Quel caractère !

— Je compatis à votre perte, madame, dit-il avec le plus grand sérieux.

Azincourt avait été un désastre pour les Français. Adam se souvenait de la façon exemplaire dont Henri avait su tirer parti du terrain et de la vaillance de ses troupes, bien moins nombreuses que celles de l'ennemi. Bien sûr, le triomphe des Anglais avait été dénoncé par la noblesse de France, pour qui les règles de la chevalerie n'avaient pas été respectées ; or la bataille aurait fatalement tourné à leur avantage s'ils s'étaient défendus de façon orthodoxe. Non sans honte, Adam se souvenait aussi des nombreux prisonniers que Henri avait fait égorger pour ne pas devoir s'en encombrer... C'était peut-être ainsi que l'époux de cette jeune femme était mort. A moins qu'il n'eût été abattu par les archers à la première charge.

Mieux valait de toute façon changer de sujet:

— Ne vous a-t-il pas laissé de domaine à régenter? reprit-il.

La bouche charnue d'Elise se plissa en une moue de sincère déconvenue. Son visage triangulaire était réellement adorable. Bien des hommes avaient dû succomber au charme de ce minois expressif, encadré de boucles cuivrées.

— Comme je n'ai pas eu d'enfant de lui, les terres et le château sont revenus à son frère, expliqua-t-elle. Ils... enfin, j'ai décidé qu'il valait mieux que je m'installe ailleurs.

Adam se prit à penser que le beau-frère avait peut-être la main trop leste au goût d'Elise. Ce qui se concevait aisément, vis-à-vis d'une jeune veuve aussi appétissante. De plus, une veuve n'est pas une pucelle, que diable!

— Et vous vivez seule, ici? demanda-t-il pour noyer dans la conversation les images coupables qui l'assaillaient.

Le regard d'Elise se fit soudain méfiant.

— Oui, avec mon valet Gilles. Pourquoi?

— Juste le nain? insista Adam, intrigué. Pas de servantes pour tenir la maison?

— Si, ma servante Agathe, qui s'est enfuie hors de la ville avant le début du siège. Elle craignait les Anglais... et elle avait bien raison.

Elise jeta un coup d'œil éloquent vers la fenêtre et ajouta :

— Oui, je n'ai plus que Gilles pour me protéger...

Adam s'évertuait à la rassurer quand le nain entra dans la chambre et lui tendit un gobelet rempli de vin. Redoutant une félonie, il hésita à s'en saisir.

— Je vois que messire l'Anglais n'a guère confiance ! ironisa Elise. Le gobelet, Gilles ! ordonna-t-elle.

Elle le porta à sa bouche, but une gorgée et tendit le vin à Adam, qui lut le défi dans les yeux de la Française.

— C'est un geste si charmant, de la part d'une femme, qu'il serait inconvenant de refuser, déclara-t-il avec un sourire entendu. A votre santé, madame !

Le gobelet en main, Adam le tourna de façon à toucher des lèvres l'endroit précis où Elise avait posé les siennes. Troublée, la jeune femme rougit violemment, à la grande joie d'Adam. Cette péronnelle croyait-elle pouvoir se gausser de lui aussi facilement ?

— Je dois vous remercier, reprit-il, pour toutes ces attentions. Sans compter que vous auriez pu sans peine profiter de mon inconscience pour me trancher la gorge...

— Dieu me garde de jamais occire une personne sans défense, répliqua-t-elle avec une pointe de moquerie dans la voix. Encore moins s'il s'agit d'un vaillant chevalier, d'un brave qui ne doit éprouver aucune sorte de honte à s'être évanoui.

Adam fut irrité au plus haut point en constatant qu'elle avait deviné son embarras. Une fine mouche...

— Vous êtes très aimable de me rassurer, déclara-t-il d'un ton rageur.

Voyant qu'Elise s'amusait au spectacle de sa colère, il se leva, excédé, pour mettre fin à ce duel verbal.

— Bien, je dois à présent prendre congé, conclut-il.

— Pardonnez-moi, messire, dit-elle d'un ton doucereux, je ne voulais pas offenser votre orgueil viril. Mais changeons donc de sujet, et souffrez que je m'inquiète du sort que vous nous avez réservé.

— Vous êtes libre d'aller où bon vous semblera, affirma Adam d'un ton solennel.

— Messire, je vous en prie, intervint le nain. Le pillage continue... Qu'adviendra-t-il de ma maîtresse si vous ne nous conduisez pas en lieu sûr ? De grâce, ne nous aviez-vous pas demandé de vous suivre avant de perdre connaissance ?

Hésitant, Adam se tourna vers Elise de Troarn, qui l'implorait du regard, et, suspendue à ses lèvres, guettait la réponse. Etait-ce la même femme qui, quelques secondes auparavant, prenait un malin plaisir à titiller son amour-propre ? « Méfiance, pensa-t-il, elle n'a pas l'air d'être l'ingénue brebis qu'elle singe en ce moment. Et souviens-toi que c'est une Française, Adam, une ennemie ! »

— J'ai toujours l'intention de vous escorter en lieu sûr, répliqua-t-il. Vous connaissez certainement un couvent ou une église qui pourrait vous accueillir.

— L'abbaye aux Dames est occupée par le duc de Clarence, remarqua-t-elle.

En effet, l'abbaye, fondée par la reine Mathilde, épouse de Guillaume le Conquérant, et située hors des murs de la ville, servait de quartier général au duc, chef de guerre de Henri V.

— Certes, acquiesça Adam, mais les religieuses y sont toujours. Et bien que messire le duc se soit octroyé les meilleures chambres, je pense que les nonnes pourront vous faire une petite place.

— Entendu. Voulez-vous, dans ce cas, nous conduire tous deux à l'abbaye ? Car pour rien au monde je ne me séparerais de Gilles. Voyez-vous : il est petit, mais il est adroit à une foule de choses, et très dévoué...

— Oui, je sais, le seul défenseur de votre vertu, marmonna Adam, songeur.

Il hésitait. Pourquoi diable fallait-il qu'il prenne les problèmes de cette femme à son compte ? Il était vrai qu'elle l'avait aidé sans chercher le moins du monde à lui nuire... Aurait-elle pu le tuer alors que Harry était à deux pas ? Oui, elle aurait pu... En temps de guerre tout est possible !

Après tout, le duc de Clarence se trouvait certainement à l'abbaye, et Adam devait lui faire son rapport. A ce compte, il pouvait bien se montrer chevaleresque avec Elise !

— En route, dame Elise ! lança-t-il soudain.

— Oh ! soyez béni, chevalier ! s'exclama-t-elle. Que Dieu vous rende ce bienfait !

Pensant qu'elle allait se jeter à ses pieds, Adam se fit brusque pour couper court à toute effusion.

— Dites à mon écuyer de me rejoindre, ordonna-t-il à Gilles, puis aidez votre maîtresse à rassembler ses affaires.

Elise sentait constamment sur elle le regard du chevalier tandis qu'elle allait et venait dans la pièce, emplissant une malle d'habits et de menus objets, rescapés du pillage. Une cachette dissimulée dans la maçonnerie avait préservé une petite châsse où elle serrait quelques pièces d'or et d'argent, ainsi que la broche offerte par son défunt mari.

— Pensez-vous, messire, s'enquit-elle d'un air engageant, que votre écuyer pourra porter cette malle ?

— Nul doute qu'il s'y emploiera de son mieux, madame, pour peu que vous le lui demandiez en battant des cils comme vous le faites en ce moment... Ecuyers ou chevaliers, nous ne sommes que des hommes !

L'ironie de ces propos blessa Elise. L'Anglais lui reprochait-il de se comporter comme une vulgaire séductrice ? Quel toupet ! Ne s'était-il pas permis, lui-même, un bien galant badinage, tout à l'heure, avant de boire au gobelet ? Quel genre d'homme était-il pour passer si vite de la licence à la pruderie ? Que cachait-il derrière ses yeux noirs, farouches et suspicieux ?

Inquiète, Elise en vint à se demander si elle n'en faisait pas trop, si elle arrivait à paraître convaincante dans son rôle de jeune veuve terrifiée et sans défense. Avait-elle réussi à faire naître quelque sentiment dans le cœur du chevalier ? En réalité, Elise n'aurait su dire si elle lui plaisait ou s'il la détestait !

Au fond, après avoir vu tous ces gens se faire égorger sous ses yeux, était-elle autre chose qu'une jeune veuve terrifiée ? Mais non, s'exhorta-t-elle, Elise de Troarn devait être l'arme de sa propre vengeance. Et l'Anglais qui l'observait encore d'un air rêveur pouvait bien être sa première victime.

L'idée de se rendre à l'abbaye aux Dames lui parut en définitive excellente. Elle serait en sûreté parmi les nonnes en même temps qu'elle aurait le loisir, sur place, de chercher un contact avec les hommes du duc de Clarence, dont sir Adam faisait partie...

Quoi qu'il en fût, si ce butor la prenait pour une femme légère et stupide, l'endroit ne manquerait pas de gentilshommes anglais qui eux, du moins, sauraient apprécier les charmes d'Elise... et tomber dans son piège.

3.

Pour se rendre à l'abbaye, Elise et Adam, d'un accord tacite, prirent le chemin de la rue du lavoir, le long des quais, évitant ainsi de traverser la place du marché, théâtre du massacre.

Peine perdue !

La ville entière était en effet jonchée de cadavres, ou d'agonisants qui trouvaient encore la force d'exhaler une supplique sur le passage du chevalier. Des enfants en haillons erraient à la recherche d'un visage connu, celui d'une mère ou d'un père probablement morts. Partout, la vision du désastre imposait au petit groupe, Adam en tête, un silence bouleversé qu'ils conservèrent jusqu'à l'abbatiale de la Trinité. Tout à son émotion, le chevalier ne prit même pas la peine de répondre aux soudards anglais qui leur lancèrent quelques quolibets aux abords des faubourgs. Ceux-ci, supposant qu'elle payait de ses charmes la protection du gentilhomme, osèrent railler la Française aux cheveux de cuivre. Gilles aussi fut la cible des lourdes plaisanteries qui fusèrent sur leur passage, parmi lesquelles nombre d'allusions à sa stature chétive. A la fin, excédé, Adam s'arrêta et leur cloua le bec d'un seul et terrible regard.

Au loin, du côté de Saint-Jean, la fumée des incendies s'élevait encore en d'épaisses volutes couleur de suie ; tout, dans la ville, semblait frappé d'une stupeur étrange, comme si le ciel lui-même ne comprenait pas la violence des hommes.

Elise tremblait de tous ses membres lorsqu'ils arrivèrent au couvent. Son visage était d'une inquiétante pâleur et ses mains tordaient nerveusement les plis de sa robe. De la peur ou de la colère, Adam n'aurait pu dire quel était le sentiment qui la dominait.

La vénérable abbaye aux Dames était un véritable joyau de style roman, construit quatre siècles auparavant dans un faubourg de la ville. Elise s'y était déjà rendue à plusieurs reprises — mais dans un tout autre état d'esprit, puisqu'il s'agissait d'acheter dentelles et pâtisseries produites par les nonnes.

Ils se dirigèrent vers la bâtisse principale, réservée aux bénédictines, et trouvèrent sans mal la cellule de la mère supérieure. Celle-ci montra un visage hostile en ouvrant sa porte au chevalier anglais. Lorsqu'elle aperçut Elise derrière lui, en revanche, sa face s'illumina et ses bras se tendirent affectueusement.

— Ma chère madame de Troarn, s'exclama-t-elle, j'étais si inquiète de votre sort ! Vous, toute seule dans votre demeure... Avec ces pillards qui mettaient la ville à sac. J'ai vraiment eu peur pour vous et j'ai prié pour qu'il ne vous arrive pas malheur.

Devant un tel accueil, Elise ne put réprimer un sanglot ému et elle se jeta dans les bras de la religieuse, qui l'étreignit avec chaleur.

— Ma pauvre enfant, murmura-t-elle d'une voix

apaisante. N'ayez crainte à présent, vous êtes en lieu sûr !

Par-dessus l'épaule d'Elise, l'abbesse jeta un regard suspicieux à Adam.

— Cet homme vous a-t-il causé un tort quelconque ?

— Ma mère, je comprends vos craintes, commença Adam d'une voix irritée, mais faites-moi l'honneur de ne pas penser...

Un geste péremptoire de la bénédictine l'empêcha de poursuivre.

— Laissez parler Mme de Troarn, ordonna-t-elle.

— Non..., fit Elise d'une voix mal assurée, ce chevalier a eu la gentillesse de me conduire jusqu'à vous sans me faire le moindre mal. Ma mère, ajouta-t-elle, je vous supplie de m'accorder l'asile, ainsi qu'à mon valet Gilles.

— Ma fille, dit l'abbesse, il est hors de question que je vous laisse repartir ! Restez parmi nous, de grâce ! Et si nos chambres sont déjà bondées de servantes, de bourgeoises et de nobles veuves, notre devoir est de les accueillir toutes en cette triste circonstance. Car aujourd'hui est un jour d'affliction... Messire, reprit-elle en s'adressant à Adam, vous êtes sans doute le seul chevalier anglais qui ait fait honneur à sa condition, mais vous pouvez à présent vous retirer.

Sans doute dépité par l'acrimonie de l'abbesse, Adam tourna aussitôt les talons en marmonnant quelque juron dans sa langue natale. Harry Ingles, l'air intimidé par le ton de la conversation, déposa quant à lui le coffre d'Elise sans mot dire et suivit son maître qui, déjà, s'éloignait vers le quartier général du duc de Clarence.

Elise trouva que la religieuse avait montré un peu trop de rudesse dans sa façon de traiter le chevalier. Elle voulut tempérer la déconvenue de l'Anglais, lui dire combien elle lui était redevable de l'avoir conduite sans encombre jusqu'à l'abbaye.

— Sir Adam ! l'appela-t-elle.

Adam fit volte-face et vit la jeune femme accourir vers lui. Ses yeux verts brillaient comme les feuilles du peuplier après l'averse.

— Je... je voudrais vous remercier encore, dit-elle d'un ton ému. Je prierai pour vous !

— Comme votre chère abbesse, je n'ai fait que mon devoir vis-à-vis de vous.

— Si... votre devoir guerrier vous conduit ici dans les jours qui viennent, demanda Elise à voix basse, peut-être aurai-je l'occasion de vous revoir ?

— Qui sait ? répondit Adam, surpris.

Il fut tenté d'ajouter quelque chose, mais préféra se taire en surprenant le regard hostile de l'abbesse, qui l'observait depuis l'autre extrémité du couloir.

Un domestique s'affairait à préparer la chambre du duc quand Adam arriva. Sir Thomas de Lancastre, duc de Clarence, était absent, mais son valet indiqua au chevalier l'endroit où il pourrait le rejoindre. Le duc, lui expliqua-t-il, se trouvait dans une grande maison de pierre grise, non loin de la place du marché. Ce bâtiment avait été réquisitionné, sur ordre du roi, pour entreposer le butin le plus précieux.

Adam ne cacha guère sa déconvenue. La nuit tombait déjà, en effet, et il lui faudrait de nouveau traverser la ville entière pour rejoindre sir Thomas, alors que tout son corps lui commandait de se reposer. En cet instant, il n'aspirait qu'à se débarrasser de sa pesante armure, avant de s'allonger où que ce fût, en espérant que sa blessure ne l'empêcherait pas de trouver un sommeil réparateur. Mais il ne pouvait se dérober à son devoir, lequel lui imposait de se présenter le soir même devant son suzerain. Il se mit donc en route en pestant contre la terre entière.

Fort heureusement, il trouva sans mal la grande maison décrite par le valet, où le duc dressait lui-même l'inventaire du butin. En dépit de l'heure tardive, les richesses prises aux Caennais affluaient encore vers la bâtisse. Les couloirs étaient bondés de soldats qui portaient des coffres ouvragés, de la vaisselle de vermeil et des candélabres d'argent en grand nombre. Au moment même où Adam pénétra dans la salle encombrée de tapis d'Orient, de tentures précieuses et de pièces d'orfèvrerie, sir Thomas était abîmé dans la contemplation d'un énorme rubis monté sur un pesant collier d'or.

— Ah! Saker, approchez! s'exclama le duc. Regardez donc! Cette pierre vaut à elle seule une fortune! Sans compter le reste! Caen est la ville la plus riche que nous ayons jamais prise.

Ses yeux brillaient de satisfaction.

— Elle l'était, corrigea Adam.

— Certes, fit sir Thomas, sans relever le ton ironique. Ah! Saker, vous êtes bien comme Henri, si détaché des biens de ce monde. En tout cas, nous leur avons montré qui étaient les maîtres aujourd'hui, n'est-ce pas? Bougres de Français! Ceux que nous avons épargnés s'inclinent au passage de mon royal frère. Une bien belle victoire, en vérité!

— Cela ne fait aucun doute, messire, acquiesça Adam d'un ton morne.

— Mon cher Saker, se récria Clarence, votre manque d'enthousiasme est surprenant chez un homme qui a passé l'après-midi dans le lit d'une jolie rousse ! Et je me suis dit, après tout, que vous ne dédaigniez pas certains plaisirs de la chair, malgré vos mœurs austères. Que s'est-il passé ? Son tempérament vous aurait-il déçu ?

Second fils du roi Henri IV d'Angleterre, sir Thomas ne partageait avec son royal frère, Henri V, que le physique avantageux. Le roi était d'un ascétisme rigoureux, alors que son frère Thomas s'adonnait sans mesure aux plaisirs terrestres. Si tous deux avaient rivalisé dans la débauche, au temps de leur prime jeunesse, Henri s'était métamorphosé depuis son accession au trône, prenant très au sérieux les affaires d'Etat. Thomas, quant à lui, ne voyait aucune raison de changer son mode de vie, quitte à en faire pâtir un corps déjà bien alourdi. Néanmoins, l'enthousiasme naturel qu'il dégageait inclinait tout un chacun à l'indulgence vis-à-vis de ses frasques et de son humour douteux. Aussi, Adam ne se formalisa-il pas et répondit-il par un sourire sincère aux taquineries de son suzerain.

— Je crains, messire, que l'on ait exagéré la portée de mon succès auprès de cette dame. Et s'il est vrai que je me suis réveillé dans son lit, ce n'est qu'après m'être évanoui à ses pieds comme une jeune pucelle !

— Il faudrait que j'en croie la rumeur, en ce cas, commenta sir Thomas d'un ton plaisant. Mais il me coûte d'admettre qu'un coup de gourdin asséné sur votre tête, la plus dure d'Angleterre, ait pu seulement vous faire broncher...

Le duc hésita un instant, puis secoua la tête d'un air docte.

— Non, reprit-il, vous ne mangez pas assez, Saker. C'est la faim qui vous aura fait défaillir. Quant à cette Française, je vous conseille de la séduire en prétendant que sa beauté a été la cause de votre pâmoison. Car elle est très belle, m'a-t-on dit — quoique, personnellement, je préfère les blondes...

Adam se retint de lui dire que lui-même était épris de la blonde lady Anne. Sans espoir, hélas. Car au château de Saker, la dame de ses pensées avait fini par épouser son frère...

— Toutefois, poursuivit le duc, si vous renoncez à cette femme, je l'inviterai volontiers à partager ma couche ce soir. Ne serait-ce que pour varier les plaisirs !

Adam, qui savait son suzerain fort capable de le faire, sentit comme un pincement au cœur.

« Diantre ! pensa-t-il aussitôt. Suis-je jaloux, alors qu'il ne s'est rien passé entre moi et cette femme, et qu'il ne se passera jamais rien ? »

Non, bien sûr, c'était impossible... ridicule, même !

— J'ai peur, messire, que vos plans courtois ne soient contrecarrés par les religieuses de l'abbaye aux Dames, où elle est actuellement placée sous leur vigilante protection.

— En effet... Quel dommage ! Mais qu'importe, conclut sir Thomas, les femmes ne manquent pas à Caen.

Adam en fut soulagé. Car si le duc s'était entêté, rien n'aurait été épargné à Elise, qui n'avait certainement pas la tête à la bagatelle en ce moment. Et surtout pas dans les bras du sanguinaire ennemi.

— Quant à vous, Saker, ordonna Thomas, préparez-vous sur-le-champ à m'accompagner : nous sommes attendus pour dîner avec mon royal frère dans ses quartiers de l'abbaye Saint-Etienne.

— Dîner avec le roi ? s'exclama Adam. Etes-vous sûr que ma présence est souhaitée ?

— Plus que souhaitée, elle est obligatoire. Il m'a très officiellement chargé de vous le faire savoir.

Adam en était à la fois intrigué et contrarié. Son aspiration la plus véhémente était de se reposer. Mais quand le roi ordonne...

— Comme je suppose que vous ne tenez guère à incommoder le souverain par vos effluves de glorieux combattant, prenez donc ici même un bain chaud avant de nous rejoindre.

Adam accepta de bonne grâce, sans pour autant cesser de se poser des questions. Pourquoi donc le roi tenait-il à le rencontrer ? Certes, son visage n'était pas inconnu de Henri qui, lors de son sacre, avait adoubé Saker, en même temps que de nombreux autres jeunes chevaliers. Le souverain se souvenait sans doute aussi de son nom. Mais ce fait ne signifiait pas grand-chose. La mémoire de Henri, en effet, était proverbiale et lui permettait de citer les noms de presque tous les hommes qui avaient participé à ses côtés à la bataille d'Azincourt, des pairs du royaume au plus humble écuyer.

Un valet de Thomas l'escorta vers une chambre située au premier étage. Bien qu'encombrée de trésors, comme le reste de la demeure, elle était fort accueillante. Un grand feu brûlait dans la cheminée, et l'atmosphère tiède qui régnait dans la pièce incitait à prendre ses aises. Sur une chaise, Adam vit que le duc avait fait disposer des effets propres, provenant certainement de sa propre garde-robe, à en juger par le luxe des étoffes. Il était vrai que le roi l'attendait et qu'il se devait de paraître dans une tenue digne du rang de son hôte. N'hésitant plus, il se débarrassa de son armure, aidé par le valet, et ôta le reste de ses vêtements.

En pénétrant dans la baignoire, taillée dans le tronc d'un chêne, Adam, toujours pensif, en vint à craindre une réprimande personnelle de la part du roi. Ce dernier avait-il appris qu'il avait passé l'après-midi à s'occuper d'une Française, manquant ainsi à son obligation d'assurer l'ordre dans la ville occupée ? Il ne pouvait pas dire qu'il regrettait son acte, cependant. Outre qu'il est du devoir de tout chevalier de porter secours aux plus faibles, il devait avouer que la beauté de cette Elise l'avait troublé. Elle n'avait pourtant pas le physique qui l'attirait d'ordinaire. Il y avait en effet chez la Française une sensualité immédiate, peut-être trop évidente, qui le gênait car il préférait la sage et discrète beauté des femmes anglaises, telle lady Anne.

Quand il sortit du bain pour se sécher, puis passer ses vêtements propres, Adam songeait aux arguments qu'il pourrait opposer au souverain au cas où ce dernier, comme il le craignait, lui reprocherait sa désertion momentanée.

— Etes-vous prêt, Saker ? demanda Thomas de Clarence en entrant dans la chambre. De grâce, quittez cette expression sinistre ! Ne croirait-on pas qu'on vous mène à la potence ?

Le duc avait-il deviné ses pensées ? C'est possible, car Adam eut la surprise de l'entendre dire :

— N'ayez crainte, mon bon Saker, le roi n'a pas l'intention de vous reprocher votre conduite vis-à-vis du beau sexe. D'ailleurs, pourrait-il le faire quand il a autorisé le viol et le pillage aujourd'hui ? Non, ce n'est pas du tout de cela qu'il s'agit. Mais je préfère le laisser lui-même exposer ce qu'il attend de vous.

L'abbaye aux Hommes, également appelée abbaye Saint-Etienne, se dressait à l'ouest du mur d'enceinte de la vieille ville. Cet imposant édifice constituait le pendant de l'abbaye aux Dames et devait sa construction à Guillaume le Conquérant. Par ce geste, ce dernier espérait racheter aux yeux du pape le péché d'avoir épousé sa cousine, Mathilde de Flandre — dont Henri descendait.

Le roi Henri, qui avait donc élu domicile en ce lieu saint, y partageait, par souci d'humilité, la cellule d'un moine bénédictin. En revanche, la salle à manger où il attendait ses invités ne montrait aucun signe d'ascétisme, bien au contraire. Les bûches flambaient dans un âtre monumental et de nombreuses victuailles trônaient sur la table, entourées de gobelets incrustés de pierreries et de chandeliers de vermeil.

Le roi avait déjà pris place à une extrémité de la table, lorsque le duc arriva en compagnie d'Adam.

Henri V de Lancastre avait l'air pensif d'un

homme perpétuellement tiraillé entre son ambition et sa discipline spirituelle. Adam avait remarqué que son comportement même variait entre ces deux pôles, qui faisaient de lui un conquérant redoutable doublé d'un être méditatif et austère, aux décisions parfois contradictoires.

— Mon cher frère, bonsoir! lança le souverain. A la bonne heure, Saker, vous voici! Prenez place à mon côté, faites bonne chère et fêtons dignement notre victoire — car c'en est une, même si la citadelle de la vieille ville tient encore...

Adam s'inclina devant Henri.

— Sa Majesté me fait un grand honneur de me convier à sa table...

— Ce n'est que justice, Saker. Vous êtes un de mes plus valeureux chevaliers. Et plût à Dieu qu'ils se comportassent tous aussi dignement que vous après la bataille!

— Apparemment, Sa Majesté a été informée de la charitable façon dont vous avez traité la Française, intervint sir Thomas, devant l'étonnement d'Adam.

— A propos, s'enquit le roi, a-t-elle bien soigné votre blessure à la tête?

Stupéfait, Adam marmonna une vague réponse. Comment diable Henri pouvait-il être au courant de ces menus faits? De plus, qu'il fût ainsi le sujet de tant d'intérêt de la part du roi ne laissait pas de l'étonner!

Le premier plat fut apporté, fort à propos pour mettre un terme provisoire à l'embarras d'Adam. C'était un lapin baignant dans un léger bouillon, agréablement parfumé d'herbes. Sir Thomas se servit copieusement, imité par Adam, qui se rendit compte, en commençant à manger, à quel point il avait faim. Henri, fidèle à sa réputation de frugalité, ne prit qu'un peu de bouillon, sans le moindre morceau de viande.

Le chevalier était tendu et impatient de connaître le motif véritable de sa présence à la table du roi. Fatigué d'échafauder des conjectures, il dut réprimer avec force son envie de demander à brûle-pourpoint à Henri ce qu'il avait à lui dire, car les minutes passaient, les plats défilaient, tous plus savoureux les uns que les autres, mais nulle allusion ne l'avait encore mis sur la voie.

Le vin et les venaisons finirent par le détendre. Adam, qui déjà somnolait presque, écoutait sans intervenir la conversation entre les deux frères.

On parlait de guerre, bien entendu.

— Je me demande, dit Henri, combien de temps encore la vieille ville pourra soutenir le siège.

— Ils sont à bout, affirma Thomas. Ces rumeurs selon lesquelles le dauphin se préparerait à leur porter secours me semblent relever de la fantaisie.

— N'oubliez pas qu'ils ont encore des vivres en abondance.

— En effet. Mais si leur estomac n'a rien à craindre, c'est là-dedans que cela commence à flancher, ajouta le duc en se touchant le front.

— Il est vrai qu'ils se savent isolés, et que nous leur avons infligé de lourdes pertes. A ce propos, nous en avons nous aussi à déplorer... Saker, demanda le roi en s'adressant à Adam, avez-vous appris la mort du vénérable sir Edmund Springhouse ?

Adam hocha la tête d'un air lugubre. Il avait vu mourir Springhouse de façon horrible lors de l'assaut : un jet de plomb fondu avait précipité l'infortuné dans les douves, où il avait péri sans pousser un seul cri.

— Sir Edmund était un exemple de bravoure, Votre Majesté, dit Adam.

— Certes, approuva le roi, et sa disparition m'attriste autant que celle de tous ceux qui meurent à mon service. Néanmoins, la perte de sir Edmund est d'autant plus grave qu'il dirigeait notre réseau d'espionnage.

— Le réseau d'espionnage ! s'exclama Adam, abasourdi. Sir Edmund ? Je n'arrive pas à y croire !

— Je suis heureux que cela vous surprenne, Saker. Cela prouve que sa discrétion était à la hauteur de ses fonctions secrètes, et je me félicite de les lui avoir confiées. Ni les espions des Armagnacs ni ceux des Bourguignons n'ont réussi à percer à jour ses activités — et pourtant, ils sont partout, croyez-moi ! Non, pour tout le monde, il n'était qu'un brave chevalier, rude au combat... Tout comme vous, sir Adam.

Ce dernier commençait à entrevoir les intentions du roi, sans toutefois oser y croire.

— Fort heureusement, reprit Henri, le regretté sir Edmund avait consigné par écrit toutes les informations importantes concernant son activité secrète. Elles sont désormais à votre disposition.

Le roi marqua une pause, comme pour laisser à Adam le temps de comprendre ce qui lui arrivait.

— C'est bien cela, Saker, vous allez prendre la relève.

4.

— Vous voulez que je dirige votre réseau d'espionnage! répéta Adam, encore incrédule. Mais pourquoi moi, Sire?

— Pourquoi pas? répliqua Henri. Vous possédez nombreuses des qualités requises pour exercer cette fonction : tout d'abord, vous parlez le français et vous l'écrivez, ce qui est devenu une compétence rare parmi nos gentilshommes. Hélas, cette belle langue se perd en Angleterre.

Henri V ayant pour ancêtre Guillaume le Conquérant, la plupart des nobles familles d'Angleterre étaient d'ascendance normande.

— Il y a seulement cinquante ans, remarqua le roi, songeur, un baron n'aurait parlé l'anglais qu'à ses domestiques... Comme les temps ont changé!

— C'est vrai, cependant...

— Ce n'est pas tout, Saker! Vous vous êtes, sans le vouloir, taillé un habile déguisement cet après-midi. En effet, votre réaction hostile devant la tuerie a été très remarquée, et d'aucuns l'interpréteront comme une marque d'inimitié vis-à-vis de la couronne... qui vous aidera à gagner la confiance de mes véritables ennemis.

— Majesté, protesta Adam, Dieu me garde de jamais juger vos actes ! Mon incompréhension est due au fait que vous avez toujours réprouvé ces débordements sanguinaires !

— Je ne vous blâme pas d'avoir montré votre indignation, assura le roi. C'est, au contraire, la marque d'un noble cœur.

Les yeux noisette du souverain prirent une expression douloureuse. Sa voix, soudain, devint grave et monocorde :

— Sachez d'ailleurs que je regrette moi-même cet événement tragique, et que j'en ferai pénitence tout au long de ma vie.

La mâchoire de Henri trembla tandis qu'il prononçait ces mots, qu'il semblait d'ailleurs n'adresser qu'à lui-même.

— Du reste, ajouta-t-il, vous savez à quel point je suis attaché au peuple de France et combien il me coûte de devoir parfois les châtier, car je les considère comme mes sujets, autant que les Anglais.

Henri, au-delà de sa soif de conquêtes, revendiquait le trône de France en tant que possession légitime de la couronne. N'était-il pas de la lignée des Plantagenêts, comtes d'Anjou, dont la descendance avait régné sur presque tout le territoire après le mariage de Henri II avec Aliénor d'Aquitaine ?

Face à l'émotion contenue du roi, en tout cas, Adam ne put douter de sa sincérité. Il fut aussi touché de ce qu'il l'exprimât devant lui, simple chevalier à qui il ne devait aucune explication. Une question, cependant, lui brûlait encore les lèvres : pourquoi diable n'avait-il rien fait pour arrêter ou punir le massacre ? Il n'osa pas le demander.

— Autre chose, Saker, reprit le roi d'un ton raffermi. Le fait que vous ayez secouru cette Française apporte un argument de plus à ceux qui croiront à votre sympathie pour l'ennemi. Aussi, poursuivit-il, vous ordonné-je de montrer en toute occasion les mêmes penchants, afin d'attirer à vous les confidences les plus... intéressantes. Nous serons les seuls, Thomas et moi-même, à connaître la véritable nature de vos actes.

Adam, dans son for intérieur, ne se sentait guère de goût pour de telles activités secrètes, bien trop tortueuses. De par son caractère entier, il les redoutait même autant qu'il aimait la lutte en plein jour, les armes à la main et sans déguisement d'aucune sorte.

— Devrai-je accomplir des missions en territoire ennemi, Sire ? demanda-t-il, imaginant déjà le supplice de se faire passer pour un autre.

— Ce n'est ni prévu... ni impossible, mon cher Saker, lui répondit simplement le roi.

Il n'y avait rien d'autre à ajouter. Et Adam songea qu'il en allait ainsi de la loyauté, qui devait parfois s'accommoder de certaines servitudes, au détriment des penchants personnels.

Elise commençait à penser que l'on pouvait réellement mourir d'ennui.

Elle se trouvait à l'abbaye depuis maintenant une semaine, et rien de notable ne s'y était passé. Certes, son corps était en sécurité ; néanmoins, elle sentait que son esprit serait gravement affecté si cette inaction devait durer. Huit longues journées durant lesquelles elle n'avait fait autre chose que manger, dormir, écouter les commérages des autres réfugiées et assister aux nombreux offices des bénédictines. Le rythme de vie du couvent ne lui convenait nullement, et bien qu'elle admirât la dévotion des religieuses, elle était confirmée dans sa résolution de ne jamais prendre le voile. Le confinement dans un lieu clos, malgré la beauté et le calme admirable qui le caractérisaient, ne lui plaisait guère. De plus, à présent qu'elle s'était engagée à servir son pays, rien ne pourrait la détourner de cet objectif. Or, pour cela, il fallait trouver le moyen de sortir du couvent et d'approcher l'ennemi.

Le seul lieu qui fût accessible en commun aux chevaliers anglais et à la population féminine du couvent était la cour du cloître. Elise y passait de longs moments à faire semblant de vaquer à quelque travail de couture tout en guettant le passage des chevaliers et, en particulier, celui de sir Adam. En vain.

Elle avait bien tenté d'aborder quelques Anglais, mais ces contacts avaient invariablement tourné court. Aucun ne parlait le français ou, du moins, feignaient-ils tous de ne pas la comprendre quand elle refusait de se laisser lutiner.

Elise venait précisément de souffleter un baron trop entreprenant lorsqu'elle vit Gilles s'avancer vers elle, l'air désapprobateur.

— Vous ne devriez guère vous montrer aussi farouche, madame — sauf votre respect, lui dit-il. Le succès de votre mission est à ce prix ! S'il faut que l'homme soit jeune et beau pour vous approcher...

— Voyons, Gilles ! s'exclama Elise. As-tu seulement regardé celui-ci ? Il était obèse, rougeaud et son haleine empestait !

Le nain ne pipa mot. Connaissant le tempérament de sa maîtresse, il attendit patiemment qu'elle se calmât.

— Oui... je sais... tu as raison, au fond, dit-elle en soupirant. N'as-tu pas honte de servir un genre de putain, mon pauvre Gilles ?

— Vous n'en êtes pas une, madame, se récria le valet, loin de là ! Il s'agit de servir la France par tous les moyens, comme vous l'avez accepté devant la reine et le duc de Bourgogne.

— Mais que puis-je donc faire, entre les murs de ce couvent ?

Quelques jours auparavant, Elise avait décidé de se rendre en ville, poussée par l'ennui et la curiosité, mais un garde posté à l'entrée de l'abbaye lui avait interdit d'en sortir. Elle avait eu beau insister, gémir, menacer, l'homme était resté de marbre, et elle avait dû rebrousser chemin en maugréant. Quelle ironie ! Elle n'avait pas encore commencé ses activités d'espionne que, de fait, elle se retrouvait déjà prisonnière — et cela lui était parfaitement intolérable ! Qu'adviendrait-il si elle devait un jour supporter une véritable captivité, dans un cul-de-basse-fosse, un cachot ou une oubliette ?

Elle frémit à cette pensée. Car compte tenu de la mission qu'elle avait acceptée, la chose n'était pas à exclure !

— Si cette situation dure, s'exclama-t-elle, je sens que mes nerfs vont lâcher ! Gilles, comment fais-tu pour supporter cette réclusion, entre le bruit incessant des cloches et les détonations des bombardes anglaises ?

— Madame, il faut tenir et savoir saisir l'occasion lorsqu'elle se présentera. Du reste, ce message vous apportera peut-être quelque distraction : l'abbesse demande à vous voir immédiatement.

— Oh ! Je dois alors m'attendre à des remontrances, supposa Elise d'un ton résigné. Je ne serais pas étonnée qu'elle me reproche mon attitude de courtisane vis-à-vis de messire Saker... Bien, Gilles, je te remercie et je m'y rends de ce pas !

Traversant les sombres couloirs de la bâtisse romane, la jeune femme se rendit sans tarder chez l'abbesse, mère Marie du Sacré-Cœur, en réfléchissant aux atermoiements qu'elle devrait trouver pour justifier sa conduite. Elle s'en voulait d'avoir cédé à cet élan qui l'avait poussée à retenir sir Adam, et dont la religieuse avait été le témoin. Par son impudence, ce mouvement spontané risquait en effet de gâcher les bonnes dispositions dont la religieuse avait fait montre à son égard : une femme ne retient pas un homme par la manche lorsque ce dernier fait mine de s'éloigner ! Seules les ribaudes agissent ainsi dans les rues...

La cellule de l'abbesse se trouvait de l'autre côté de l'édifice principal, au bout du couloir. Avant de frapper à la porte, Elise se composa une mine contrite et prit une profonde inspiration.

— Madame de Troarn, lança la mère supérieure dans un grand sourire, vous voici déjà ! Merci d'avoir été aussi prompte. Je tenais à vous demander si votre séjour parmi nous se révélait agréable.

— Eh bien..., bredouilla Elise, surprise par cette

sollicitude inattendue. A dire vrai... l'inaction me pèse un peu !

— La vie est ainsi faite dans nos couvents, acquiesça l'abbesse avec une lueur de malice dans le regard. Dois-je en conclure que vous n'aspirez guère à une vie contemplative ?

— Ma mère, reconnut Elise, je crains de ne pas ressentir cette sainte vocation.

Mille fois non ! pensa-t-elle. Plutôt être enterrée vivante.

— Ne prenez donc pas cet air contrit, ma fille, lui glissa mère Marie d'un ton plaisant. Il existe mille autres façons de servir Notre Seigneur !

Elise pensa qu'elle allait l'encourager à prendre un nouveau mari et à mettre au monde de beaux enfants.

— Le patriotisme en est une, déclara la religieuse, au grand étonnement d'Elise. Libérer notre pays du joug des Anglais est sans conteste une tâche sacrée. Notre noble seigneur, le duc de Bourgogne, en dirait autant, ne croyez-vous pas ?

Bouche bée, Elise ne put répondre un seul mot à son interlocutrice, qui arborait un sourire amusé. Qui eût pu soupçonner un tel discours dans la bouche d'une abbesse, dont la fonction première était d'assurer la bonne marche du couvent et le salut des âmes ?

— Jean sans Peur, poursuivit l'abbesse, n'ignore pas que le Renard est en ce moment sous ma protection. Il lui recommande de transmettre ses éventuels messages par mon intermédiaire.

Ainsi donc, la sainte femme connaissait le duc ! Ou, du moins, était-elle en contact avec lui d'une quelconque façon... Elise n'en revenait pas.

— Vous... vous savez donc, ma mère? bredouilla-t-elle.

— Bien sûr! S'il est vrai que je sors rarement du couvent, ma fille, je m'arrange tout de même pour me tenir au courant des affaires de la ville... Le duc m'a fait savoir que vous étiez à Caen, peu de temps avant le début du siège. Je crois me souvenir que votre mission était d'établir un... contact, avec un gentilhomme appartenant à l'entourage immédiat du roi.

— Vous êtes bien informée, ma mère, acquiesça Elise, fort embarrassée.

Elle venait en effet d'avouer implicitement qu'elle était prête à échanger son corps contre des renseignements. Le rouge au front, elle crut devoir se justifier devant cette religieuse âgée, qui n'avait peut-être jamais connu les ardeurs d'un homme. On pouvait être patriote sans pour autant approuver tous les moyens de nuire à l'ennemi!

— Le duc m'a suggéré d'épouser un baron anglais, expliqua-t-elle. Il semblerait que le roi Henri a coutume de marier ses hommes à des Françaises pour assurer sa mainmise sur notre sol... J'espère toutefois obtenir des informations sans forcément...

La religieuse dut percevoir la gêne contenue dans ces propos, car elle tenta de rassurer Elise.

— Vous êtes une femme audacieuse, madame de Troarn, l'interrompit-elle, et je vous admire sincèrement. Allez, ma fille, ne rougissez pas! Je suis certaine que, pour la France, Dieu bénira votre mission, même si vous devez pécher pour la mener à bien!

— Merci de ne pas me blâmer, ma mère, murmura Elise avec émotion. Quant aux messages destinés au duc de Bourgogne, j'ai peur de ne rien avoir à lui apprendre jusqu'à ce jour. Je me trouve coupée du monde. J'ignore même ce qui se passe en ville.

La mère supérieure la considéra d'un œil malicieux.

— Je peux tenter de remédier à ce dernier point, ma fille. La citadelle tient encore, et ses occupants espèrent l'arrivée de l'armée du dauphin... qui ne viendra pas, nous le savons.

— En êtes-vous sûre, ma mère ?

— Hélas, oui ! La garnison se rendra au jour fixé par les Anglais, le 4 septembre, en échange de quoi leur vie sera épargnée...

— Comment croire en la parole de ces monstres sanguinaires ? s'exclama Elise avec indignation.

— Je comprends votre défiance, reprit calmement l'abbesse, surtout après leurs récentes exactions ! Toutefois, je tiens de source sûre que Henri veillera à ce qu'il n'y ait plus de nouveaux massacres... du moins pas à Caen. En effet, son désir est de poursuivre l'invasion par des voies plus perfides : il désigne en ce moment même les barons de sa suite qui devront épouser des Françaises. Avez-vous arrêté votre choix sur l'un d'entre eux, ma fille ?

La question prit Elise au dépourvu. Une fois encore, elle sentit son visage s'embraser.

— N... non, avoua-t-elle. Peu m'importe, pourvu que j'assouvisse ma vengeance. Je dois vous apprendre, ma mère, que les Anglais ont tué mon époux à Azincourt...

— Paix à son âme ! dit l'abbesse en se signant. J'ai pourtant cru observer que le chevalier aux yeux sombres — vous savez, celui qui vous a amenée ici — ne vous déplaisait point trop.

— Oh! je ne ressens rien pour lui! se défendit Elise. Je lui suis reconnaissante de s'être conduit comme un chevalier, rien de plus. Il me faut remarquer qu'un tel comportement est rien de moins qu'étonnant de la part d'un Anglais!

La cloche sonna à vêpres et mère Marie du Sacré-Cœur se leva.

— Allons prier pour la France, ma fille! proposa-t-elle. Je ferai mon possible pour faire venir cet homme...

Elise, vêtue d'une simple robe de toile bleue, était assise dans le cloître, sur un banc de pierre moussue. Les yeux mi-clos, elle offrait son visage au soleil de cette fin d'été, quand elle fut surprise de constater que l'abbesse avait tenu parole.

Enfin, presque...

Avec ses cheveux carotte, Harry Ingles semblait un flambeau planté devant le portail. Elise observa de loin ce grand échalas d'écuyer, à l'allure impayable : ses cheveux, d'abord, lui donnaient un côté déguisé qui n'inspirait guère la tristesse; ensuite, ses yeux bleus et ronds comme des billes, ainsi que son expression toujours quelque peu ébahie, finissaient de rendre le personnage tout à fait comique. Agitant ses longs bras dans tous les sens, il dut parlementer un bon moment avec une nonne, qui lui interdisait le passage, avant que cette dernière ne consente à s'effacer, pointant son index en direction d'Elise.

Toujours assise sur son banc, à l'autre bout de l'enceinte, celle-ci fit mine de ne pas voir l'Anglais, jusqu'au moment où il fut près d'elle.

— Bonjour, madame de Troarn, la salua-t-il avec un accent gallois fort cocasse.

Elise se retint de rire pour ne pas le vexer, sentant bien les louables efforts qu'il déployait pour rendre son français compréhensible

— Oh! Bonjour, messire écuyer. Comment allez-vous? lui répondit-elle en détachant bien chaque mot.

Les yeux rivés à ceux du jeune homme, elle lui adressa un sourire enjôleur. Voyant combien il y était sensible, elle tempéra l'expression de son charme pour ne pas trop l'embarrasser. A cet âge, les hommes s'enflammaient si vite qu'on ne pouvait ensuite plus leur faire entendre raison!

Elle ne put s'empêcher de penser à l'abbesse, avec une pointe d'ironie : « Merci, ma mère, de m'avoir envoyé ce gentil garçon imberbe! Il est charmant, et si facile à séduire! Mais son maître servirait bien mieux mes plans... »

— J'espère que vous n'êtes pas fâchée, pour l'autre jour, reprit-il. Quand je vous ai trouvés dans la maison, vous et votre valet.

— Pas du tout, voyons, rétorqua Elise, amusée par la candeur de l'adolescent. Pourquoi vous en voudrais-je? Vous ne m'avez fait aucun mal!

— Merci, madame. De mon côté, je... j'ai apprécié que vous preniez soin de sir Adam. C'est un grand chevalier, n'est-ce pas?

— Et il a bien de la chance d'être servi par un écuyer aussi brave que vous! On m'a rapporté que vous vous étiez battu comme un lion.

Parmi ses souvenirs d'enfance, Elise avait celui d'un petit chiot qui se roulait par terre en jappant de joie quand on lui grattait le ventre. C'est à ce jeune animal que faisait penser Harry à cet instant.

— Oh! Sir Adam pense que je suis trop intrépide, marmonna-t-il, le visage cramoisi, que je n'ai rien entre les oreilles.

— Je suis sûre qu'il a tort! fit mine de s'indigner Elise. On ne dit pas cela d'un nouveau Roland! Eh bien, monsieur Harry, que faites-vous donc, ces derniers jours? Je suppose que sir Adam vous trouve assez prudent pour vous confier des messages à transmettre un peu partout...

Il fallait à tout prix obtenir de lui qu'il parlât de son maître, seul sujet qui intéressât Elise dans la perspective de sa mission.

— Il ne veut pas que je prenne trop de risques, expliqua l'écuyer. Mon père est presque de la famille, voyez-vous, il est sergent au château de Saker. Sir Adam n'aimerait pas devoir annoncer ma mort à mes parents... Néanmoins, j'ai été choisi pour porter le traité de reddition à la citadelle. J'avais un cheval et un étendard blancs...

— Mon Dieu! s'exclama Elise, feignant à peine l'admiration. Ils auraient pu vous pendre sans même lire le traité!

Flatté, le jeune homme rougit au point qu'Elise craignît pour sa santé.

— Ce n'est rien, bredouilla-t-il, je... crois qu'ils vont se rendre. Euh! sauf votre respect, madame!

— Ne vous excusez pas, monsieur Harry. Je pense aussi qu'ils devraient se rendre. Nul ne peut résister à la puissante armée anglaise. Et que fait votre maître, ces jours-ci?

— Il passe beaucoup de temps avec le roi, en ce moment. Justement, je le cherche. Vous ne l'avez pas vu ?

— Non, elle ne m'a pas vu ! intervint la voix de sir Adam. Mais tu m'as trouvé, maintenant !

Elise se retourna pour découvrir le chevalier, qui venait de surgir derrière un pilier du déambulatoire. Confuse, elle se demanda ce qu'il avait pu entendre de sa conversation avec Harry.

— Eh bien, madame, déclara-t-il, je vous surprends à faire du charme à mon écuyer ?

5.

Sans même prendre congé, Harry s'éloigna précipitamment, après que son maître lui eut confié un message à transmettre d'urgence à sir Thomas.

Adam se tenait à présent seul devant Elise, vêtu d'un pourpoint de velours bleu foncé qui moulait son torse musclé. L'oiseau de proie brodé sur sa poitrine figurait l'emblème des Saker, dont le nom désigne un type de faucon. L'ensemble de sa tenue, avec l'ample cape, les chausses noires et les bottines souples à manchettes, conférait à son allure martiale une majesté qui plut à Elise. De même, ses cheveux noirs et luisants comme certains aciers, descendant jusqu'à ses épaules larges, lui donnaient un air héroïque qui devait certainement plaire à bien des femmes.

Elle avait pris le temps de le détailler avant de lever le regard et de croiser ses yeux qui, à sa surprise, la fixaient insolemment.

— Votre écuyer est fort aimable, dit-elle, cherchant quelque réplique susceptible de moucher l'ironie du chevalier. Mais je ne puis en dire autant d'un homme qui m'accuse d'être une séductrice !

— Comment vous accuser, madame, quand ce don est inné chez la plupart des Françaises?

— Ainsi, vous pensez que j'ai séduit Harry? demanda Elise d'un ton malicieux.

— Oh! Il va certainement continuer de chanter vos louanges aux quatre vents, comme il le fait depuis le premier jour où il vous a vue. Madame, votre légèreté est cruelle. Quel besoin avez-vous de martyriser de jeunes cœurs tels que le sien?

— Je vous assure, protesta Elise avec véhémence, que je n'avais aucune intention de ce genre! Je n'ai fait que deviser innocemment avec votre écuyer. Les distractions sont rares dans ce couvent... où l'on nous retient prisonnières!

— Et ce, pour votre bien, madame. La ville est loin d'être sûre pour le moment. Cependant, la citadelle devant se rendre très bientôt, je pense que vous serez libre de sortir sous peu. Ce n'est plus qu'une question de jours.

— Etes-vous certain de cela? demanda Elise d'un ton brusque.

Pleine d'agressivité, elle trouva l'audace de clouer son regard dans les yeux insondables du chevalier.

— Etes-vous toujours aussi certain de tout, sir Adam?

— Pas toujours, répondit-il. Mais, en l'occurrence, nous savons de source sûre que le dauphin ne viendra pas au secours de la citadelle.

— Et après, que se passera-t-il?

Adam prit un air gêné, comme si l'imprécision de la question avait eu raison de son assurance.

— Après? répondit-il. Je suppose que l'armée anglaise quittera Caen — en y laissant une garnison, bien sûr.

— Bien sûr. Je voulais parler de moi, sir Adam ! Je me demande si ma maison tient encore debout...

Elise remarqua, sur le cou de l'Anglais, une veine à peine visible qui battait anormalement vite, trahissant quelque malaise.

— Elle tient, finit-il par avouer. Il ne reste pas grand-chose à l'intérieur, mais le bâtiment n'a pas subi de dommages.

Ainsi, ce fier bellâtre avait poussé la prévenance jusqu'à passer devant chez elle... Etait-il moins indifférent qu'il ne voulait bien le montrer ? La chose était fort possible, tant il semblait lui coûter de reconnaître qu'il s'était intéressé à la demeure d'Elise.

Cette dernière, sentant le moment adéquat pour tenter de l'émouvoir, se laissa submerger par le sentiment aigu de détresse qu'une femme peut éprouver lorsqu'elle se retrouve sans feu ni lieu. Sans trop forcer son talent, elle réussit à lever sur Adam des yeux tout embués de larmes.

— Où vais-je aller ? demanda-t-elle en gémissant. Je n'ai plus d'argent... Je devrai me faire engager comme servante ou prendre le voile !

Elle regretta aussitôt d'avoir feint à ce point l'accablement, car l'Anglais ne fut pas dupe. Son visage s'assombrit et son regard prit une teinte orageuse. Il n'avait pas mordu à l'hameçon de la pitié !

— Je pense que vous dramatisez quelque peu votre situation, madame, déclara-t-il d'un ton coupant. Je suis persuadé que vos attraits suffiront à transformer en pantin l'homme de votre choix. Sur ce, je vous souhaite une excellente soirée.

A grands pas, il s'éloigna sans se retourner, laissant Elise en proie à une colère indescriptible. Pour qui se prenait-il, ce crétin d'Anglais morgueux, qui osait mépriser les tendres pièges qu'elle lui tendait!

Une fois calmée, cependant, elle conclut que le résultat de l'entretien n'était pas à ce point négatif. N'avait-elle pas réussi à exaspérer sir Adam? Et cela, à tout prendre, valait mieux que l'indifférence.

Le dauphin ne vint pas et, comme prévu, la citadelle capitula le 4 septembre. Après avoir consulté les bourgeois de la ville, les chefs de la garnison française acceptèrent de se rendre afin d'épargner une population civile exténuée par le siège et désespérée par le fait que le dauphin ne vînt pas les secourir. Les Caennais s'étaient sentis vraiment seuls au monde face à la puissante armée anglaise. Un traité fut conclu, qui stipulait les conditions dans lesquelles les clés de la ville seraient remises, ainsi que le montant de la rançon exigée par le vainqueur. Les nobles français qui avaient défendu le château furent contraints de s'agenouiller devant le souverain anglais, de se déclarer hommes liges — sous peine, en cas de refus, d'être privés de leurs fiefs.

L'heure de la reddition officielle fut fixée à midi et la noblesse anglaise, le roi à sa tête, se rendit en grande pompe aux portes de la citadelle pour voir l'ennemi déposer les armes et leur remettre les clés de la cité. A pied ou à cheval, les Français défilèrent dans un silence de mort devant les vainqueurs. Ceux qui possédaient une armure furent autorisés à la garder, mais tous durent abandonner les épées, les piques et les arbalètes. Immobiles sur leurs destriers, le roi et les barons anglais virent les armes s'amonceler bruyamment entre les deux bombardes qui avaient défendu la citadelle, et que l'on avait ôtées de leur socle, sur les remparts.

— Je ne pensais pas qu'ils se rendraient aussi tôt, chuchota Henri à l'oreille de son frère Thomas, mais j'en suis heureux. Il y a gloire aussi à vaincre sans tuer plus d'ennemis qu'il n'en faut !

Adam, qui se tenait près d'eux, entendit les paroles du souverain et se souvint des massacres récents, ainsi que ceux qui avaient été autorisés à Azincourt. Que de contradictions chez lui ! Mais il n'en demeurait pas moins un grand souverain.

— Ils avaient encore des vivres, poursuivit Henri, du vin en quantité et l'eau de leur puits était saine...

— Vous voulez dire qu'à leur place, nous aurions combattu jusqu'à la mort, mon cher frère ! conclut le duc de Clarence. Certes, ces mangeurs de grenouilles ne sont pas de nature aussi courageuse que les Anglais, n'est-ce pas ? Enfin, je crois surtout que leur moral a été gravement sapé lorsque nous avons pris la ville nouvelle, réputée inexpugnable. Ou peut-être est-ce le fait de s'être senti abandonnés à leur sort par le dauphin, qui sait ?

Le roi contempla les puissants murs de la citadelle en secouant pensivement la tête. A ses yeux, une victoire aussi facile était inexplicable sans le secours de l'Eternel. De même, il ne pouvait autrement comprendre comment il avait vaincu, à la tête d'une poignée d'hommes, la formidable armée française à Azincourt. Il lui avait été reproché, après cette glorieuse bataille, d'avoir fait égorger tous les prisonniers, à l'exception de ceux dont le rang était assez élevé pour que la rançon fût d'importance. Certes, il avait donné l'ordre de tuer ces hommes... Mais pouvait-il en être autrement ? Leur nombre était tel qu'ils auraient constitué à la fois un poids dans ses déplacements et un danger au sein même de son camp, au cas où une rébellion eût éclaté... Toujours est-il que le souvenir de cette sanglante scène revenait parfois le hanter ; l'odeur du sang même lui donnait à présent de telles nausées qu'il devait chaque fois s'aliter après l'avoir sentie.

— Quelle qu'en soit la cause, déclara-t-il, j'en rends grâce à Dieu tout-puissant. Je veux que la chapelle royale soit installée dans cette tour, ajouta-t-il en désignant l'angle sud-est de la muraille. Voulez-vous y pourvoir, mon frère ?

— J'y veillerai, Sire, acquiesça Thomas en jetant un regard amusé à Adam.

Ce dernier veilla à garder une expression neutre, car si Thomas pouvait se moquer impunément de la piété de son frère, de telles privautés étaient interdites à un simple chevalier. Par ailleurs, Adam admirait sincèrement la dévotion du roi, bien que lui-même ne possédât guère une foi comparable. Après tout, qui pouvait dire que les succès des armes anglaises ne devaient rien aux prières ?

— Thomas, déclara le roi, veillez aussi à organiser ce soir à la Trinité un banquet digne des glorieux conquérants. Barons et chevaliers y seront conviés.

Henri leva le nez et huma l'air en fermant les yeux, visiblement heureux de vivre cette glorieuse journée.

— Et puisque le temps est si clément en cette terre de France, ajouta-t-il, vous ferez dresser les tables dans la cour du cloître !

— Mais pourquoi à la Trinité... ?

Devant le regard noir de son frère, le duc se ravisa promptement.

— Il en sera fait selon votre volonté, Sire. Je voulais seulement vous suggérer de l'organiser à Saint-Etienne, pour vous éviter de traverser toute la ville.

— Cela ne me gêne en aucune façon, affirma Henri d'un ton irrité. Et pour tout vous dire, j'ai choisi la Trinité parce que les femmes y sont, Thomas ! Oui, les futures épouses de mes hommes, car j'ai décidé de procéder à Caen de la même façon qu'à Harfleur. Je veux que les célibataires de mon armée se marient à des femmes du cru, de manière à nous assurer des appuis fidèles sur ce sol. Aussi, faites savoir que tous ceux qui épouseront une Française seront gratifiés d'une dot de cinq livres en or ainsi que de fiefs pris à l'ennemi. Caen sera notre base arrière, la place forte d'où nous partirons à la conquête de tout le pays ! Il est souhaitable, dans ces conditions, que la région soit des plus sûres. Ces mariages sont une façon d'y parvenir ! Ces explications vous suffisent-elles, mon cher frère, ou dois-je vous exposer plus en détail notre stratégie ?

— Je m'empresse de vous obéir, Sire, dit Thomas, quelque peu vexé par le ton du roi.

Si les relations entre le duc et Henri étaient souvent tendues, ce n'était pas, comme on eût pu s'y attendre, à cause d'une quelconque jalousie que Clarence eût pu ressentir à l'égard de son frère couronné. Non, ce qui rendait le premier souvent caustique était le puritanisme affiché aujourd'hui par le roi, quand celui-ci avait partagé avec lui les fêtes les plus échevelées. Bien entendu, Henri éprouvait alors la nécessité de remettre son frère cadet à sa place.

— Ce sera une fête magnifique, Sire ! poursuivit Thomas sur le ton égrillard qui rendait Henri fou de rage. J'espère que je réussirai moi-même à me faire passer pour un prétendant auprès de quelque ravissante demoiselle...

Ainsi, la jolie veuve aux cheveux cuivrés ne se ferait-elle plus de souci pour son avenir, pensa Adam. D'un seul battement de ses longs cils, Elise mettrait à ses pieds le premier benêt qui se présenterait comme un bon parti, et le tour serait joué ! Adam n'aurait su dire pourquoi, mais cette idée lui laissait un goût amer... Etait-ce encore une pointe de cette jalousie importune qu'il avait déjà ressentie quand le duc avait parlé d'Elise d'un air concupiscent ?

— Je suis persuadé que la fine fleur de la chevalerie se pressera au banquet, ne serait-ce que pour vous plaire, Sire, affirma Thomas. A propos, Adam, n'avez-vous pas envie de trouver une mère à votre futur héritier ? ajouta-t-il avec un regard plein de sous-entendus. J'ai aperçu dernièrement votre protégée, à la Trinité, et je dois dire qu'elle possède tout ce qu'il faut pour tenir chaud à un homme !

En son for intérieur, Adam fut obligé d'admettre que le corps d'Elise était un exemple de plénitude et d'harmonie. La rondeur de ses hanches, pourtant étroites, sous sa taille svelte, aurait donné la fièvre au plus chaste des hommes.

— Je vous remercie, messire, rétorqua-t-il néanmoins d'un ton sec, mais j'espère bien qu'il restera encore des femmes en Angleterre lorsque j'envisagerai sérieusement le mariage.

— Voyez comme le faucon hérisse ses plumes ! s'exclama Thomas en lui envoyant une bourrade qui fit broncher le destrier d'Adam. Calmez-vous, Saker, je plaisantais! De plus, elle serait encore un peu trop menue pour moi. Vous savez combien je les aime plantureuses, avec des...

— Thomas! l'interrompit le roi, avant qu'il ne se lançât dans l'une de ses digressions favorites.

Pensif, le souverain regarda Adam fixement, pendant que ce dernier s'efforçait de calmer sa monture.

— A la réflexion, déclara Henri, je pense que mon frère n'a pas tort... Une épouse française serait un gage supplémentaire de votre hostilité envers la couronne. Etes-vous déjà fiancé, Saker? Une femme vous attend-elle en Angleterre?

— Non, Sire... je...

Il ne pouvait décemment pas avouer les faiblesses de son cœur à son souverain. Aurait-il pu lui dire que pendant de longs mois il n'avait rêvé que de lady Anne, qu'il l'avait courtisée avec un zèle constant et que, pour finir, elle s'était moquée de lui?

— En ce cas, épousez donc une Française!

Adam se sentit pâlir tandis que l'image d'Anne s'imposait à son esprit. Il revoyait ses yeux bleus mélancoliques et sa bouche pareille à une fleur d'aubépine. Anne, la femme de son frère John...

Par un singulier glissement, la douloureuse vision fit bientôt place au visage d'une autre femme, aux pommettes hautes, aux yeux de chat et à la bouche carnassière, faite pour dévorer insatiablement les baisers qu'on oserait y poser. Une femme qui, en apparence, semblait encore plus dangereuse que la première: Elise, rousse comme... les flammes de l'enfer!

— Et si celle dont parle Thomas est à votre goût, pourquoi chercher ailleurs ? poursuivit le roi, qui avait dû prendre le silence d'Adam pour un assentiment. N'est-elle pas veuve d'un chevalier ? Sa condition ne s'oppose donc pas à cette union. Je suis sûr qu'elle ne demande pas mieux, ajouta Henri en souriant, visiblement ravi par l'idée, et vous ferez un très beau couple ! Allez vite annoncer la bonne nouvelle à votre future femme, Saker, avant qu'un autre ne jette son dévolu sur elle !

Adam s'inclina. De la part du souverain, il s'agissait plus d'un ordre que d'une amicale suggestion.

Quoi que le roi en pensât, Adam n'était pas si sûr que l'idée enthousiasmerait Elise. Pour ne pas trop la brusquer, il résolut de lui laisser au moins vingt-quatre heures de réflexion, une fois qu'il lui aurait parlé de ses intentions. Il était vrai, par ailleurs, qu'il fallait lui en faire part au plus tôt s'il ne voulait pas, ce soir, disputer la Française à une meute de rivaux concupiscents.

Juste au moment où Adam partait vers l'abbaye, il vit ses plans contrariés par l'arrivée d'un agent tout juste arrivé du sud, direction que devait bientôt prendre l'armée anglaise. En tant que nouveau responsable des renseignements, Adam passa donc l'après-midi à écouter le rapport de l'espion, puis à en communiquer personnellement au roi les détails les plus signifiants.

Quand, son devoir accompli, il sortit de Saint-Etienne, il faisait nuit noire, et le banquet battait certainement son plein à la Trinité.

Pour s'y rendre au plus vite, Adam enfourcha son destrier, qu'il laissa près du cloître, attaché à la hâte au tronc d'un pommier. Se dirigeant vers le portail, il entendit le son des bombardes, des cornemuses et des rebecs cascader par-dessus le mur, mêlé aux rires et aux conversations. Il eut la certitude, à ce moment précis, qu'Elise serait au bras d'un autre lorsqu'il l'apercevrait. Il était sans doute trop tard...

Mais que diable lui importait cette Française! Adam s'en voulut de montrer un empressement aussi suspect. Si la chose était encore possible, il obéirait à son devoir en l'épousant, rien de plus! Et si cette femme était déjà prise, il en choisirait une autre. Une brune, si possible, qui ne lui rappelât ni Anne ni Elise!

Pourtant, c'est l'esprit en proie à une grande fébrilité qu'il chercha sa flamboyante chevelure rousse parmi la foule qui s'amusait dans le jardin.

Entre les tables richement garnies, et sous les voûtes du déambulatoire, des groupes mêlés de chevaliers anglais et de dames françaises festoyaient, servis par une valetaille diligente. Les hommes, tous chevaliers et barons anglais, avaient fait de louables efforts pour paraître sous leur meilleur jour, toilettés de frais, portant des jaquettes à manches tailladées en velours, des chausses collantes et des poulaines de cuir clair. Les femmes étaient, quant à elles, habillées de houppelandes à manches longues, avec corsages à tassel, et coiffées de hennins à voiles.

Les rires allaient bon train, comme si chacun s'efforçait de compenser le fossé de la langue par une bonne humeur accrue. Tous, en habits de fête, échangeaient des regards que le vin et la danse ren-

daient téméraires. Scrutant les coins les plus obscurs, Adam surprit des couples qui roucoulaient en
se tenant par la main. Inexplicablement, il se sentit
soulagé de ce qu'Elise n'en fît pas partie.

Sans qu'il s'en rendît vraiment compte, ses pas le
menèrent jusqu'à la cellule de l'abbesse.

— Je vous réveille, ma mère ? demanda-t-il avec
la plus grande déférence.

— Comment voulez-vous que nous dormions
quand vous menez le sabbat dans mon couvent ?
rétorqua la supérieure, furieuse. Non contents de
transformer un lieu sacré en caserne, vous en faites à
présent le siège d'un authentique bordel !

— Ma mère...

— Que me voulez-vous, à la fin ?

— Je n'ai pas vu Mme de Troarn...

— Elle n'est pas femme à se compromettre dans
de semblables orgies ! Elle se trouve à la chapelle et
prie pour le salut de tous ces...

Redoutant d'essuyer d'autres invectives, Adam
s'éloigna sans demander son reste. Que le diable
emportât cette abbesse vindicative !

S'il s'était retourné à cet instant, le chevalier
aurait surpris un bien curieux sourire sur le visage de
la bénédictine.

Elise était agenouillée devant l'autel, dont le
retable sculpté comptait, autour de la figure dolente
du Crucifié, autant d'anges que de gargouilles. Quelques cierges, au pied d'une Vierge aux traits
sévères, répandaient une lumière chiche, propice à la
méditation. Or, malgré la posture fervente adoptée

par Elise, on ne pouvait qualifier de pieuses les pensées qui occupaient son esprit à cet instant...

« Mon Dieu, Sainte Vierge, faites que je ne sois pas obligée de sortir de ce couvent au bras d'un homme que je trouverai laid et stupide ! Même si je ne l'épouse que pour mieux le trahir, combien de temps devrai-je passer en sa compagnie, partager sa couche et ses conversations ? Seigneur Jésus, ne blâmez pas une pécheresse et permettez-moi d'épouser ce sir Adam qui, du moins, semble être un homme droit... et n'est pas trop laid ! »

Le cours de ses pensées fut soudain interrompu par une toux polie qui fit battre à coups redoublés le cœur d'Elise. Quoique pleine d'un espoir impatient, elle baissa la tête et se jura de ne pas se retourner avant d'avoir récité un *Notre Père*.

— Madame de Troarn, appela une voix masculine.

— Sir Adam ! s'exclama Elise, travestissant sa joie en indignation. Que faites-vous ici ? Ignorez-vous que la chapelle est réservée aux pensionnaires du couvent ?

Elle se leva d'un bond et fit face au chevalier, qui la rassura d'un geste apaisant.

— N'ayez crainte, l'abbesse sait que je suis ici. C'est elle-même qui m'a indiqué votre présence en ce lieu.

— Ah ! Bien..., fit Elise en baissant les yeux.

— Euh... vous n'assistez pas au banquet ?

— Non. Plus tard, peut-être. Tous ces hommes et ces femmes me dégoûtent. Ils concluent des mariages comme on accepte une danse... cela me semble d'une indécence ! Ne dirait-on pas des bêtes lascives, cherchant à s'accoupler au plus vite? Comme si les trompettes du Jugement dernier résonnaient déjà à leurs oreilles!

Pouvait-elle lui avouer la véritable raison de sa présence dans la chapelle? Non, mieux valait taire, en fait, qu'elle s'était isolée dans l'espoir qu'il paraîtrait enfin — s'il venait jamais! Autrement... Autrement, elle aurait dû se résigner à choisir un homme parmi les brutes avinées ou les benêts obséquieux qui assistaient à la fête.

— Madame, vous êtes exquise, ce soir! lui lança-t-il d'un air badin.

C'était le moins qu'on pût dire! Dans sa robe de soie bleu outremer, serrée sous la poitrine par un corset de maille d'argent, elle était éblouissante. Sa coiffe de fine dentelle laissait échapper quelques accroche-cœur mutins qui soulignaient la sensualité de ses traits.

— Merci, monsieur! répondit-elle en gardant les yeux modestement baissés.

— Je me demandais si vous n'aviez pas finalement décidé de retourner à Troarn, reprit Adam. J'ai entendu dire que notre roi avait récemment autorisé les femmes à quitter l'abbaye en emportant leurs effets personnels.

— C'est très généreux de sa part, commenta Elise avec ironie. Sachez tout de même ceci: celles qui sont parties ce matin ont dû rebrousser immédiatement chemin, délestées de leur or par des soudards anglais postés à l'octroi. Certaines ont même été dépouillées de leur linge... sans compter celles qui y ont laissé leur vertu! Remerciez Sa Majesté mais, très peu pour moi...

— Est-ce possible ? J'en informerai le roi dès demain, et je vous promets que ces exactions seront sévèrement punies. J'ai honte pour nos hommes. Je...

Adam se tut, l'air sincèrement bouleversé. La lumière des cierges semblait décuplée par la fureur qui roulait dans ses yeux noirs.

— Je ne tiens pas à connaître les mêmes mésaventures, reprit Elise. J'attendrai que les routes soient plus sûres avant de m'en retourner au château. Puisque je dois me résigner à mendier ma pitance à mon beau-frère...

— Vous retournez donc à Troarn ? Cela semble être une solution sage...

— Sage ! Est-il sage de se claquemurer à vie lorsqu'on a mon âge ? Voilà bien des propos d'homme !

— N'avez-vous pas envisagé de vous marier à un gentilhomme anglais, par hasard ? demanda Adam. J'ai aperçu de fort bons partis, autour des tables. Il vous suffirait de paraître pour avoir tous les barons à vos pieds. Vous n'auriez que l'embarras du choix !

Elise fit la moue et garda le silence.

— Oh ! Je vois, reprit Adam, peiné par le mutisme d'Elise. Vous n'accepteriez jamais de vous marier à un Anglais, n'est-ce pas ?

— Quel Anglais ? répliqua vivement la jeune femme. Cela dépend de la personne.

Exaspéré, Adam poussa un soupir.

— Soyons clair, dans ce cas ! Voulez-vous m'épouser ?

6.

— Comment ? s'écria Elise, médusée. Vous me demandez en mariage ?

Cet homme venait de lui proposer froidement ce qu'elle n'osait plus espérer. Etait-ce une plaisanterie de mauvais goût ? Le cœur d'Elise cognait à ce point fort, qu'il lui semblait en entendre l'écho répercuté par les voûtes de la chapelle. Ce devait être une hallucination. Quelle autre explication pouvait-il y avoir à ce brusque revirement chez un homme apparemment sain d'esprit ? Saine d'esprit elle l'était aussi, elle avait donc bien entendu. Alors, cela devait cacher un piège quelconque, l'une de ces plaisanteries pince-sans-rire dont, disait-on, les Anglais étaient friands. S'il voulait jouer au plus fin...

— Vous seriez ainsi l'homme que je dois transformer en pantin ?

Le moment était fort délicat. Si sir Adam était sérieux, elle pouvait le dégoûter par cette réplique ironique, lui rappelant ses propos blessants de la veille. Tant pis ! Mais elle n'avait pu se retenir de la lui renvoyer au visage... Les dés étaient jetés. Tout en s'efforçant de contrôler sa respiration, elle attendit qu'il s'expliquât.

— Eh bien, rétorqua-t-il avec une nonchalance étudiée, disons que je ne veux pas laisser filer une occasion facile d'acquérir quelques terres sur le sol français. Le roi en offre à tous ceux qui épouseront des Françaises. Or je ne suis qu'un simple chevalier, qui ne possède qu'un maigre fief dans le Sussex.

Une chose rassura tout de même Elise : elle avait décelé dans le regard de l'homme une curieuse lueur, ténue mais indiscutable, qui démentait son indifférence, et c'était... celle du désir. Oh ! cela ne crevait pas les yeux ! Il était possible que lui-même n'en fût pas conscient. En tout cas, pour Elise, cela ne faisait plus le moindre doute : il la trouvait à son goût. Cependant, l'indifférence qu'il affichait pouvait être vraie... Mieux valait donc temporiser, le laisser se découvrir davantage, car elle ne souffrirait pas une autre humiliation.

— Je suis heureuse de voir que cette union vous apporterait quelque chose de tangible ! ironisa-t-elle.

Tout de même, quel mufle achevé il faisait ! songea-t-elle avec irritation. Comme ses paroles avaient été vexantes, une fois encore ! Comment envisager de vivre avec un homme qu'elle avait envie de souffleter chaque fois qu'ils échangeaient plus de trois répliques ?

— Non, pardonnez-moi, madame, s'excusa-t-il aussitôt, ce n'est pas ce que je voulais dire. Je ne suis qu'un guerrier, je ne sais pas parler aux femmes. C'est vous que je veux épouser, et personne d'autre.

Eh bien, voilà qui était inattendu ! Le chevalier avait l'air de mettre de l'eau dans son vin. C'était lui, à présent, qui était sur des charbons ardents, bel et bien ferré. A elle de s'amuser un peu ! décida Elise. Elle l'observa sans rien dire pendant une bonne minute et n'abrégea son supplice que lorsqu'elle vit palpiter sur le cou de sa victime la petite veine qu'elle avait déjà remarquée. Le petit détail trahissait l'émotion chez ce monstre de froideur.

— Alors j'accepte, sir Adam, murmura-t-elle dans un souffle. Je serai votre femme.

Il ne répondit pas un mot et garda un masque impassible.

Impressionnée par la force qui irradiait de ses yeux, Elise tenta de détourner la solennité du moment en reprenant aussitôt la conversation sur un ton léger. Elle avait pourtant du mal à se contrôler et ne pas laisser éclater la joie qui la submergeait.

— Bien, reprit-elle avec un large sourire, maintenant que vous vous devez de protéger ma pudeur, pourquoi n'irions-nous pas observer le manège des autres prétendants ?

A présent, elle mourait d'envie de festoyer, de faire ripaille, de danser sur la musique des ménestrels, voire de s'enivrer un peu. Sir Adam la demandait en mariage ? Cela méritait bien qu'elle s'amusât ce soir !

— Pourquoi pas ? répondit-il en lui offrant son bras.

Soudain, Elise prit conscience de la gravité du moment : elle allait s'engager devant Dieu auprès de cet homme. Mais ce n'était pas par amour, ni même par intérêt ou par désœuvrement, toutes raisons qui pouvaient tant bien que mal justifier un mariage... En ce cas, ce n'était que pour mieux nuire à l'Angleterre ! Etait-ce alors réellement une situation qui méritait que l'on s'en réjouît ?

— Donnez-moi un petit instant, je vous prie. Je

voudrais d'abord prier la Vierge pour qu'elle bénisse notre union.

— Certainement, madame, acquiesça-t-il d'un air grave. Je vous attendrai dehors.

Adam prit alors la main d'Elise et, s'inclinant, y posa les lèvres.

Elise éprouvait le besoin urgent de s'isoler pour remettre de l'ordre dans ses sentiments. Elle alla donc s'agenouiller à même le sol devant l'image sainte et pria. Ce fut une vraie prière, cette fois... S'adressant à la Sainte Vierge et à saint Denis, protecteur de la France, elle demanda le pardon des fautes qu'elle allait commettre par patriotisme et, surtout, de préserver son cœur de toute faiblesse. Ce dernier point la préoccupait, car le sentiment que le chevalier avait fait naître en elle pouvait se révéler dangereux pour la suite de sa carrière d'espionne. Elle sentit une bouffée de panique la submerger quand elle prit conscience du fait qu'en matière d'amour, autant qu'en espionnage, elle était loin de posséder l'expérience qui seule permet de tout maîtriser. Quant à mélanger les deux...

Malgré le froid pénétrant qui émanait des dalles humides, elle éprouvait encore sur sa peau la chaleur du baiser d'Adam. Cela faisait bien longtemps qu'un homme ne l'avait pas touchée et ce contact, pourtant chaste, avait suscité des sensations oubliées.

Elle parvint à se ressaisir en songeant au tour favorable que prenait sa mission. Car, après tout, c'était cela qui comptait. Enfin, elle venait de franchir un pas décisif dans l'accomplissement de sa vengeance. Adam n'était-il pas un proche du duc de Clarence, le propre frère du roi Henri ? Elle ne doutait pas de pouvoir bientôt approcher le souverain.

Dès lors... tout était possible.

— Bravo! Bravo, madame! lança une voix qui fit sursauter Elise. Vous avez été parfaite! Comme vous devez être contente!

— Gilles! s'écria Elise. Maudit démon! Tu étais donc caché là?

Tel un mauvais génie profanant la chapelle, le nain avait surgi derrière l'autel.

— Tiens-tu si peu à la vie? lui reprocha encore Elise. S'il t'avait surpris, il n'aurait pas hésité à t'embrocher sur-le-champ, sais-tu?

— Tss... Dans une église, madame? Allons... Même les Anglais ne sont pas aussi impies!

Elise ne le tança pas davantage car, en réalité, elle éprouvait du soulagement à pouvoir parler à un proche en toute franchise.

— Tu as tout entendu, n'est-ce pas? lui lança-t-elle avec une moue sévère. Eh bien, oui, je suppose que je dois m'estimer satisfaite. Je préfère tirer les vers du nez à sir Adam plutôt qu'à un gros baron à l'haleine fétide.

— Je comprends bien cela! s'exclama le nain. Cependant, soyez prudente, madame. Ce chevalier n'a rien d'un imbécile. Il n'est vraiment pas le genre d'homme à se laisser manipuler. De plus...

— Que veux-tu dire, Gilles?

— Disons que... auprès d'un gros baron puant, vous n'auriez pas à surveiller vos sentiments.

Elise se détourna, confuse de voir ses propres craintes percées à jour. Gilles avait vu parfaitement juste. Décidément, chez ce diable d'homme, tout était chétif sauf la cervelle!

— Aucun risque! se récria-t-elle d'une voix ferme.

Mon cœur est enterré à Azincourt ! Et je ne perdrai jamais de vue que ce chevalier pourrait bien être celui qui a tué Aimeri.

Un valet ne pouvait se permettre de pousser plus loin sa mise en garde. Aussi Gilles s'inclina-t-il avec respect.

— Bien, madame...

— Je voudrais à présent poursuivre mes prières, lui dit Elise en s'agenouillant. Excuse-moi, Gilles.

Le protocole voulait que le roi présidât le banquet depuis une table séparée, recouverte d'un dais. Au tour de lui s'installèrent les grands d'Angleterre : le duc de Clarence, les comtes de Huntingdon, de Salisbury et de Warwick.

Le souverain, avant de s'asseoir, avait adressé un sourire de connivence à Adam, qui se trouvait, en compagnie d'Elise, à la table où festoyaient les barons de moindre rang.

— Il semblerait que le roi approuve votre choix, remarqua Elise.

— Bah..., dit Adam d'un air indifférent, je crois qu'il s'inquiétait de mon célibat prolongé.

— Lui-même n'est pas marié, pourtant !

— Il s'est promis d'épouser Catherine de Valois, la fille du roi Charles.

— Pour que cela ait lieu, il lui faudra d'abord achever la conquête de la France !

Elise, comme tout le monde, avait encore en tête l'issue malheureuse des tractations entre Charles VI et Henri après que ce dernier eut demandé Catherine en mariage. En 1414, le roi anglais avait présenté, par ambassade, deux requêtes, dont la première était fort étrange : il demandait au roi Charles de lui restituer le royaume de France ! Or cette prétention était injustifiable au regard de la loi franque salique, qui proscrivait le droit d'hérédité par les femmes, seul lien que pouvait invoquer Henri V. La deuxième requête concernait la propre fille du roi, qu'il voulait épouser, afin sans doute de se créer un droit plus solide à la couronne française. Son ambassade avait été comblée d'honneurs et de cadeaux, mais ses demandes étaient demeurées momentanément sans réponse. L'année suivante, une ambassade française avait été reçue à Winchester et l'archevêque de Bourges, au nom de son roi, avait offert la main de Catherine de France à Henri, avec une dot de huit cent mille écus d'or, sept villes et sept comtés. Alors qu'il semblait près d'accepter le souverain anglais, au dernier moment, avait réclamé des avantages supplémentaires exorbitants, qui n'avaient pu lui être accordés. Les envoyés français s'en étaient retournés avec l'impression que l'on s'était moqué d'eux !

Elise regretta aussitôt ses commentaires, craignant qu'Adam ne trouve étrange chez elle un intérêt aussi vif pour la politique. Heureusement, le chevalier se contenta de hocher la tête en remplissant leurs coupes d'un excellent chambertin, pris à l'ennemi.

Les victuailles se succédaient, plus appétissantes les unes que les autres. On servait à profusion volailles rôties et salaisons, soupes riches et ragoûts de bœuf, qui ravissaient l'odorat. Cependant, occupée à mémoriser les visages des commensaux, Elise ne mangeait guère. Adam, lui, gardait un air impénétrable tout en faisant honneur à la cuisine française.

— Il sera roi de France, dit-il à propos de Henri, entre deux bouchées. C'est inéluctable. Les Valois le savent, et c'est pour cette raison qu'ils n'ont pas encore marié Catherine. Ils la tiennent en réserve pour traiter dans les meilleures conditions quand ils devront céder la couronne à Henri.

— N'est-ce pas affreux, pour une princesse, que de voir son destin tout tracé ?

— C'est chose courante chez les princesses, souligna Adam. Et il n'est pas triste de savoir que sa propre personne est un instrument de paix entre les nations. Et puis... je suis même sûr que la perspective d'épouser un beau roi ne lui déplaît pas.

Elise porta son regard sur Henri et dut reconnaître qu'il avait fière allure, avec sa tunique brodée de fil d'argent et sa cape de velours pourpre.

L'attention de la jeune femme s'arrêta ensuite sur le couple qui leur faisait face. Elle en connaissait fort bien la femme, puisqu'il s'agissait de Thérèse de Mantelieu, jolie veuve diserte avec qui elle partageait une étroite cellule de l'abbaye. Thérèse roucoulait d'aise au côté d'un chevalier à l'air fort aimable, et qui lui faisait une cour on ne peut plus pressante. C'était un bel homme, somme toute, bien plus âgé qu'elle, certes, mais qui gardait sa prestance, si l'on faisait abstraction de son strabisme prononcé.

En tout cas, son physique était plus avantageux que celui du chevalier rougeaud et râblé qui courtisait Angélique. Cette dernière, à l'autre bout de la table, riait aux éclats sous le regard de son soupirant. S'il ne louchait pas à proprement parler, bien qu'on eût pu le croire, il gardait les yeux rivés sur l'imposante poitrine de sa conquête. Les bourgeoises du couvent s'étaient donné le mot pour ne pas révéler aux Anglais qu'Angélique, avant la prise de Caen, était l'une des ribaudes les plus courues de la ville. Elise sourit à la pensée que l'Anglais en serait quitte pour une bonne vérole.

Partout, les regards enamourés fusaient, les mains se faisaient lestes et les propos intimes. Il régnait dans l'assemblée une étrange atmosphère de passion charnelle et de duperie mêlées qui incommodait Elise. Elle était probablement la seule véritable espionne parmi les femmes, quoique la plupart parussent disposées à tirer profit de leurs futurs époux — et ce, de quelque manière que ce fût.

Adam, quant à lui, ne parlait plus depuis un bon moment. Il gardait un air absent, inaccessible à toutes ces manigances. Que pouvait-il donc se passer dans sa tête en ce moment? Se rendait-il vraiment compte qu'il venait de s'engager à épouser Elise?

Le souper touchait à sa fin. Alors qu'on avait déjà servi les gâteaux au miel avec les vins doux, et que tout le monde, repu, se sentait gagné par une légère somnolence, le roi se leva.

— Gentes dames, messires chevaliers, commença-t-il. Le lieu où nous nous tenons fut fondé par la reine Mathilde, épouse du glorieux roi Guillaume, notre ancêtre, pour expier le péché d'avoir lié leurs sangs trop proches. Leur amour triompha de tout, et nous sommes heureux de voir réunie dans ce couvent une assistance où l'amour règne assurément.

Des rires approbateurs accompagnèrent la fin de sa phrase.

— Le peuple de France et celui d'Angleterre ne sont guère ennemis, et vous le prouvez ce soir devant nous. Aussi, ceux qui désirent le prouver à la face de Dieu pourront-ils se rendre demain à la chapelle de Saint-Etienne-le-Vieux, où un prêtre sanctifiera leurs unions. Hélas, nous devons vous annoncer que vos lunes de miel seront brèves... car l'armée anglaise lève le camp après-demain !

Un murmure de déconvenue courut parmi les convives. En effet, la majorité des hommes espérait, en toute logique, que l'armée prendrait ses quartiers d'hiver à Caen. La décision du roi allait à l'encontre de la prudence tactique la plus élémentaire et les laissait perplexes. On était déjà en automne... Quelle ville pourrait-on sérieusement assiéger, alors que la pluie et le froid seraient bientôt de la partie ?

Elise se demandait surtout quelle direction ils prendraient au sortir de Caen. Elle devait absolument l'apprendre au plus vite pour en informer le duc de Bourgogne.

Henri ne parut pas se rendre compte de la réaction inquiète qu'il venait de susciter et poursuivit son discours sans se départir d'un sourire affable :

— Nos musiciens resteront à votre service jusqu'à l'aube, s'il le faut, car je veux que vous fêtiez vos victoires guerrières et galantes de façon mémorable, avant de repartir pour des campagnes que Dieu rendra glorieuses.

Sous des vivas modérés, Henri salua l'assistance et fit signe à sa suite de se retirer avec lui.

— Madame de Troarn, dit le roi en s'arrêtant près d'elle, ne m'en veuillez pas de vous enlever sir Adam quelques instants...

Elise resta stupéfaite de ce que le souverain lui adressât la parole, et encore plus de ce qu'il connût son nom.

— N'ayez crainte, reprit-il, visiblement amusé de son effet. Ce ne sera pas long, mais je dois absolument m'entretenir avec lui. Que voulez-vous, l'amour ne fait pas toujours bon ménage avec la politique !

Sans voix, Elise se contenta de hocher la tête et n'entendit même pas la réponse qu'Adam fit au roi. Le chevalier se leva et suivit Henri après avoir recommandé à son écuyer, Harry, de se tenir auprès d'Elise jusqu'à son retour.

Alors qu'ils s'éloignaient, le cloître se mit à résonner des notes cristallines produites par un trio de luths installé sous le porche.

Encore sous le coup de la surprise, Elise oublia de saluer l'écuyer aux cheveux carotte, qui n'osait prendre place sans qu'elle l'y eût invité.

— Madame, murmura-t-il enfin pour signaler sa présence.

— Oh ! Harry, excusez-moi ! Asseyez-vous donc près de moi !

— Ce n'est rien... Merci, madame.

Il héla un valet, porteur d'un flacon de vermeil orné de pierreries dont il s'empara. Il remplit une coupe de muscat et l'offrit à Elise.

— Non, merci, refusa-t-elle. J'ai assez bu pour ce soir.

— Alors, à votre santé, dit Harry en vidant lui-même la coupe d'un trait. Et toutes mes félicitations pour... vous et sir Adam !

A sa diction, plus laborieuse encore qu'à l'accoutumée, Elise comprit que le jeune homme était déjà passablement pris de boisson.

— Il... il ne sait pas la chance qu'il a ! déclara-t-il en titubant pour s'asseoir. Une femme telle que vous ! Il ne se rend pas compte...

Quoique touchée par l'admiration transie qui se lisait dans les yeux de Harry, Elise dressa l'oreille, alertée par sa remarque. Que voulait-il dire par là ?

— Merci, Harry. Du fond du cœur. Mais... pourquoi dites-vous qu'il ne se rend pas compte de la chance qu'il a ?

L'écuyer cligna des yeux et baissa la tête d'un air contrit.

— J'ai encore trop parlé ! C'est que... je croyais que sir Adam ne pourrait aimer qu'une seule femme ! Oh ! je ne devrais pas vous dire cela non plus... Je... je voulais seulement vous féliciter...

— Vous pouvez tout me dire, vous savez, chuchota Elise d'un air complice. Cela me permettra de mieux connaître sir Adam. Et vous avez ma parole qu'il n'en saura jamais rien. Il aime une autre femme en Angleterre, n'est-ce pas ?

— Non ! Avant, oui...

Le visage de l'écuyer montrait la lutte qui se déroulait en lui, entre sa loyauté qu'il devait au chevalier et l'envie de confier tout ce qu'il savait à Elise.

— Il a aimé lady Stratham, avoua-t-il, vaincu. Il ne l'aime plus parce qu'elle a épousé son frère, le comte de Saker.

Ainsi, non seulement Adam avait essuyé un cuisant échec amoureux auprès de cette femme, mais il devait en plus supporter le supplice de la voir dans sa demeure, au bras de son propre frère ! Elise comprit alors d'où pouvaient venir son air sardonique et sa muflerie. Il y avait, en effet, de quoi aigrir le tempérament d'un homme.

— Est-elle belle, Harry, cette femme qu'il a aimée ? le pressa-t-elle.

— Oh... pas à votre façon ! assura le garçon d'une voix tremblante d'émotion. Elle est blonde, avec des yeux bleus comme le voile de la Vierge Marie. Vous, vous êtes plus... française !

— De votre part, je prendrai cela comme un compliment ! minauda Elise.

Son orgueil fut quelque peu rassuré du fait qu'Adam ne l'eût pas choisie pour sa ressemblance avec lady Anne.

Le pauvre Harry, qui n'avait cessé de boire durant leur entretien, montrait à présent tous les signes d'une ivresse avancée : il se balançait sur sa chaise, roulait des yeux vitreux et souriait à contretemps. C'était peut-être le moment, pour Elise, de pousser son avantage et d'en tirer d'autres informations.

— Au fait, Harry, demanda-t-elle, est-ce bien vers Rouen que part l'armée anglaise, après-demain ?

— Non, non ! articula-t-il à grand-peine. Le sud... Argentan, Alençon...

Comme cela avait été facile ! Jean sans Peur avait-il eu raison de voir en elle des dons d'espionne ?

— C'est étrange, remarqua-t-elle, je pensais que Rouen, capitale de la Normandie, serait votre prochain objectif.

Elle sursauta en s'apercevant soudain de la présence d'un valet, qui était occupé à débarrasser leur table de la vaisselle précieuse.

— Je ne suis qu'un écuyer, lady Elise, avoua Harry sur un ton d'excuse. Je ne connais pas les plans du roi.

Le jardin du cloître était à présent presque désert. Les musiciens avaient joué leur dernier air et s'apprêtaient à partir. Peu à peu, les arcades romanes du déambulatoire recouvraient leur paix monastique, troublée seulement par le va-et-vient des domestiques affairés à tout remettre en ordre.

— Harry, dit Elise à l'écuyer qui s'endormait, il semblerait que le roi ait retenu sir Adam plus longtemps que prévu.

Plus d'une heure avait en effet passé depuis le départ du souverain, et elle commençait à s'impatienter.

— Je vais me coucher, déclara-t-elle en secouant l'épaule de son compagnon. Vous m'excuserez auprès de votre maître, mais je suis fatiguée.

Elle l'était réellement et n'aspirait qu'à retrouver le calme de sa cellule.

— Bien, madame, dit Harry en réprimant un bâillement. Je crois que je vais faire de même. Bonne nuit, lady Elise.

— Bonne nuit, gentil Harry !

Avec un peu de chance, Elise regagnerait sa cellule avant le retour de Thérèse de Mantelieu, dont elle voulait éviter l'interminable conversation. Elle pourrait ainsi faire semblant d'être déjà endormie au retour de la bavarde. Mais pendant qu'elle serait seule dans la chambre, le Renard espérait avoir le temps d'écrire un message, le premier, au duc de Bourgogne.

7.

Le chœur de l'abbatiale de Saint-Etienne était illuminé par une myriade de cierges dont les flammes capricieuses scintillaient sur les candélabres d'argent, les châsses et les ciboires incrustés de gemmes. Même l'éclat des vitraux se trouvait éclipsé par la magnificence de l'orfèvrerie et des brocarts ornant l'autel. Au premier rang des stalles, quelques pairs d'Angleterre honoraient de leur présence auguste la cérémonie, vêtus de leurs plus riches habits. Le roi lui-même était présent, dans sa longue robe de drap d'or.

Malgré les splendeurs offertes aux yeux de l'assistance, Elise et Adam accaparaient tous les regards. Debout parmi les couples qui attendaient de recevoir le sacrement du mariage, ils paraissaient presque irréels, tant leurs beautés assemblées donnaient une impression d'harmonie.

Lui, de par sa stature et ses traits vigoureux, semblait un paladin tout droit sorti d'une chanson de geste — il avait la haute taille de Gauvain et la beauté de Lancelot. Par-dessus une chemise de soie écarlate, brodée aux armes des Saker, il portait une houppelande somptueuse, gansée de martre. Cet habit luxueux, prêté par le duc de Clarence, contenait à peine ses imposantes épaules, sculptées par des années passées à manier l'épée et la lance. Sa chevelure d'un noir intense flottait librement sur son col.

Le matin même, il s'était fait raser de près par Harry, qui avait ensuite lavé et peigné ses cheveux de jais. Tout en effectuant cette toilette, l'écuyer s'était efforcé de dérider son maître par un gai bavardage, sans toutefois parvenir à lui arracher un sourire. Adam n'avait rompu son mutisme que pour refuser catégoriquement de se faire friser.

— Hors de question ! s'était-il exclamé. Que m'importe la mode ! Et si Elise ne me trouve pas aussi raffiné que ses compatriotes, qu'elle prenne donc un autre époux... Après tout, je ne suis qu'un barbare anglais à ses yeux !

— Mais... Sir Adam, il s'agit de votre mariage ! avait insisté Harry. Il faut vous faire beau !

— Passe pour les habits... Je ne peux faire l'affront à Thomas de ne pas les porter ! Pour ce qui est des boucles de ribaude dont tu voudrais m'affubler, c'est non, une bonne fois pour toutes !

Harry avait alors compris qu'il devait s'en tenir là.

Il se tenait à présent dans l'église, au côté de Gilles le Petit.

— Ne pensez-vous pas qu'ils forment le plus beau couple qu'on ait jamais vu ? lui demanda-t-il avec enthousiasme.

Depuis le début, le nain suivait la cérémonie sans desserrer les dents.

98

— Ce que je pense, répondit-il d'un air farouche, c'est que s'il ose faire le moindre mal à ma maîtresse, je l'égorgerai de mes propres mains !

Il ne lui avait pas échappé que le cœur d'Elise flanchait chaque fois que le chevalier la regardait. Or, cela constituait un sérieux danger, car sa mission ne souffrirait pas la moindre faiblesse, surtout pas celle des tendres sentiments.

Son inquiétude grandit encore quand il surprit le sourire enamouré d'Elise, lorsqu'elle tendit la main au chevalier pour recevoir l'alliance.

Pour un peu, on eût cru assister à l'union de deux amoureux...

Adam n'ayant pas eu le temps de s'en procurer une véritable, c'est sa propre bague, gravée du blason familial, qu'il dut passer au doigt d'Elise. Pour éviter que l'anneau, bien trop large pour elle, ne glissât à terre, il dut garder la main de la jeune femme repliée dans la sienne, et ils s'agenouillèrent ainsi tous deux pour recevoir la bénédiction de l'évêque.

Ce dernier, malgré sa dignité ecclésiastique, ne put réprimer un regard de pécheur devant la beauté de la Française.

Dans sa robe émeraude, assortie à la couleur de ses yeux félins, elle était incontestablement sublime. La forme triangulaire de son visage rehaussait d'une vigueur de jeune animal la délicatesse générale des traits. Les plus doux péchés du monde semblaient naître de sa bouche, charnue à souhait et largement fendue, qui avait le pouvoir de faire divaguer les esprits les plus chastes. Sa poitrine, haute et ronde, était dissimulée par un lacis de rubans noirs brodés

d'or, et ses cheveux dénoués tombaient en de somp-
tueuses boucles fauves. Quant à sa taille, soulignée
par une ceinture brodée, elle était d'une finesse qui
soulignait de façon presque indécente ses hanches de
pouliche.

A l'instar de l'évêque, Adam n'avait pu dissimuler son émoi en la voyant ainsi vêtue, prête à le
suivre pour se rendre à l'église de Saint-Etienne.

— Renoncez donc à ce manteau, lui avait-il
demandé. Je veux que toute la ville puisse admirer
votre beauté ! Nous arriverons certainement les derniers à la cérémonie, mais personne ne regrettera
d'avoir attendu pour vous voir !

En fait, Elise était inquiète. Elle avait entendu de
désagréables rumeurs concernant le sort qui était fait
aux femmes qui se compromettaient publiquement
avec l'envahisseur.

— C'est que... l'on dit que les gens de Caen
lancent toutes sortes d'immondices sur le passage
des Françaises qui vont épouser des Anglais !

— N'ayez crainte. Je vous assure que rien ne
viendra souiller cette robe, qui vous va à ravir.

Il avait l'air si sûr de lui qu'Elise n'avait pas osé
lui demander plus d'explications.

Et en effet, à son grand étonnement, ils avaient été
acclamés d'un bout à l'autre du chemin.

— Vive le chevalier anglais ! Longue vie à sa
superbe épouse ! criaient les badauds, pendant
qu'Adam leur jetait de pleines poignées de menue
monnaie.

A quoi devait-on ce brusque revirement des Caennais ?

Elise ne devait l'apprendre que bien plus tard...

100

Pour obtenir ce prodige, il avait suffi à Adam de payer généreusement une centaine de personnes parmi le petit peuple, et de poster en des points stratégiques quelques soldats anglais, chargés de faire taire les autres.

Ce qu'elle ignorait, en revanche, c'est que cette opération n'avait pas été organisée dans le seul but de lui éviter une désagréable et salissante expérience. Elle servait aussi les plans d'Adam, qui était soucieux de rendre notoires ses prétendues sympathies pour la France.

Tout allait pour le mieux. Et pourtant, Adam sentait qu'un venin subtil rongeait lentement ses entrailles.

Celui de la suspicion.

La veille, à l'issue de son entretien avec le roi, il avait reçu Denis Coulet. Celui-ci revenait de Chartres où l'avait conduit une mission d'espionnage auprès de Jean sans Peur. Adam n'avait retenu aucun fait marquant dans le rapport oral de Coulet, et il s'était arrangé pour abréger l'entretien, dans l'espoir de rejoindre Elise avant la fin de la fête.

— A propos, avait dit l'agent au moment de prendre congé, toutes mes félicitations ! Vous avez choisi pour épouse la plus belle femme de Caen !

— Comment le savez-vous ? lui avait demandé Adam en fronçant les sourcils. L'avez-vous vue ?

— Une bien jolie petite biche, vraiment ! Je dois vous avouer que je n'ai su résister à l'envie de m'en approcher, tout à l'heure, dans le cloître de la Trinité. Elle était avec votre écuyer, n'est-ce pas ?

— Effectivement, mais...

— Un plateau, quelques verres, et voici Denis dans le rôle d'un parfait serviteur débarrassant les tables du banquet ! Vous pardonnerez cet excès de zèle, sans doute... Une déformation professionnelle ! D'ailleurs, j'ai appris des choses intéressantes...

Où voulait donc en venir cet intrigant ? Visiblement content de lui, il arborait un rictus satisfait.

— Très belle, avait-il ajouté. Mais... méfiez-vous !

— Et pourquoi donc, je vous prie ?

Adam, de plus en plus exaspéré, s'était demandé pourquoi il ne corrigeait pas ce répugnant personnage pour son audace.

D'autant qu'il le soupçonnait fortement d'être un agent double, fournissant les renseignements les plus importants au plus offrant. En outre, Coulet était cher, très cher. Mais il était le seul agent en mesure d'approcher Jean sans Peur d'assez près...

— Je vous conseille d'avoir l'œil sur elle quand l'armée anglaise assiégera la ville de Rouen, avait-il ajouté.

— Que voulez-vous dire, à la fin ? avait demandé Adam, excédé.

— Je l'ai entendue expliquer qu'elle y connaissait quelqu'un.

— Quelle importance ?

— Je ne voudrais pas que ma séduisante compatriote vous joue un mauvais tour, avait répondu Coulet d'un ton sarcastique. Imaginez qu'il s'agisse d'un amant !

Adam s'était retenu à grand-peine de gifler l'insolent sur-le-champ. Denis Coulet, pour antipathique qu'il fût, demeurait l'un des meilleurs agents de la couronne. A ce titre, il devait être ménagé.

— Elle pouvait aussi bien parler d'un parent ou d'une amie, avait rétorqué Adam. Je crois que vous prenez trop à cœur votre métier d'espion, Coulet. Cela vous jouera des tours...

— Messire, avait protesté l'agent d'une voix suave, je voulais seulement vous éviter de voir votre honneur bafoué par cette femme.

— C'est une attention touchante de votre part ! Bien, je ne vous retiens pas...

L'espion s'était effacé, sans se départir de son sourire malveillant.

— Comme c'est aimable de la part du duc de Clarence ! s'exclama Elise en découvrant la chambre préparée à leur intention.

En effet, sir Thomas avait fait aménager, dans ses propres appartements, un véritable nid d'amour pour la nuit de noces de son bien-aimé vassal et de son épouse française. Une table ronde garnie d'un souper fin les attendait, baignée par la chaude lumière de deux torches fixées au mur, ainsi que par un feu de cheminée abondamment nourri. Le lit à baldaquin, à demi dissimulé par des rideaux cramoisis, exhalait des senteurs fleuries.

Dans le moindre détail, on devait reconnaître que le duc avait bien fait les choses.

— C'est un grand honneur qu'il nous fait ! déclara Adam en se saisissant d'un pichet d'étain ouvragé.

Il servit deux coupes de vin rosé et, d'un geste, invita Elise à prendre place à table.

Ils commencèrent à dîner en silence, chacun plongé dans ses pensées. Elise jugea que le mutisme du chevalier était un trait de caractère dont elle devrait s'accommoder. Pour sa part, ses pensées étaient occupées par le remords de la confession mensongère qu'elle avait dû faire avant la célébration du mariage. Pouvait-elle raisonnablement avouer la vérité à un prêtre, fût-il français ? Comment savoir, en ces temps troublés, si les sympathies de ce dernier allaient à la faction des Armagnacs ou à celle des Bourguignons ? Pour ne courir aucun risque, elle s'était contentée d'avouer quelques péchés véniels, tels qu'avoir envié la coiffe de Thérèse de Mantelieu ou de manquer de ferveur dans ses prières quotidiennes.

Sans dire un seul mot, Adam servit Elise et emplit de nouveau son gobelet de vin.

— Ce saumon poché est délicieux, dit-elle enfin pour rompre le silence. Eh bien, sir Adam, nous voici mari et femme... et je ne sais presque rien de vous ! Ne voulez-vous pas me parler de votre famille, en Angleterre ?

— Appelez-moi Adam, demanda-t-il en souriant, ce sera plus naturel pour une épouse. Ma famille... Il est vrai que cette curiosité est bien légitime de votre part...

Réprimant un sourire, Elise songea qu'il était bien aimable de le reconnaître !

— Je suis le second fils d'un noble du Sussex, commença-t-il. Il est mort il y a quatre ans, en laissant ses terres et son titre à mon frère John, le nouveau comte de Saker. Ma mère n'a guère survécu plus d'un an à la disparition de mon père...

La voix du chevalier trahissait de l'émotion alors qu'il relatait ces faits. Le rude guerrier impassible aurait-il un cœur?

— Oh! nous pouvons parler d'autre chose, suggéra Elise. Je ne voudrais pas vous forcer à évoquer des souvenirs douloureux.

— Ce n'est rien... Les Saker ont été anoblis il y a trois siècles, sous le règne de Henri Ier, dont ils étaient les fauconniers.

— Votre visage me fait penser à un oiseau de proie, remarqua Elise. Votre nez est pareil au bec du faucon.

D'un geste vif, Elise posa un doigt léger sur le front d'Adam et descendit jusqu'à la bouche.

— Je ne sais pas si je dois prendre cela comme un compliment, plaisanta-t-il. Comparer mon nez à un bec! Hum...

— Avez-vous des sœurs... Adam?

— Trois: Marie-Claire, qui a pris le voile, Cecily, dont l'époux est mort à la bataille d'Harfleur, et Amicia.

— La dernière n'est pas en âge de se marier?

— Amicia ne se mariera jamais. La malheureuse est invalide de naissance, ses jambes sont paralysées. Elle vit avec nous, au château de Saker... C'est une sorte de sainte, affirma Adam. Tout le monde l'aime, la famille autant que les sujets du domaine.

Elise s'émut en entendant évoquer le sort de la malheureuse. Aurait-elle pu supporter, elle-même, de se voir ainsi diminuée?

— Je vois que vous l'aimez beaucoup, vous-même. Ce doit être insoutenable de savoir qu'elle souffre sans pouvoir la soulager, n'est-ce pas ?

Adam baissa les yeux sans répondre tandis qu'Elise se sentait elle-même gagnée par une douleur si sincère. Il était dans ces circonstances d'autant plus ardu d'aborder les questions qui la préoccupaient réellement : les sentiments qu'Adam éprouvait aujourd'hui pour Anne, cette femme qu'il avait aimée, là-bas en Angleterre, et qu'il aimait peut-être encore...

— En tant que fils cadet, reprit-elle, vous êtes donc l'héritier potentiel de votre frère...

C'était une façon détournée d'inciter le chevalier à aborder le sujet.

— C'est exact, affirma-t-il, mais plus pour très longtemps. Mon frère s'est marié il y a quelques mois de cela, avec lady Anne Stratham, qui lui donnera sûrement un héritier, sous peu...

Qu'avait-il ressenti en prononçant le nom de lady Anne ? Son visage, en tout cas, n'avait laissé transparaître aucun trouble, si ce n'était un léger pincement des lèvres.

Elise préféra ne pas insister.

— Et que faisiez-vous, avant de venir envahir la France ?

Il sourit à cette impertinence.

— Pas grand-chose, répondit-il. J'ai été adoubé à l'âge de vingt et un ans, et je suis entré au service de mon suzerain, le duc de Clarence. C'est lui qui m'a envoyé combattre en France, de Harfleur à Azincourt, parmi de nombreux autres vassaux, pour reprendre aux Valois les territoires revenant de droit au roi Henri.

En réalité, Elise savait qu'Adam ne pouvait être l'homme qui avait porté le coup mortel à son défunt époux. Lors de cette bataille, les chevaliers français, lourdement armés, avaient été piégés dans un bourbier et, au mépris des règles guerrières, jetés à terre et massacrés par la piétaille anglaise.

— Qu'en est-il de vous, Elise ? demanda Adam, comme s'il avait deviné la direction de ses pensées. Je sais tout au plus que vous êtes veuve et que votre beau-frère ne vous est pas sympathique. N'y a-t-il personne d'autre pour qui vous comptiez ?

« J'espère que je compte un peu pour toi ! » pensa-t-elle, avant de répondre :

— Il ne me reste qu'un frère, arbalétrier au service du duc de Bourgogne. Mais nous sommes un peu en froid. Mes parents, morts depuis longtemps, étaient des bourgeois de Paris.

— Je comprends que vous vous sentiez seule, remarqua Adam.

Elise regarda le chevalier dans les yeux. Le foyer s'étant éteint, ces yeux noirs insondables brillaient comme des escarboucles à la seule lueur des torches... Elle fut alors submergée par les sentiments qu'il suscitait en elle. Au-delà du désir physique, que toute autre femme aurait ressenti devant lui, elle était envahie par l'envie violente d'une communion totale avec cet homme. Malgré ses réticences, elle dut s'avouer à cet instant qu'elle était tombée amoureuse. C'était un fait indéniable, dont il lui fallait à présent tenir compte...

— A présent que nous avons fini de dîner, il ne faudrait pas que nous tardions à nous coucher, remarqua-t-il alors. Une rude journée nous attend.

Elise interpréta ces propos comme l'expression d'une pudique impatience, qui faillit la faire rougir. Au moins était-elle rassurée sur ce point : si elle avait des doutes sur les sentiments du chevalier, elle était sûre qu'il la désirait.

— J'espère que vous ne vous formaliserez pas du manque de cérémonial, reprit-il. Nous n'avons guère de chambrière pour vous aider à vous dévêtir. Je serai donc obligé de le faire moi-même, si vous le voulez bien.

Pour qui la prenait-il ? Elle n'était plus une jeune pucelle redoutant les prémices de l'intimité physique.

— Cela ne m'incommode pas du tout, le rassura-t-elle en se levant pour s'approcher de lui. D'autant que j'ai déjà été mariée...

Aussitôt, elle regretta d'avoir rappelé ce fait. Il se pouvait en effet fort bien qu'Adam fît partie de ces hommes qui se sentent floués de ne pas être les premiers à toucher une femme.

— En ce cas, dit-il en se plaçant derrière elle pour délacer sa robe de satin vert, j'espère seulement ne pas me montrer trop maladroit à cet exercice.

Frissonnant dans la nuit automnale, Elise sentit sur son dos dénudé la caresse de l'air frais. La robe avait glissé sur ses hanches dont la peau appelait le contact des mains d'Adam. Que lui importait sa mission, à cet instant ? Tout son corps n'aspirait qu'à se sentir couvert de baisers, chaviré sous l'étreinte, possédé par le désir masculin qu'elle sentait naître derrière elle, dans la respiration de plus en plus courte du chevalier. Allait-il à présent la prendre dans ses bras ou la jeter sur le lit ?

Dieu comme elle avait envie de lui !

— Quant au reste, je pense que vous pourrez vous en sortir seule, affirma-t-il dans un souffle, avant de faire un pas de côté pour saisir une couverture sur le lit.

Elise, abasourdie, ne comprit pas tout de suite la teneur de ces propos. Que voulait-il dire par là ? Préférait-il se placer à quelque distance pour se repaître du spectacle de sa femme qui se déshabillait ? Elle n'avait rien contre ce genre de prélude...

Hélas, c'était tout autre chose !

Adam prit aussi son manteau et disposa le tout sur le sol, de manière à arranger une couche de fortune près de la cheminée.

— Je vous souhaite une bonne nuit, Elise.

8.

— Bonne nuit ? s'exclama Elise, incrédule. Vous venez de me souhaiter une bonne nuit ? Vous... vous n'avez pas l'intention de consommer notre mariage ?

Adam se sentit mortifié par la déception sans fard qui se lisait sur le visage d'Elise. Etait-il allé trop loin en la déshabillant à demi, avant de l'abandonner ?

Il ôta calmement sa chemise de soie brodée avant de lui répondre :

— Non. Du moins pas pour le moment.

Sans un mot de plus, il éteignit alors les torches en les plongeant dans les cendres du foyer, puis s'allongea sur la couverture posée à terre et se couvrit de son manteau de laine sombre. A trois pas de lui, Elise se glissa en silence sous l'édredon du lit.

Il n'avait aucune envie de se lancer maintenant dans une explication où il devrait s'ouvrir à la jeune femme de ses plus intimes déconvenues. Du reste, lui devait-il quelque explication que ce fût ?

— Je ne comprends pas ! lui avoua-t-elle. Pourquoi nous sommes-nous mariés ? Ne me désirez-vous pas ?

Oh ! si, il la désirait. Et tout à l'heure, il avait dû faire un effort surhumain pour ne pas aller plus loin.

— Il ne s'agit pas de cela, bougonna-t-il.

A la seule pensée du corps d'Elise, si proche, le sien réagissait de manière animale. Sa volonté ne contenait qu'à grand-peine l'impétuosité des élans charnels qui l'habitaient.

Il aurait voulu pouvoir se convaincre du fait qu'il ne s'était marié que pour obéir à son souverain. Or, il lui fallait s'avouer qu'il n'avait tout simplement pu supporter l'idée qu'un autre homme possédât cette Française, cette Elise qu'il trouvait si belle... Mais, de là à se livrer pieds et poings liés... Non ! Une femme, déjà, l'avait rendu vulnérable, et il s'était promis de ne plus tomber dans de semblables pièges.

— C'est à cause de lady Anne, j'en suis sûre !

Ces paroles foudroyèrent Adam comme un carreau d'arbalète. Entendre ce nom maudit dans la bouche d'Elise était plus qu'il n'en pouvait supporter !

— Qui vous a dit cela, renard ! s'écria-t-il, hors de lui, en écartant brusquement son manteau.

— Pour... pourquoi m'appelez-vous ainsi ? demanda Elise d'une voix tremblante.

Etonné de la voir soudain si vulnérable, Adam songea qu'il avait dû lui faire peur, avec sa grosse voix...

— C'est ce que l'on dit dans mon pays des personnes sournoises telles que vous. C'est à coup sûr ce maudit bâtard d'Harry qui a trop parlé ! Judas ! Aussi roux et « renard » que vous !

Peste ! Son écuyer était un écervelé, cela il le

savait. Cette fois, cependant, il avait passé les bornes ! Demain, il lui chaufferait un peu les oreilles pour lui apprendre la discrétion.

— En français, on dit plutôt « vipère », expliqua Elise d'un ton raffermi. Oui, c'est Harry qui me l'a dit. Mais le pauvre garçon n'y a fait allusion que pour me faire comprendre à quel point il se réjouissait de notre mariage...

— Merci pour la leçon de français ! lança Adam avec un regard haineux.

Dans un accès de fureur, il se précipita sur la jeune femme.

— J'en ai une pour vous aussi... Une leçon d'un autre genre, reprit-il en la saisissant aux cheveux.

Elise se débattit tandis qu'il plaquait la bouche sur la sienne et lui mordait les lèvres, impitoyablement. Vaincue, elle finit par accepter le baiser qui, peu à peu, se teinta de passion et se fit de plus en plus sensuel.

Hors d'haleine, Adam repoussa brusquement Elise, les yeux encore brillants de colère.

— Vous ai-je embrassée comme un homme qui aime une autre femme ? demanda-t-il.

Deux grosses larmes coulèrent sur les joues d'Elise.

— Je ne ressens plus rien pour elle, est-ce clair ? Pour autant, cela ne signifie pas que je doive vous faire l'amour ! Le roi m'a ordonné de vous prendre pour femme et j'ai obéi — mais ni vous ni lui ne pouvez me demander plus !

Blessée, Elise songea qu'elle devrait se contenter de cela. Puis elle se reprit et lança d'un ton sardonique :

— J'avais entendu dire que les Anglais n'avaient pas beaucoup de tempérament... Eh bien, je constate que la rumeur était fondée !

— Les Françaises ont quant à elle la réputation d'être des femmes légères, répliqua Adam sur le même ton. Je constate que vous n'échappez guère à la règle ! *Quelqu'un* ne vous attend-il pas à Rouen ?

Elise fronça les sourcils.

— Je n'ai personne d'autre à Rouen que mon frère, qui y commande les arbalétriers de la garnison.

Adam lui jeta un regard de mépris.

— Allez raconter cela à mon écuyer, peut-être arriverez-vous à le lui faire croire ! Ne m'avez-vous pas affirmé qu'il était au service de Jean sans Peur ? Je vous signale, pour votre gouverne, que ce dernier se trouve en ce moment à Chartres, pas à Rouen.

— C'est la vérité ! s'écria Elise. Le duc de Bourgogne l'a nommé capitaine et détaché à la défense de cette ville !

— Je vous souhaite de nouveau une bonne nuit, chère épouse, conclut Adam en regagnant sa couche près de la cheminée.

Cette nuit-là, il ne trouva pas le sommeil facilement. Dans l'obscurité, il entendit pendant de longues minutes les sanglots étouffés d'Elise. Fallait-il prendre le risque de blesser cette jeune femme pour obéir au roi ?

Par-dessus les nuages nacrés de l'aube, le ciel était couleur de lavande quand Elise s'éveilla.

Sans même le vérifier, elle sut que la place à côté

d'elle était demeurée vide. Où donc était Adam ? Devant la cheminée, seule une chaise supportant une couverture pliée marquait l'endroit où il avait dormi.

Comme elle s'asseyait dans le lit, Elise sentit un douloureux étau se fermer sur son crâne. Elle ferma les yeux en attendant que la douleur daigne passer et ramena un drap sur ses épaules. De l'air vif s'engouffrait dans la chambre par la fenêtre ouverte. Elle avait mal dormi, passant la moitié de la nuit entre les larmes et les questions sans réponse. Quel abominable secret pouvait lui cacher Adam, qui l'obligeât à se comporter comme il l'avait fait ? Etait-ce une souffrance morale ou une blessure physique qui l'empêchait d'aller au bout de ses désirs ? Quel étrange monstre était-il ?

Vêtu d'une cotte de mailles, sous un manteau de gros drap, le monstre en question fit irruption dans la chambre. Il portait, sur un plateau de bois, une tasse de lait fumant, du fromage et des petits pains.

— Bonjour ! la salua-t-il d'un air enjoué en posant le plateau sur le lit. Votre petit déjeuner, madame... L'armée lève le camp dans une heure, vous ne l'avez pas oublié, j'espère ! Aussi, veillez à vous habiller au plus vite.

Elise n'avait pas oublié que l'on partait, bien sûr ! Seulement, elle supposait qu'une telle manœuvre prendrait une bonne partie de la journée. Le bruit des attelages passant sous la fenêtre lui apprit que, contrairement à son estimation, les préparatifs étaient déjà bien avancés. On entendait le bruit des sabots martelant le sol, le grincement des harnais et les jurons des hommes de troupe.

Elle rougit en surprenant le regard d'Adam, attiré

par ses seins dont les pointes se devinaient à travers le drap. Aux larges cernes de ses yeux, elle remarqua que le sommeil du chevalier avait été aussi mauvais que le sien, malgré l'air enjoué qu'il affichait.

— Descendez quand vous serez prête, suggéra-t-il en s'éloignant vers la porte. Gilpoti vous attend dans l'antichambre, près de l'escalier.

En dépit de sa tête douloureuse, Elise ne put s'empêcher de sourire en entendant le nom de son valet, Gilles le Petit, ainsi déformé par l'Anglais. Gilpoti ! Voilà qui était cocasse !

— Vous ne partagerez pas ce repas avec moi, messire ? demanda-t-elle.

— Je vous remercie, mais j'ai déjà pris une collation, et il me reste tant de choses à faire avant le départ !

Elise acquiesça silencieusement et écouta le cliquetis de la cotte de mailles d'Adam tandis qu'il descendait l'escalier de pierre.

Adam s'était prestement éclipsé, sachant qu'il ne pourrait résister longtemps au charme d'Elise. Difficile de ne pas succomber à son minois boudeur, encadré de mèches acajou ! Or, il n'était pas préparé à affronter de tels sentiments et se sentait par avance maladroit dans les situations où il devrait tenter d'occulter le désir que lui inspirait ce corps voluptueux. De plus, il avait lu la déception sur le visage d'Elise, ce matin, et cela renforçait son malaise.

Etait-elle réellement déçue, au fond ? se demanda-t-il en traversant le porche de l'abbaye. Comment le savoir ? Les femmes sont tellement habiles à travestir leurs sentiments ! Certes, elle avait pleuré durant la nuit, mais la cause de ces larmes pouvait très bien n'être que l'expression d'un orgueil blessé.

Il lui fallait tout de même reconnaître l'intense frustration que lui-même éprouvait. Il aurait été si simple, hier, de l'enlacer tendrement et de se laisser submerger par les sens. Non ! Il ne pouvait jouer ce jeu pour satisfaire une envie lascive ou pour ménager la susceptibilité d'Elise. Il devait garder la tête froide afin de se consacrer à ses nouvelles fonctions. La campagne allait être rude. Selon le projet que Henri lui avait exposé, l'armée se dirigerait d'abord vers Bayeux, puis vers Argentan. Bientôt, avec l'aide de Dieu, ils posséderaient toute la Normandie et pourraient se tourner vers Rouen, dernier rempart avant Paris.

Et cet amant, à Rouen ? Qui pouvait garantir à Adam qu'Elise n'irait pas le rejoindre dès qu'ils seraient en vue de cette ville ? Son frère ! Elle pensait certainement qu'il était né de la dernière pluie, pour oser soutenir qu'il s'agissait de son frère. Pourquoi pas une vieille tante invalide ? Cependant, Adam était bien obligé de reconnaître qu'il s'était senti soulagé lorsqu'elle avait proféré ce mensonge.

Quelle que fût la direction que prissent ses pensées, l'image d'Elise ne quittait en tout cas pas son esprit.

Comme il arrivait au camp principal, où des milliers de soldats s'affairaient, Adam pensait encore aux cheveux défaits et à la poitrine insolente de la jeune femme. Et alors qu'il lui fallait donner des ordres précis et véhéments aux hommes qui rassemblaient les armes lourdes, telles que les bombardes et les trébuchets, indispensables pendant les sièges, son esprit était ailleurs.

Il serait à l'évidence difficile de résister long-temps aux attraits d'Elise! D'autant que, les sachant mariés depuis peu, leur entourage s'efforcerait de leur ménager le plus d'intimité possible, pensant ainsi leur faire plaisir. Que de tortures en perspective!

Si Adam réussissait à respecter ses chastes résolutions, le plus probable était qu'Elise, pour sauvegarder son amour-propre, s'enfuirait à la première occasion que lui offriraient les déplacements de l'armée anglaise en campagne. En attendant, Adam devrait calmer son ardeur comme il le pourrait...

— Pour moi? s'exclama Elise, incrédule. Cette merveille m'est destinée?

Gilles tenait par la bride une magnifique haquenée, aux étriers d'argent et luxueusement caparaçonnée de brocart pourpre.

Jamais Elise n'avait vu de bête aussi gracieuse. Son pelage gris pommelé brillait au soleil, et ses sabots ferrés d'argent cliquetaient sur le sol en une musique qui résonnait comme une invitation à la course.

— Dois-je vous remercier, Adam? demanda-t-elle, les yeux brillants de joie. Est-ce votre cadeau de mariage?

— Non, répondit-il sèchement, c'est celui du roi. Sachant que vous n'aviez pas de monture, il m'a chargé de vous remettre cette jument.

Elise dut prendre sur elle pour ne rien laisser voir

de sa déception. Elle flatta l'encolure et le mufle velouté du splendide animal.

— Elle est magnifique! dit-elle en caressant la crinière. Je t'appellerai Trompette, d'accord? Et nous serons de bonnes amies!

Ce présent était réellement le bienvenu, car elle avait envisagé sans enthousiasme l'idée de voyager dans les charrettes en compagnie des lingères et des rudes cantinières, seules femmes autorisées à suivre l'armée.

Avec l'aide de Gilles, elle mit le pied à l'étrier et s'installa sur la selle, en amazone. Bien dressée, la haquenée ne broncha pas lorsque sa nouvelle maîtresse se saisit des rênes.

— Sur une telle monture, je me sens capable d'aller jusqu'au bout du monde! déclara Elise, aux anges.

Elle se doutait qu'elle ne pourrait faire le chemin en compagnie d'Adam, comme elle l'aurait souhaité. Et en effet, celui-ci l'informa qu'il chevaucherait en armure au côté du roi, prêt à le protéger en cas d'attaque, tandis qu'elle se tiendrait à l'arrière, parmi les chariots à vivres et à bagages. « Gilpoti », sur son mulet, resterait près d'elle. Et elle trouverait de la conversation auprès des Caennaises mariées le même jour qu'elle à des Anglais.

— Gilpoti! s'exclama Elise quand ils se furent éloignés du chevalier. Mon mari prononce ton nom d'une façon bien curieuse, ne penses-tu pas?

— On ne peut demander l'impossible à un Anglais, répliqua Gilles. Quand bien même celui-ci parle couramment le français!

Intrigué, le nain avait étudié discrètement le visage de sa maîtresse et celui du chevalier — pour en retirer une impression étrange. Que s'était-il passé pendant leur nuit de noces? Au lieu d'offrir l'expression satisfaite qui suit habituellement l'assouvissement des corps, leurs regards étaient chargés de contrariété, presque hostiles.

Sa maîtresse, malgré la chasteté observée depuis la mort de son époux, n'avait-elle pu admettre un autre homme dans son intimité? Parfois, les croix des tombes projettent leur ombre jusque dans les alcôves... Mais dans ce cas, c'était peu probable. Gilles avait nettement décelé le désir qu'Adam inspirait à Elise. En outre, la mort d'Aimeri remontait déjà à deux ans et — que diable! — les femmes ont autant besoin que les hommes de ne pas dormir seules.

Cette dernière pensée plongea Gilles dans une subite mélancolie, un sentiment qu'il connaissait bien: celui de la solitude, la tristesse de ne partager sa couche avec personne... Mais mieux valait ne plus y penser! Revenant à Elise, il se demanda encore ce qui avait pu se passer. L'Anglais l'aurait-il repoussée? Cela semblait inconcevable, mais la guerre entre les deux peuples ne s'arrêtait peut-être pas sur le seuil des chambres à coucher...

Gilles se moquait éperdument des motifs qui alimentaient le conflit entre les seigneurs des deux pays, de même qu'il se souciait peu du parti qui l'emporterait. Pour lui, tous n'étaient que des rapaces avides de pouvoir et de richesses! Cependant, il n'admettrait jamais qu'un homme, où qu'il fût né, blessât Elise. Celle-ci ne le méritait pas! Il la connaissait depuis des années, et jamais il ne l'avait vue mal agir. Cela avait de quoi surprendre, car son jeune âge et sa condition auraient pourtant excusé qu'elle se comportât comme une petite maîtresse despotique et insouciante. Il n'en était rien : chaque fois que l'occasion s'était présentée, elle avait su se montrer compatissante et bonne envers tous ceux qui l'approchaient. Gilles l'avait tout de suite prise en sympathie, lorsqu'elle était arrivée à Troarn, et il avait fait son possible pour lui épargner les vexations que sa belle-famille, hostile, tentait de lui infliger.

Si jamais il découvrait que l'Anglais abusait des sentiments de sa maîtresse, il se promit de veiller à ce que le méchant homme ne retourne pas vivant dans son île.

9.

— La voici enfin, notre petite amie du couvent !
s'écria Thérèse de Mantelieu en apercevant Elise.
Nous nous demandions si vous seriez du voyage de
noces !

Chevauchant Trompette, Elise se porta à la hauteur du chariot depuis lequel on la hélait. Mariées
tout comme elle la veille à des Anglais, Angélique et
Thérèse semblaient fort joyeuses de la retrouver.

— Oui, nous étions très inquiètes pour vous ! dit
Angélique sur le ton de la plaisanterie. Votre chevalier a l'air si terrible, il est si grand... Et ces yeux
noirs ! Or, voyez donc cela, Thérèse, à en juger par
le présent qu'il vous a fait, il doit être plutôt galant
homme !

— Ah ! vous voulez parler de Trompette ? répondit Elise. Elle est superbe, n'est-ce pas ?

Mieux valait les laisser croire que la jument lui
avait été offerte par Adam.

— Digne d'une princesse ! s'exclama Thérèse.

Au vrai, Elise n'était pas mécontente de retrouver
ses camarades d'infortune de la Trinité, bien que
Thérèse, dont elle avait partagé la chambre, fût une

redoutable bavarde, quelque peu sournoise. Angélique, en revanche, était une franche luronne, et l'évolution des rapports avec son époux promettait d'être piquante. Ce dernier découvrirait-il bientôt qu'il était marié à une prostituée notoire ?

Chevalerie anglaise en tête, le convoi venait de dépasser les faubourgs de Caen et progressait à présent sur la route de Bayeux.

— Au fait, madame, remarqua Angélique en étirant ses membres comme un chat, vous ne nous avez pas dit si sir Adam était aussi indomptable sans vêtements qu'il paraît l'être avec son armure !

Le premier mouvement d'Elise fut de blâmer une remarque aussi inconvenante. Elle se ravisa, cependant, en constatant l'absence de toute malveillance sur les visages de ces femmes. On n'y lisait qu'une curiosité sincère et parfaitement excusable. D'ailleurs, non seulement leur conversation devait rouler sur ce type de confidences depuis le départ, mais elles ne pouvaient deviner quel cauchemar avait été sa nuit de noces.

— J'ai passé une très bonne nuit, mentit-elle avec aplomb.

— Regardez comme elle rougit ! s'exclama Angélique, l'air ravi. Ne dirait-on pas une pucelle ? Si elle n'en avoue pas davantage, c'est que la nuit a été mémorable...

Apparemment, la réaction d'Elise satisfaisait ses compatriotes. Cela la rassura. Elle ne voulait en effet en aucun cas se les mettre à dos. Le voyage serait long et elle devrait sans doute passer de nombreux moments en leur compagnie.

— Comment se sont déroulées les vôtres, mesdames ? demanda-t-elle du ton neutre que lui commandait la prudence.

— Oh ! Après une longue période d'abstinence, c'est toujours un plaisir que d'avoir un homme dans son lit, souligna Thérèse. Même si c'est un Anglais ! De plus, empoté comme il l'est, le mien sera sûrement plus fidèle qu'un mari français...

— Les Anglais sont fidèles par manque de tempérament ! rétorqua Angélique en riant. Mon Ralph, lui, ne manque pas une occasion de se jeter à mes pieds pour me jurer un amour éternel. Me montrerait-il autant de dévotion s'il avait vent de mon passé ?

Elise trouva cocasse la façon dont un enchaînement de circonstances pouvait bousculer l'ordre des choses, au point de réunir dans une conversation complice la veuve d'un chevalier et une vulgaire putain.

Une petite voix vint quand même troubler sa bonne humeur. Au fond, n'était-elle pas elle-même un genre de prostituée ? La cause patriotique faisait-elle vraiment la différence ?

Vers midi, Adam profita d'une halte pour rejoindre Elise à l'arrière de la colonne.

— Comment allez-vous, madame ? la salua-t-il, sans descendre de son destrier. Votre jument vous a-t-elle donné des soucis ? Est-elle assez docile ?

La jeune femme, assise en tailleur sur une couverture, en compagnie de Gilles, leva les yeux sur lui. Installées à quelques pas de là, deux Françaises le regardaient à la dérobée avec force gloussements.

— Elle est parfaitement bien dressée, répondit-elle.

Elle avait posé une main sur son front, en guise de visière, pour éviter d'être éblouie par le soleil.

— Avez-vous soif? demanda-t-elle à Adam. Puis-je vous offrir quelque chose à manger?

Il avait enlevé son heaume et montrait un visage inondé de transpiration. Le port de l'armure en cette saison était un véritable supplice. Soumis à la température, encore estivale, de ce début d'automne, les corps cuisaient littéralement sous le métal, le sang battait aux tempes.

Comme Gilles s'était levé pour lui céder la place, Adam fut tenté de mettre pied à terre pour s'asseoir un instant près d'Elise.

— Hélas, madame, je dois rejoindre mon suzerain, le duc de Clarence, sur-le-champ, dit-il en tournant la bride. Par contre, nous dînerons ensemble ce soir, si vous le désirez...

Alors qu'il s'éloignait au trot, Harry Ingles surgit et se découvrit devant Elise.

— Puis-je vous tenir compagnie à la place de mon maître? demanda timidement l'écuyer. Je sais que j'en suis indigne, mais...

— Mais bien sûr, Harry! le rassura Elise. Vous êtes le bienvenu. Je serai ravie de partager cette collation avec vous. Sir Adam doit être un homme fort important, pour s'entretenir aussi souvent avec le roi ou le duc de Clarence, n'est-ce pas?

— De plus en plus, semblerait-il, répondit l'écuyer en s'asseyant.

— Ah! j'y pense : il y a un service que j'aimerais vous demander — si cela ne vous dérange pas trop...

126

— Tout ce que vous voudrez, madame! Tout!

Le départ de Caen avait été plus laborieux que prévu, de sorte qu'au coucher du soleil l'armée n'avait couvert que quatre lieues. L'ordre fut alors donné de dresser les tentes pour la nuit, et chacun s'affaira à bivouaquer dans les meilleures conditions. Seuls les chevaliers disposaient d'abris de toile pour eux-mêmes et leur entourage; la piétaille devait se contenter de dormir en plein air, sous de rêches couvertures.

Alors que le pavillon du roi venait d'être érigé et sa bannière hissée, Adam se mit en quête des siens pour les aider à s'installer. Il fut surpris de trouver la tente déjà montée et le feu de camp allumé sous un odorant rôti que surveillait Elise.

— Harry, mes félicitations pour ta diligence! s'exclama Adam en désignant du doigt les toiles de l'abri, tendues sur des perches de châtaigner. Et d'où vient cette odeur appétissante, madame? demanda-t-il à Elise. Une oie rôtie! Par quelle magie l'avez-vous obtenue?

— Je ne sais comment il se l'est procurée, mais c'est Gilles qu'il faut remercier! rectifia la jeune femme en posant la main sur l'épaule du nain.

— Gilpoti, vous êtes un lutin bienfaisant! déclara Adam.

Au sourire en coin du valet, il devina que la volaille avait probablement été chapardée, au passage, dans une ferme.

— Le mérite de la préparation revient à madame, précisa Gilles. Elle est bien meilleure cuisinière que moi-même!

Fraîche et souriante, Elise ne donnait guère l'impression d'avoir passé la journée à chevaucher sur la route poussiéreuse. Ses cheveux acajou étaient coiffés en un chignon qui dégageait ses hautes pommettes, et elle portait de nouveau la robe verte qu'Adam avait délacée la veille...

Elle s'adressa à lui :

— *My lord, Harry will disarm you, and then won't you sit down and take your ease. I shall serve your supper.*

Elle venait de parler en anglais ! s'avisa Adam, éberlué. Face à sa surprise, Elise éclata de rire.

— C'est votre écuyer qui m'a appris cette phrase, aujourd'hui ! expliqua-t-elle. Il me l'a fait répéter jusqu'au moment où vous êtes arrivé.

— Il peut être fier de son élève, assurément, dit Adam.

— Je dois apprendre votre langue, déclara Elise avec enthousiasme pendant que Harry s'affairait déjà afin de débarrasser Adam de sa pesante armure. Ne suis-je pas mariée à un Anglais ! Aussi, poursuivit-elle, tandis que nous dînerons, je voudrais que vous m'appreniez les noms de toutes les choses que nous toucherons ! Dites leur nom en anglais, et je les répéterai, voulez-vous ?

Tout au long du repas, Adam, amusé, nomma les objets qui les entouraient : écuelle, couteau, nourriture, feu, couverture... Il dut reconnaître qu'Elise possédait une excellente oreille, car elle réussit à tout prononcer sans grande difficulté.

— Comment dites-vous : « Voulez-vous reprendre du vin » ? lui demanda-t-elle.

Adam le lui traduisit, charmé par la détermination

de la jeune femme, et lui tendit son gobelet d'argent pour joindre le geste à la parole.

Soucieux de ménager l'intimité du couple, Gilles et Harry s'étaient retirés chacun de son côté. Adam se trouvait donc maintenant seul à seule avec Elise et, par conséquent, en danger ! De minute en minute, il sentait fondre ses résolutions d'abstinence, regrettant presque son indifférence de la veille. Il lui fallait pourtant se ressaisir et prendre de la distance à tout prix — sans quoi, il en était sûr, sa propre faiblesse le dégoûterait de lui-même et du monde entier.

La faiblesse ! Le son même de ce mot ravivait la honte qu'il avait éprouvée à cause de lady Anne, et le rendait nauséeux.

— Je dois reconnaître que vous vous montrez très douée, remarqua-t-il. Cependant, sachez que cela ne me dérange pas du tout de continuer à parler français avec vous.

A dessein, Adam ne chercha pas à tempérer la froideur de ces paroles, propres à éteindre l'enthousiasme d'Elise. Après tout, il ne s'agissait peut-être pour elle que de passer le temps en attendant de rejoindre son amant à Rouen ! Aussi bien, cette bonne volonté touchante n'était-elle qu'une manière de distraction futile...

— Non, je tiens vraiment à apprendre l'anglais ! insista-t-elle avec une moue butée.

— Bien... Comme il vous plaira ! En tout cas, je vous remercie de cet excellent dîner.

Rendu vulnérable par la beauté d'Elise et mal à l'aise devant son enthousiasme, il n'aspirait qu'à se retirer au plus vite.

— Dites-moi, Adam, lui demanda-t-elle abruptement, je voudrais savoir si vous enviez votre frère aîné d'être l'héritier des Saker.

Cueilli à froid par une question aussi directe, Adam manqua s'étrangler. Diantre, la jeune femme ne manquait pas d'estomac ! Sans trop savoir pourquoi, il se sentit contraint de répondre...

— Pas réellement. Il m'importe assez peu de ne pas porter le titre de comte. John n'est pas parfait, c'est certain, mais je ne puis lui en vouloir d'être mon aîné !

John, en effet, n'était pas un méchant homme. Même si on pouvait lui reprocher d'avoir essaimé des petits bâtards dans tout le comté...

— Et qu'en est-il de...

Elle allait certainement parler de nouveau d'Anne, comprit Adam. Certes, il était normal qu'Elise se posât encore des questions quant à ses véritables sentiments, mais il ne se sentait guère la force d'affronter une conversation de ce type.

— Excusez-moi, Elise, l'interrompit-il, mon cheval boite et je dois m'en occuper avant qu'il ne fasse nuit noire.

Il sortit de la tente à la hâte, la tête bourdonnante et le cœur agité de sentiments contradictoires. Le soin des chevaux incombait d'ordinaire à Harry, qui jouait probablement sa partie de dés quotidienne dans un coin du campement. En l'occurrence, la chose était heureuse.

Adam demeura longtemps à étriller son destrier, à inspecter ses sabots pour en déloger les cailloux pointus qui auraient pu blesser l'animal et à vérifier l'état du harnachement. Il espérait ainsi que, fatiguée par sa première journée de route, Elise serait endormie à son retour.

A son étonnement, elle n'avait même pas étendu sa paillasse lorsqu'il entra. Elle l'attendait près d'un baquet empli d'eau chaude.

— J'ai pensé que vous aimeriez prendre un semblant de bain, pour vous débarrasser de la poussière du chemin, expliqua-t-elle.

A l'évidence, elle avait l'intention de se charger elle-même de sa toilette. S'il acceptait de se laisser savonner par les mains d'Elise, il était perdu !

— N... non ! refusa-t-il. Je suis venu précisément vous dire que je comptais me laver dans le ruisseau, près d'ici, derrière le bosquet. La nuit est tiède, et je préfère que vous gardiez cette eau pour votre propre toilette.

Dans un effort déchirant, il détourna le regard pour résister à la pernicieuse tentation que représentait le baquet fumant.

— Et ne tardez pas à vous coucher, Elise, ajouta-t-il. Nous partirons à l'aube, demain !

— Bien, dit-elle d'un ton morne, je vous obéirai...

Une heure plus tard, Adam la trouva allongée sur sa paillasse, apparemment endormie. Soulagé, il étendit la sienne à trois pas d'elle et se coucha.

Elise ne dormait pas, en réalité. Elle remâchait sa déconvenue de voir que, malgré ses efforts, Adam évitait sa présence et son contact. Néanmoins, elle estimait ne pas avoir totalement perdu sa journée, car ses premières leçons d'anglais lui donnaient envie de poursuivre l'apprentissage de cette langue. Que n'avait-elle déjà commencé au couvent de la Trinité ! Elle aurait pu mettre à profit toutes ces journées oisives pour acquérir des connaissances indispensables à une espionne ! Son efficacité dépendait aussi de sa capacité à surprendre des conversations ou à déchiffrer des documents...

Elle se souvint de la réponse cynique de Jean sans Peur, quand elle avait avoué son ignorance de la langue de l'ennemi :

— Vous apprendrez vite, dans le lit d'un Anglais !

Avec ironie, elle pensa qu'en la circonstance il valait mieux prendre les devants...

Allongé sur sa couche, non loin de la tente, Gilles le Petit s'apprêtait à dormir à la belle étoile lorsqu'il vit, surpris, sir Adam s'éloigner du campement à grands pas. Où donc allait-il encore, ce grand benêt ? Pendant que le chevalier s'occupait de sa monture, le nain avait aidé sa maîtresse à préparer le bain. Il s'étonna donc qu'il dédaignât l'attention d'Elise pour repartir comme s'il venait de voir le diable en personne.

C'en était assez ! Gilles, soudain, se sentit prêt à braver tous les dangers plutôt que de voir sa maîtresse rendue malheureuse par le dédain d'un imbécile d'Anglais. Que se passait-il ? Ce terrible guerrier préférait-il s'ébattre en compagnie des hommes ? Etait-il l'un de ces invertis ou encore un débauché ne pouvant se satisfaire que dans le lit des prostituées ? Il devait en avoir le cœur net !

D'un bond, Gilles se leva et trotta sur ses jambes torses pour le rattraper, indifférent aux moqueries des soldats.

— Sir Adam, l'interpella-t-il. Deux mots, je vous prie !

— Gilpoti ! s'exclama le chevalier, surpris. Que se passe-t-il ? Votre maîtresse se sent-elle mal ?

— Sa santé est excellente, messire, pour autant que je sache. Celle de son corps, du moins...

Sir Adam fronça les sourcils.

— Me permettez-vous de vous parler franchement, sans que vous ne vous mettiez en colère ? demanda Gilles.

— Parlez !

— Eh bien... J'ignore ce qui se passe entre vous et ma maîtresse, et cela ne me regarde pas. Cependant, son état m'inquiète, et je devine que vous n'y êtes pas étranger... La froideur que vous manifestez à son égard la blesse, peut-être plus que vous ne l'imaginez. Je ne sais quelle est la cause de votre attitude, mais je vois bien qu'elle n'est pas celle d'un homme qui vient d'épouser une telle femme !

— Comme vous l'avez dit, répliqua sir Adam d'une voix menaçante, vous n'avez pas à vous mêler de ce qui se passe entre elle et moi !

— Rossez-moi si vous le voulez, messire ! Ma taille ne me permet pas de me défendre ! Cela ne m'empêchera pas de penser que ma stature ne m'empêche pas d'être un homme, moi, alors que d'autres...

Le chevalier tourna les talons sans mot dire et s'éloigna d'un pas rageur, laissant là le valet qui retourna vers sa couche en se demandant s'il avait bien fait d'intervenir...

10.

Quittant la plaine caennaise, l'armée anglaise atteignit bientôt la région vallonnée où se dressaient les murailles d'Argentan.

Indifférente au bavardage des femmes qui l'entouraient, Elise déjeunait en observant attentivement ce qui ressemblait fort aux préparatifs d'un siège. Sous les ordres hurlés par les sergents d'armes, les troupes prenaient place autour de la forteresse, tendaient les catapultes, chargeaient les bombardes et creusaient des fossés hérissés de pieux. Avec tout ce branle-bas, la jeune femme songeait, résignée, qu'elle ne verrait pas Adam de la journée.

Elle s'exaspérait de tant penser à cet homme qui l'avait rejetée. Oui, rejetée ! Car pour humiliant qu'il fût, il n'existait pas d'autre mot désignant le comportement d'Adam à son égard. La rage au cœur, Elise décida de ne plus lui donner la moindre occasion d'exercer son dédain. De même, elle se jura de ne pas accepter la moindre excuse ou justification de sa part. Dieu, quel genre d'homme était-il pour oser repousser le tendre don qu'elle était prête à lui faire ? La trouvait-il repoussante ? La fréquentation constante des hommes en avait-elle fait un incorrigible inverti, malgré son air de farouche combattant ? Peut-être n'était-il plus vraiment un homme, d'ailleurs... Il se pouvait qu'une blessure de guerre mal placée l'eût privé de sa virilité ! Cela pouvait constituer une autre explication plausible...

A cette pensée, elle se sentit prise de panique. Car en dépit de la froideur et de l'arrogance d'Adam, l'amour qu'il lui inspirait s'affirmait chaque jour un peu plus. L'idée de mutilation accentua son inquiétude et lui fit prendre brusquement conscience qu'une flèche française pouvait mettre sa vie en péril à tout moment, lors du siège. Elle avait failli oublier qu'elle était de nouveau mariée à un guerrier, un homme dont le métier est de risquer sa vie pour la plus grande gloire des armes de sa nation !

L'ineptie de tous ces conflits frappa alors Elise de plein fouet. Le fait qu'on pût perdre un être cher dans une bataille lui parut être la plus grande absurdité qui existât au monde. Toutes ces douleurs, ces larmes et ce sang répandu, était-ce admissible ? Les orphelins devaient-ils endurer toutes ces souffrances pour que quelques têtes couronnées triomphent sur les cendres des villes soumises par la violence ? Et elle-même, combien de fois devrait-elle être veuve ?

Cette triste pensée lui arracha des larmes amères. Elle se leva précipitamment, s'excusa auprès d'Angélique et de Thérèse, interloquées, et courut se réfugier sous la tente pour prier le Seigneur d'épargner son époux.

Elle était agenouillée depuis quelques minutes devant un petit crucifix de bois, posé sur un coffre, lequel faisait office d'autel, lorsqu'elle entendit un bruit de pas. Elle sursauta et se retourna pour voir un inconnu, qui se tenait à l'entrée de la tente. Apeurée par l'inquiétante expression de son visage, Elise renversa involontairement le crucifix en se levant pour lui faire face.

— Pardonnez mon intrusion, madame, dit-il. Je ne voulais surtout pas vous effrayer.

L'homme s'était exprimé dans un français irréprochable, teinté d'un fort accent bourguignon. Sous une petite moustache tombante, son sourire édenté glaça le sang d'Elise.

Qui donc était-il? Que pouvait-il lui vouloir?

Le camp était désert à ce moment. Même les femmes s'étaient rendues aux abords de la forteresse pour ne pas rater le spectacle des premiers projectiles lancés sur les remparts d'Argentan. L'artillerie anglaise se mettrait en effet à l'œuvre dès le retour des messagers, au cas où la ville n'aurait pas accepté une reddition immédiate. Pendant ce temps, l'homme qui lui faisait face pouvait fort bien l'égorger à loisir, sans risquer d'être entendu.

— Est-il arrivé quelque chose à mon mari? demanda-t-elle, pleine d'inquiétude.

Bien que français, sans conteste, l'homme portait un casque et des armes anglais.

— Pas que je sache, répondit-il. Sir Adam Saker fait partie de la délégation chargée de négocier la capitulation d'Argentan. Or nul Anglais n'a été pendu aux remparts pour le moment... Non, je suis simplement venu me présenter à vous !

— Et quelle raison aurions-nous de faire connaissance ? demanda Elise, à la fois hostile et intriguée.

Elle n'aimait ni le ton grinçant ni le sourire faux de l'inconnu. Quant à son physique, la jeune femme estima qu'il était quelconque au point d'en être étonnant. Il était de stature et de corpulence moyennes, ses traits n'étaient guère fins, sans que rien de particulier ne les enlaidisse vraiment, ses cheveux étaient raides et châtains ; les yeux, la bouche et le nez n'étaient ni grands ni petits. Seuls son regard fuyant et son expression sournoise, avec un soupçon de cruauté, le distinguaient de la plupart de ses congénères.

— Ne sommes-nous pas tous deux français, madame ? répliqua-t-il en jetant un regard rapide derrière lui. Mon nom est Denis Coulet, et je suis un agent au service de Jean de Bourgogne. Le Renard a-t-il un message à me confier ?

— Vous... vous portez la tenue des Anglais ! balbutia Elise, ébahie.

— Quand je suis dans le camp de l'ennemi, je feins d'être un mercenaire breton, expliqua-t-il. Chacun sait que le duc de Bretagne refuse de prendre part au conflit opposant le roi de France à celui d'Angleterre... De plus, j'ai la chance de passer inaperçu, où que je me trouve. Nul ne remarque mes absences lorsque ma fonction exige que je me déplace.

En dépit de l'antipathie instinctive que lui inspi-

138

rait le personnage, Elise ne put s'empêcher de sourire devant sa lucidité : Denis Coulet exploitait habilement une apparence qu'il savait anonyme.

— Je suis soulagée de vous voir, en ce cas, reconnut-elle. J'avais peur de devoir faire porter mes missives par mon valet Gilles, qu'on remarque certainement plus que vous !

— Qui ? Le nain ? demanda Denis Coulet avec un rire bref. Ah ! madame, vous avez eu raison de vous en abstenir !

— Je n'ai rien à transmettre pour l'instant. Mais comment m'y prendrai-je pour vous trouver, le moment venu ?

Sans un mot, l'espion se baissa et ramassa trois pierres plates, de la grosseur d'un poing, qu'il posa par terre, les unes sur les autres, pour former une pile.

— Quand vous aurez besoin de mes services, prévenez-moi en plaçant ce signal à l'arrière de votre pavillon. Je me charge, quant à moi, de toujours être au fait de l'endroit où vous serez installée.

— C'est entendu, approuva Elise.

Ainsi, le duc de Bourgogne veillait à lui fournir les appuis nécessaires à l'accomplissement de sa mission : d'abord l'abbesse, ensuite ce faux mercenaire...

— Cela me rassure de vous savoir alentour, messire Coulet, avoua-t-elle.

L'homme s'inclina.

— Permettez-moi de prendre congé, madame. Et permettez-moi aussi de vous dire combien j'admire votre bravoure.

Il s'éloigna d'un pas furtif en contournant la tente.

Conformément aux prévisions d'Elise, Adam ne revint qu'au crépuscule, précédé par d'autres soldats annonçant à la cantonade que la ville d'Argentan se rendrait sans combattre.

Elise ne daigna pas sortir pour accueillir son époux. Elle demeura à l'intérieur la tente, feignant d'être occupée à remettre de l'ordre dans ses effets personnels.

— Bonsoir, madame! la salua-t-il depuis l'entrée de la tente, sans lâcher les rênes de son destrier. Avez-vous aperçu mon coquin d'écuyer?

— Non. Je suis restée seule ici presque toute la journée...

— J'espère que vous ne vous êtes pas trop ennuyée. Grâce à Dieu, Argentan s'est rendue!

— Oui, je l'ai entendu dire, répliqua Elise d'un ton glacial.

— Oserai-je espérer, déclara alors Adam d'une voix enjouée, que Gilpoti a encore accompli l'un de ses prodiges alimentaires?

C'était donc cela! Ce rustaud d'Anglais n'avait pris une épouse que pour disposer d'une servante pendant la campagne! Quant au reste, cela ne l'intéressait guère...

Elise allait répondre qu'elle comptait bien renverser dans le feu le ragoût de bœuf qu'elle avait accommodé, mais Harry surgit à cet instant précis, hors d'haleine.

— Sir Saker, je vous attendais sur le chemin!

J'ai dû vous rater de peu ! Donnez-moi les rênes, je m'occupe de votre cheval...

— C'est très gentil de ta part ! ironisa Adam. Peut-on savoir où tu étais ?

— C'est-à-dire que... je guettais votre passage quand deux charretiers m'ont proposé une partie de dés, et...

— Bien, l'interrompit-il sur d'un ton cassant. Un papillon qui passe suffirait à te distraire de tes devoirs... Voici le cheval. Etrille-le convenablement et donne-lui deux mesures de son !

— Je dois d'abord vous confier un message de la part du roi, protesta Harry.

— Quand l'as-tu vu ? demanda Adam, intrigué.

— A l'instant. Je l'ai trouvé sur mon chemin, juste après votre passage, et il veut que je vous transmette ceci : le duc de Bretagne est prêt à négocier un pacte de paix à Alençon, dans une semaine. C'est une bonne nouvelle pour nous, n'est-ce pas ?

L'écuyer avait parlé en anglais. Toutefois, Elise avait pu saisir les mots de « pacte » et « duc de Bretagne ». De quoi s'agissait-il donc ? Le Renard devait absolument savoir...

— Que se passe-t-il, Harry ? demanda-t-elle en adressant son sourire le plus charmeur à l'écuyer. J'ai peur que mon anglais ne me permette pas encore de tout comprendre lorsque vous parlez aussi vite !

— Ce n'est pas nécessaire..., intervint Adam d'un ton gêné.

Mais Harry, subjugué par Elise, avait déjà traduit la teneur du message.

— Et en quoi est-il important que la Bretagne n'entre pas en guerre ? s'étonna la jeune femme. L'armée anglaise n'est-elle pas assez puissante pour se moquer de ces détails ?

— Si, madame. Cela signifie que nos arrières ne seront pas menacés si nous attaquons Rouen ! expliqua l'écuyer, fier de montrer sa connaissance de la haute stratégie.

— Cela suffit, Harry ! intervint Adam d'un ton violent. Tu es roux comme Judas et bavard comme une pie ! Va plutôt t'occuper de mon cheval, au lieu de divulguer aux quatre vents les messages que l'on te confie imprudemment !

— Mais... sir Adam, j'étais simplement content d'apprendre de bonnes nouvelles à madame votre épouse !

Adam se demanda comment il allait pouvoir expliquer cet accès de colère. Elise, après tout, avait fait montre d'une curiosité bien normale de la part d'une femme qui avait passé toute la journée à attendre son mari, sans savoir ce qui se tramait entre les hommes. Pourtant, quand elle avait posé ses questions, une singulière excitation l'animait, qui avait dérangé Adam sans qu'il sût dire exactement pourquoi.

— Ce genre de nouvelle doit demeurer confidentiel, finit-il par dire en levant un index menaçant. Il peut y avoir des oreilles indiscrètes jusque dans notre camp !

Harry s'éloigna, l'air penaud, et Adam entra dans la tente où il entreprit de se débarrasser de certaines pièces de son armure en attendant que son écuyer revînt pour terminer la tâche. Il se sentait fatigué, sans entrain, et en même temps exaspéré par l'hostilité affichée par Elise et par l'inconséquence de Harry. Pouvait-il se permettre de garder pareille tête de linotte à son service quand il venait d'être nommé chef de l'espionnage royal ?

Malgré la fatigue, Adam, une fois désarmé, s'assit pour déguster le délicieux ragoût de bœuf en s'efforçant de montrer de la bonne humeur. Il se prêta même volontiers à son rôle de précepteur improvisé pour donner à Elise la leçon d'anglais qu'elle lui réclamait quotidiennement.

Ce ne fut qu'après le repas qu'il entraîna Harry à l'écart pour le chapitrer sur la nécessité de garder la plus grande discrétion en ce qui concernait les messages royaux, ainsi que toute autre nouvelle ayant trait à la marche de l'armée.

Comme il passait derrière la tente, à son retour, il ne remarqua pas un petit tas de pierres curieusement empilées.

En crissant légèrement, le parchemin qu'on venait d'apporter se déroula de lui-même quand Jean sans Peur en eût brisé le sceau d'une main impatiente. Il porta la lettre sur une table de bois et la maintint à plat en posant un gros chandelier d'argent sur un angle.

La reine Isabeau, assise dans un large fauteuil, près de lui, semblait perdue dans un océan de songes indistincts.

— Très bien ! Excellent ! s'exclama le duc en lisant. Voyez, Majesté : cette missive vient de me parvenir grâce aux bons soins de l'abbesse, sœur Marie, de Caen et de messire Coulet, ici présent.

Le messager montra quelques dents gâtées en guise de sourire.

— Elle est signée de la main d'Elise de Troarn, reprit le duc. Elle m'informe que le Renard est mariée à un chevalier anglais. Un proche du roi Henri, à ce qu'il semble.

— La voilà donc en place ! remarqua Isabeau de Bavière, émergeant de sa torpeur.

— Reconnaissez qu'elle n'est pas aussi naïve qu'elle en avait l'air ! poursuivit Jean. Son rapport nous dit que l'armée anglaise se dirige vers le sud, au lieu d'aller vers l'est, comme nous aurions pu le penser.

— La ville d'Argentan vient de se rendre sans combattre, Votre Grâce, intervint l'agent. Et Henri se dirige à présent vers Alençon.

— Bah ! Les gens d'Argentan sont des couards ! railla Jean sans Peur. Ils se sont laissé impressionner par la réputation d'invincibilité du roi d'Angleterre. Au demeurant, avec le rude hiver qui s'annonce, l'itinéraire anglais devient fort intéressant...

— Le Renard m'a communiqué un autre renseignement, oral cette fois, juste avant mon départ, poursuivit Coulet. Le duc de Bretagne doit prochainement rencontrer Henri à Alençon pour conclure une trêve.

Le duc de Bourgogne grimaça. Une fois le traité de paix signé, Henri serait débarrassé d'une menace de taille.

— Je m'y attendais, avoua-t-il, mais pas si tôt ! Jean de Montfort se vend à vil prix aux Anglais !

La reine bâilla ostensiblement. Les questions stratégiques ennuyaient Isabeau, davantage encline à s'intéresser au sort d'Elise.

— Qui a épousé Mme de Troarn? demandat-elle à brûle-pourpoint à Denis Coulet. Est-ce un bel homme?

Isabeau, malgré ses quarante-sept années d'âge, conservait un goût immodéré pour le sexe opposé.

— Eh bien, sir Adam Saker est un guerrier de haute stature et à la figure agréable, répondit docilement Coulet. De là à vous affirmer qu'il est beau... personnellement, je ne peux pas dire qu'il me fasse grand effet! ajouta-t-il en riant de sa propre saillie.

— Hmm... J'espère que notre Renard ne se sera pas fourvoyée dans la tanière d'un loup, plaisanta la reine d'un ton léger. Je me demande s'il est bon amant...

— Voyons, Majesté! intervint le duc. Vous vous posez la même question à propos de tous les hommes!

— En ce cas précis, il s'agit d'un détail important, mon cher Jean. Songez que cette femme est demeurée chaste depuis la mort de son mari...

— C'est ce que vous supposez, Majesté! Or nous n'en savons rien.

— Lorsqu'on est une femme, cela se sent à coup sûr! Je gagerais sans hésiter qu'elle n'avait pas connu d'homme depuis la bataille d'Azincourt... Sa fougue, son fanatisme sont les signes d'un corps insatisfait, et cela m'inquiète. Car les jeux du lit peuvent changer les résolutions d'un femme qui s'en est privée trop longtemps — pour peu, bien sûr, que l'homme soit à la hauteur!

— Je n'écarte pas la possibilité que cette petite puisse nous trahir un jour, admit Jean sans Peur, pour se vautrer dans la couche d'un Anglais, ou pour toute autre raison. Dans cette éventualité, et s'il advenait qu'elle oublie son rôle, messire Coulet se ferait un plaisir de nous débarrasser d'elle, n'est-ce pas ?

L'espion sourit de nouveau en s'inclinant bien bas.

— Pour vous servir, Votre Grâce, dit-il, je n'hésiterais pas à lui ouvrir une deuxième bouche, quelques pouces au-dessous de la première...

11.

Alençon, novembre 1417

Depuis le vestibule de la salle des banquets, Adam observait la table richement illuminée où festoyaient les invités du roi. Elise, parmi eux, était sans conteste la plus belle femme de cette soirée. Elle avait revêtu sa robe vert émeraude, celle des grandes occasions, et ses yeux félins en avaient pris la teinte des prairies normandes au printemps. Coiffés d'une toque de dentelle, ses cheveux d'or rouge encadraient son front haut et légèrement bombé, et sa bouche souriait sans cesse, découvrant largement sa dentition parfaite. Tout en elle était un appel aux transports charnels.

Et Adam, à l'évidence, n'était pas le seul à s'en être rendu compte... Le duc Jean de Bretagne, en particulier, qui la dévorait des yeux sans une once de pudeur. Pendant tout le repas, il avait eu le regard fixé sur l'appétissante poitrine d'Elise, que l'on devinait à travers le lacis de rubans.

Le festin donné en l'honneur du nouvel allié breton s'achevait, et la plupart des commensaux s'étaient égaillés dans la salle éclairée par de nombreuses

147

torches, pour jouer aux échecs ou faire rouler les dés de passe-dix, dernier jeu en vogue.

Adam, quant à lui, s'était éclipsé à la première occasion, tâchant d'oublier à l'écart des autres la morsure de jalousie qui le tourmentait depuis le début du dîner. En effet, le duc de Bretagne accaparait Elise sans vergogne et se montrait à son égard d'une galanterie à la limite de l'inconvenance. La jeune femme, quant à elle, avait fait preuve d'esprit et de mesure dans la conversation, répondant gaiement à toutes les saillies de l'entreprenant breton.

Au vrai, Adam ignorait si sa mauvaise humeur était causée par la simple jalousie ou par le fait qu'il dût s'avouer jaloux et reconnaître l'ombrage qu'il prenait de voir Elise ainsi courtisée par un autre homme... Pouvait-il raisonnablement en vouloir à quelqu'un de convoiter une femme qu'il refusait lui-même de toucher ? Le mieux à faire était de boire la carafe de muscat qu'il avait raflée sur la table avant de s'éloigner... pour rien car, malgré lui, il ne cessait de regarder son épouse, qui riait encore aux plaisanteries du duc.

— Votre épouse est très en beauté ce soir, dit une voix féminine, derrière lui.

Se retournant, surpris, Adam vit Thérèse de Mantelieu — ou plutôt lady Pilcher, depuis son mariage avec sir George Pilcher. Malgré le soupçon d'ironie qu'il crut déceler dans la remarque flatteuse de la jeune femme, il répondit sur le ton le plus courtois du monde :

— Vous dites vrai, madame Pilcher, et je suis très honoré de l'entendre dire par une dame qui est réputée, elle-même, pour sa grâce !

Le compliment était un peu exagéré, car le physique

de Thérèse n'avait rien d'exceptionnel, malgré les efforts évidents que révélait sa toilette. C'était une petite femme brune au visage quelque peu étroit, avec des yeux rapprochés et un nez épaté. La partie la plus attirante de son anatomie était sa poitrine opulente, qu'elle mettait exagérément en valeur.

Mais, après tout, il ne coûtait rien à Adam de se montrer galant homme envers elle !

— Ne trouvez-vous pas que le duc de Bretagne montre un vif intérêt pour elle ? reprit Thérèse, non sans perfidie.

Adam aurait préféré la mort plutôt que de trahir le moindre sentiment de jalousie.

— Pas particulièrement, affirma-t-il d'un ton nonchalant. Il est normal qu'Elise aime à converser en français. Son anglais est encore trop rudimentaire... A propos, lady Pilcher, ajouta Adam pour dévier la conversation, sir George vous apprend-il notre langue ?

— Oh ! mon George est peu enclin à m'apprendre quoi que ce soit...

Elle eut un geste évasif de la main, puis plongea les yeux dans ceux d'Adam.

— Je dois même vous dire que, dans certains domaines, c'est moi qui lui donne des leçons.

— Votre époux a bien de la chance, dit Adam, un peu gêné par l'audace de Thérèse et ses propos lourds de sous-entendus.

— Ne voudriez-vous pas me donner un petit cours d'anglais vous-même ? insista-t-elle en lui prenant la main pour la guider vers son décolleté.

— Hum, lady Pilcher...

— Nous pourrions profiter de ce qu'Elise est occupée pour nous retirer quelque part. Qu'en dites-vous ?

149

Adam jeta un regard plein de froideur à Thérèse.

— Ne m'en veuillez pas de refuser, madame, lui répondit-il d'un ton ferme.

« Pauvre sir George, pensa-t-il. S'il aime cette ribaude, voilà un homme qui n'est pas au bout de ses peines ! »

— Mon mari est fin soûl ! dit-elle pour se justifier. Il est parti se coucher et je m'ennuie... Enfin, si vous ne voulez pas me tenir compagnie je m'en vais le rejoindre.

Visiblement vexée par son échec, Thérèse tourna les talons et s'éloigna vers les appartements réservés aux chevaliers. Le roi, en effet, avait fait installer les couples récemment mariés dans les chambres du château d'Alençon, pris aux Français la semaine précédente.

Soulagé par son départ, Adam but une grande lampée de muscat avant de tourner de nouveau son regard vers Elise.

Celle-ci poursuivait sa conversation, fort animée, sans se soucier apparemment de l'absence de son époux... Que trouvait-elle donc à ce séducteur de bas étage ?

— Ne vous formalisez pas si je m'entretiens un instant avec votre épouse, sir Adam, avait dit le duc, les yeux brillants de convoitise.

Comme si un simple chevalier tel que lui pouvait refuser cette faveur à un puissant seigneur ! De plus, le roi n'aurait guère apprécié qu'il se montrât discourtois envers un allié de cette importance.

Elise s'était alors engagée dans un entretien où il était fort peu question de politique, car le duc se disait lassé par toutes les discussions qui avaient précédé la signature du traité. Diable! Etait-ce une raison pour qu'elle affichât autant d'enthousiasme en écoutant les fadaises qu'il lui débitait! Se prenait-elle pour une ambassadrice? Ou avait-elle l'intention de terminer la nuit dans le lit de son interlocuteur?

L'esprit échauffé par l'alcool, Adam enrageait. En même temps, il savait bien, au fond, que cette situation était prévisible, étant donné l'indifférence qu'il avait montré envers Elise... Sa *froideur*. N'était-ce pas ainsi que Gilles lui avait reproché son attitude, quelques jours auparavant? Quelle ironie! Comme il aurait préféré, en ce moment, que cette froideur fût réelle!

De même, il eût aimé ne rien ressentir, cet après-midi, quand il l'avait vue dans le plus simple appareil.

Adam ferma les yeux et se souvint de la vision ensorcelante qui n'avait cessé de le tourmenter toute la soirée — celle du corps d'Elise, nue, debout au milieu des volutes de vapeur. C'est en effet ainsi qu'il l'avait surprise en entrant à l'improviste dans leur chambre, alors qu'elle prenait un bain.

— Oh! s'était-elle exclamée en se replongeant dans l'eau. Je ne vous attendais pas de sitôt! Mais puisque vous êtes là, pourquoi ne pas profiter de l'eau? Elle est encore bien chaude... Délicieuse! Et puis, regardez: il y a bien assez de place pour nous deux.

Ses cheveux mouillés frisaient en adorables boucles sur son front rosi par la chaleur du bain, et les pointes de ses seins ronds émergeaient de l'eau, semblables à des framboises, prêtes à s'offrir aux bouches les plus avides.

Adam soupçonna soudain que la surprise d'Elise était feinte, qu'elle avait en réalité fait son possible pour qu'il la trouvât ainsi, pour le tenter effrontément par le spectacle de sa nudité. La pensée qu'on pût le traiter comme un enfant que l'on appâte en lui montrant des gourmandises avait quelque chose d'humiliant. Le croyait-elle à ce point sot?

— Non, je vous remercie, lui avait-il répondu d'un ton glacial. J'attendrai que vous en ayez fini avec vos ablutions.

Il avait tourné le dos au grand baquet de chêne et s'était éloigné vers le lit, sur lequel il avait posé son manteau de drap sombre.

— Voulez-vous en ce cas m'aider à rincer mes cheveux, avait insisté Elise. Soyez gentil! Approchez et versez de l'eau dessus...

Il ne pouvait refuser sans admettre implicitement qu'elle venait de remporter une sorte de victoire.

Aussi s'était-il exécuté, serrant les dents pour ne pas succomber à la vue de la peau, lisse et crémeuse, de ses hanches, de ses reins, s'efforçant de détourner le regard pour échapper à la tentation de sa gorge haute et ferme...

Bientôt, cependant, Adam avait senti que son propre corps en émoi réclamait son dû, de façon presque douloureuse. Elise le désirait, il le savait, autant qu'il avait envie d'elle, et cette certitude rendait encore plus difficile le maintien de ses chastes résolutions. Il aurait suffi qu'il tende la main pour qu'Elise s'offre à ses caresses, à toutes les caresses qu'ils pourraient inventer ensemble...

Comme il aurait aimé, à cet instant, la saisir par les épaules et la couvrir de baisers torrides, avant de la tirer hors du bain, de la porter sur le lit, telle qu'elle était, nue et humide, pour lui prouver sans retard à quel point il la désirait.

Tout à coup, la porte de la chambre s'était ouverte sur le visage ahuri de sir Ralph Eppingham, l'époux d'Angélique.

— Que... que faites-vous avec ma femme, Saker? avait-il bafouillé.

— Vous vous êtes trompé de chambre, sir Ralph! avait répliqué Adam d'un ton rude. Veuillez vous retirer immédiatement et fermer cette porte!

— Oh! mille excuses, avait bredouillé Eppingham. Sir Adam, lady Saker... Je... ne vous formalisez pas, j'ai cru...

Adam lui avait fermé la porte au nez sans attendre la fin de ses excuses.

— Si vous voulez bien libérer la baignoire, je ferai ma toilette pendant que vous vous habillerez, avait-il alors dit d'un ton péremptoire. Nous sommes attendus dans une heure dans la salle des banquets. Le roi donne un festin en l'honneur du duc de Bretagne. Faites-vous belle!

Elise s'était faite belle, il n'avait rien à lui reprocher à ce sujet... Si belle que le duc de Bretagne la dévorait encore des yeux. Adam réprima un juron. Mieux valait ne plus y songer et vider ce flacon de muscat!

Rassemblant les plis de sa robe émeraude, Elise se leva et prit congé du duc de Bretagne, lequel lui exprima en termes fort galants ses regrets de la voir partir. Sans tarder, elle monta l'escalier qui menait à sa chambre, craignant de croiser quelque convive aviné, aux yeux concupiscents et aux mains lestes.

Les sens encore tout excités par l'épisode du bain, elle avait apprécié de dîner à côté d'Adam. Il s'était en effet montré fort bien disposé à son égard. Tout au long du repas, il n'avait cessé de découper pour elle les meilleurs morceaux à l'aide d'une dague, et ils avaient bu le vin dans la même coupe d'argent. Leurs genoux se frôlaient parfois — involontairement? — lorsqu'il changeait de position pour répondre aux propos d'autres commensaux. Autant de signes qui laissaient auguerer d'une nuit... de noces. Enfin!

Le duc Jean s'était aussi montré très attentionné envers elle, lui faisant mille compliments sur sa toilette et sur sa beauté, se répandant en propos courtois et en remarques plaisantes auxquelles elle avait répondu assez distraitement.

Adam s'était soudain retiré pour ne plus reparaître. D'abord tentée de le suivre, Elise avait été retenue par le seigneur breton et elle était restée à table, espérant qu'il reviendrait bientôt reprendre sa place à côté d'elle. En l'attendant, elle avait poursuivi sa conversation avec le duc, heureuse de trouver un interlocuteur qui parlât le français. Par ailleurs, elle n'écartait pas la possibilité de glaner quelque renseignement utile au duc de Bourgogne auprès d'un personnage aussi prolixe; une telle occasion n'était pas à négliger. Hélas, elle n'avait rien appris d'important, car à mesure que l'heure avançait, Jean de Bretagne, sans doute enhardi par le vin et par l'absence d'Adam, tenait des propos de moins en moins politiques et de plus en plus galants. S'imaginait-il que sir Adam était un époux complaisant?

Quand le duc s'était montré trop pressant, Elise avait décidé de se retirer. D'autant qu'elle espérait trouver Adam dans leur chambre, qui l'attendait avec impatience. Cette même impatience charnelle qu'elle

154

ressentait au moment où cet imbécile de sir Ralph était entré à l'improviste dans leur chambre, la veille, alors qu'elle prenait son bain. Sans cette intrusion, leur mariage aurait été consommé avant le banquet, Elise en était certaine !

Elle longeait la galerie qui conduisait aux chambres quand elle aperçut, interloquée, Adam, à demi couché sur un banc. En la voyant arriver, il se leva et Elise, à la faveur d'une torche fixée au mur, put voir son visage. Ses traits étaient tirés et ses yeux d'une fixité inquiétante.

— Vous voici enfin, madame !

Le ton de sa voix pâteuse ne révélait nul enthousiasme... Au contraire, il contenait une sourde menace qui fit peur à la jeune femme.

— Vous avez trop bu, Adam ! lui fit-elle remarquer. Vous ne vous sentez pas bien ?

— Je me sens comme un cocu, ma chère ! Le duc de Bretagne a-t-il réussi à calmer votre soif de luxure ?

— C'est donc cela ! Oh ! Adam, vous vous méprenez ! Il est vrai qu'il m'a fait des avances...

— Oui, cela tout le monde s'en est rendu compte ! souligna Adam d'un air méprisant. J'espère que pour le reste vous vous êtes montrés plus discrets...

— Je suis navrée que vous vous mépreniez à ce point ! Je vous présente mes excuses si...

— Gardez vos excuses, ma chère épouse ! Vous pouvez faire ce que bon vous semble, avec qui vous voudrez, du moment qu'il en reste un peu pour moi !

En disant ces mots, il bondit brutalement sur elle, la saisit d'une main aux cheveux et la plaqua contre le mur du corridor. Sa bouche chercha les lèvres d'Elise, qu'il mordit en un baiser plein de sauvagerie, tandis que, de sa main libre, il pétrissait sa poitrine sans ménagement.

— Vous me faites mal, Adam! se plaignit Elise.

Pourtant, malgré la brutalité de cette étreinte, Elise sentit naître en elle un désir impérieux qui l'empêcha de se débattre.

— Je vous en prie, implora-t-elle, allons dans la chambre!

— Vous voici devenue timide! remarqua Adam d'un ton sardonique. Eh bien, non! C'est ici même que je veux vous prendre!

Le regard plein d'une froide détermination, il abandonna la poitrine d'Elise, qui haletait, pour relever un pan de sa jupe afin de lui déchirer ses dessous.

— Pas de cette façon, Adam! le supplia-t-elle.

— Le duc s'est-il montré plus délicat que moi? demanda-t-il en délaçant ses chausses.

L'accusation fit à Elise l'effet d'une douche glacée, qui transforma son désir naissant en fureur.

— Lâchez-moi tout de suite! cria-t-elle en repoussant Adam de toutes ses forces. Espèce de pochard! Débauché! Je vous hais!

Si Adam n'avait pas été pris de boisson à cet instant, et empêtré dans ses chausses, il est probable qu'Elise n'aurait jamais réussi à se dégager. Cependant, surpris par la brusque réaction de la jeune femme, il fut déséquilibré et dut lâcher prise.

Elise en profita pour s'enfuir en courant, éperdue, dans la galerie.

12.

Troyes

— Faites-moi la grâce d'écouter ceci, ma chère! s'exclama le duc de Bourgogne.

Denis Coulet venait de lui remettre la dernière missive d'Elise, que le duc choisit de lire à voix haute à l'intention de la reine Isabeau :

— « J'ai le plaisir de vous informer que, depuis le banquet d'Alençon, célébrant la trêve conclue entre le roi Henri d'Angleterre et le duc Jean de Bretagne, je crois avoir gagné l'estime du souverain — sans toutefois avoir fait le moindre effort dans ce sens. Durant le dîner, je me suis simplement montrée courtoise envers le duc qui, apparemment ravi de ma compagnie, à parlé de moi à Henri en termes à ce point élogieux que ce dernier a daigné me féliciter lui-même pour mon action diplomatique ! »

— *Courtoise*..., l'interrompit la reine. La seule courtoisie appréciée de Jean de Montfort est celle qui consiste à écarter les jambes !

— A ma connaissance, intervint Coulet, le Renard n'a pas encore cocufié son époux, Majesté.

Quoique, étant donné son tempérament fougueux, il m'est avis que cela ne saurait tarder !

— Peut-être pas avec Jean, repartit Isabeau. Mais a-t-elle pu se refuser à Henri ? Il semblerait, à croire ses propos, qu'elle ait trouvé grâce à ses yeux...

— Si Votre Majesté me permet, corrigea l'espion, je crois que le roi est devenu trop prude pour s'intéresser à quelque femelle que ce soit ! Même si Saker se sentait honoré de porter des cornes royales, je ne pense pas que son souverain se prêterait volontiers à ce jeu. Du reste, ajouta Coulet avec un sourire malveillant, l'époux de notre veuve se montre d'une jalousie maladive.

— Vraiment ? Voyons si la suite de la lettre nous relate quelque détail croustillant à ce sujet...

Jean sans Peur poursuivit sa lecture, ravi de l'intérêt que la reine y prenait :

— « Nous demeurerons à Alençon pour quelque temps encore, car le roi est atteint d'une mystérieuse fièvre qui, selon sir Adam, l'accable périodiquement. Je crois, pour ma part, qu'elle est due à l'ascétisme excessif que s'impose le souverain, jeûnant souvent et renonçant au confort le plus élémentaire. En effet, il a l'habitude de se vêtir légèrement et de dormir sur les plus dures paillasses, couvert de son seul manteau de campagne.

» Je dois aussi vous dire que Henri s'est attiré la sympathie de la population des villes conquises en réduisant considérablement le montant de la gabelle. En effet, l'hiver approche, et les viandes doivent être conservées. Cet impôt portant sur le sel, les petites gens bénissent donc le nom d'Henri. »

— Bah ! commenta Isabeau, dépitée. Les Anglais

flattent les instincts du peuple par des mesures qui seront vite oubliées !

Sur ce point, les seigneurs français pouvaient se reprocher d'avoir la main un peu lourde, car le peuple était accablé par les dîmes, tailles, corvées, aides, subsides, maltôtes et autres séquestres.

— Qui sait, ma chère ! objecta Jean sans Peur. Mais poursuivons : « Vous serez intéressé de savoir que le prochain objectif de l'envahisseur est la ville de Falaise, que nous gagnerons dès que la santé du roi le permettra. On dit que la place est bien fortifiée ; cependant, les troupes anglaises sont pleines de confiance et d'allant, sans doute à cause des faciles victoires qu'elles ont remportées jusqu'ici. De même, les pertes en hommes ont été minimes — elles se bornent à une demi-douzaine de soldats tués par les flèches des archers du dauphin, embusqués dans les taillis. D'ailleurs, nombre de ces derniers ont été capturés et pendus. » Le message du Renard se termine sur ces mots, ma tendre amie... Par tous les saints, je ne peux croire que les Anglais sont assez fous pour assiéger Falaise, alors que nous sommes bientôt en hiver !

— Notre correspondante ne manque pas d'un certain style, commenta le roi Charles.

Personne ne l'avait entendu entrer. Isabeau et Jean sans Peur en restèrent bouche bée car, outre le fait que l'intrusion les avait surpris, Charles VI semblait être en pleine possession de ses facultés.

— Cependant, nous sommes troublés par la mort des archers de mon fils, poursuivit le roi sans tenir compte des réactions qu'il avait suscitées, et plus encore par la situation périlleuse dans laquelle notre service a placé cette femme !

— Vous étiez là ! s'exclama Isabeau. Ah ! mon cher époux, ne vous inquiétez donc pas pour elle, saint Denis la protégera. N'est-elle pas au service de la France ? A propos, je constate que, pour le plus grand bien du pays, votre santé s'est rétablie... Ne songez-vous pas à regagner Paris où, m'a-t-on dit, le peuple vous réclame ? Pourquoi rester à Troyes ?

— Nous réfléchirons à cette suggestion, madame, répondit le roi.

Denis Coulet s'amusa de l'irritation que devaient éprouver les deux amants en présence d'un roi tout à fait conscient, eux qui s'étaient habitués à afficher leur idylle sans vergogne. Charles de Valois, pendant ses rares moments de lucidité, était un souverain à part entière, soucieux des affaires du royaume, et fort capable de faire exécuter son cousin Jean de Bourgogne pour adultère !

De retour au camp anglais, l'agent double aurait bon nombre d'informations intéressantes à soumettre à sir Adam : tout d'abord, la meilleure santé du roi Charles ; ensuite, l'inquiétude des amants, qui redoutaient que le roi ne découvre qu'Isabeau avait nommé Jean gouverneur de France. En revanche, Coulet ne pensait pas rapporter à Saker que l'ambitieux duc de Bourgogne envisageait de reprendre Paris aux Armagnacs, sans pour autant livrer la ville à ses « alliés » anglais.

« De toutes les façons, pensa l'espion, ils le sauront bien assez tôt ! »

Falaise, décembre 1417

Sans le moindre entrain, Elise emplit de neige une lourde marmite qu'elle accrocha au-dessus d'un maigre feu, composé de quelques mauvaises bûches que Gilles avait allumées à grand-peine, devant l'entrée de la hutte.

Comme les habituelles tentes n'auraient pu suffire à préserver l'armée anglaise des rigueurs hivernales, l'on s'était servi du bois, heureusement abondant, des forêts alentour. Les abris ainsi construits formaient une véritable petite ville, sise non loin des remparts assiégés de Falaise.

Elise se risquait peu au-dehors de la hutte, non seulement à cause du vent glacial qui transperçait tous les vêtements, mais aussi parce que les abords boisés du camp étaient dangereux : les patrouilles françaises y tentaient parfois des incursions en terrain couvert. En outre, sir Adam lui avait formellement interdit de s'éloigner sans escorte ; d'un ton cynique, il avait souligné que l'ennemi, en cas de mauvaise rencontre, ne lui laisserait guère le temps de prouver qu'elle était française...

Gilles était parti aussitôt après avoir allumé le feu, pour rejoindre Harry et sir Adam, qui participaient à la construction d'un beffroi. Cette tour d'assaut, haute plate-forme de bois montée sur des roues, permettait d'atteindre les créneaux des murailles ennemies.

Elise serait donc seule toute la journée, jusqu'au coucher du soleil, lorsque les hommes reviendraient, harassés et transis. Comme tous les soirs, après s'être débarrassé de son armure, Adam louerait ses talents de cuisinière en découvrant le dîner, puis répondrait poliment aux questions qu'elle lui poserait au sujet de ses occupations quotidiennes. En fait, Elise était persuadée qu'il n'y aurait pas grand-chose à en dire, car toutes les journées du siège se ressemblaient fort... Ensuite, il ne tarderait pas à se coucher, sans même ôter ses chausses ni sa chemise. Alors, elle s'allongerait aussi et garderait longtemps encore les yeux ouverts dans l'obscurité, songeant amèrement, comme les autres nuits, à la vacuité de son destin.

Elle n'était pas une espionne puisque, depuis plusieurs semaines, elle n'avait pas trouvé le moindre renseignement valant la peine d'être transmis au duc de Bourgogne ; elle n'était pas non plus une épouse, puisque l'homme auquel elle était mariée refusait de coucher dans le même lit qu'elle. En fait, Elise s'ennuyait autant que pendant les jours qu'elle avait passés au couvent, et elle trouvait cela insupportable.

Comment s'occuper jusqu'au retour d'Adam ? Elle pouvait se permettre de faire une toilette complète quand l'eau serait chaude, profitant ainsi de l'intimité laissée par l'absence des autres. Et ensuite ? Tenter, peut-être, de préparer en un ragoût mangeable le lièvre tué la veille par Harry... Tout cela, elle en était consciente, lui laisserait néanmoins beaucoup de temps libre. Beaucoup trop !

En grelottant, elle contourna la hutte, derrière laquelle on avait aménagé un petit enclos pour les montures. Durant ses longs moments de solitude, Elise ne se lassait pas d'admirer Trompette, la magnifique jument offerte par le roi, et lui rendait visite plusieurs fois par jour, pour tuer le temps. Tout comme Alastor, le destrier d'Adam, la jument se couvrait de son pelage d'hiver, plus épais et duve-teux. Elise observa aussi que Trompette semblait avoir légèrement forci, ces derniers temps, et elle gagea que ce n'était guère une illusion due à son pelage plus fourni : le printemps verrait naître à coup sûr un joli poulain, fils d'Alastor. Le prin-temps... comme il lui semblait encore lointain au milieu de ce campement enneigé !

Le siège de Falaise durerait-il jusqu'à la Nativité ? Nul signe ne permettait de le prévoir ! En tout cas, à l'opposé des précédentes, Bayeux, Argentan ou Alençon, qui s'étaient rendues sans pratiquement combattre, cette ville donnait bien du fil à retordre aux Anglais. La chose aurait réjoui Elise, si elle n'avait pas été consciente des souffrances endurées par le peuple, qui s'était réfugié derrière les murailles.

Du point de vue militaire, donc, la situation sta-gnait. Et il en allait de même au sujet de ses rela-tions avec Adam.

Pendant les rares moments où ils s'étaient retrou-vés seuls, ils n'avaient guère osé parler de cette nuit où Adam l'avait presque violée dans une galerie du château d'Alençon. Par un accord tacite, tous deux semblaient avoir décidé de garder le silence à ce propos. De la part d'Adam, l'on pouvait comprendre qu'un sentiment de honte l'empêchât de mentionner cet épisode. Elise, en revanche, ne parvenait pas à expliquer la gêne étrange qui la saisissait quand elle était tentée de le lui lancer au visage. Etait-ce pour le ménager ? Mais quel besoin avait-elle de ménager un homme qui s'était comporté de la sorte !

Frissonnante d'horreur, elle se souvint de la brutalité d'Adam, quand il avait essayé de la forcer comme une ribaude, ne ménageant ni ses vêtements ni sa pudeur. Elle se revit, fuyant son étreinte après l'avoir bousculé, courant éperdument dans l'obscurité sans savoir où se réfugier. Finalement, elle s'était cachée aux abords du château, dans la charrette des lingères, où elle avait passé la nuit. Le lendemain, elle était retournée dans leur chambre au petit matin et y avait trouvé Adam, ronflant comme un sonneur, dormant d'un sommeil profond à même les pierres froides du sol.

Leurs rapports du moment, pourtant, n'étaient ni aigres ni froids, à proprement parler. Elise, par exemple, continuait de perfectionner son anglais auprès de son époux, lequel se prêtait de bonne grâce à ce rôle de précepteur. D'ailleurs, elle était à présent capable de tenir une conversation courante, sans faire appel à des tournures trop manifestement françaises. Et si Adam gardait toujours la même distance, interdisant toute intimité physique, Elise surprenait parfois dans son regard des lueurs tendres et même admiratives, ce qui achevait de la plonger dans une perplexité sans fond.

La sortant de ses pensées, trois détonations retentirent presque à l'unisson, suivies du bruit produit par les projectiles atteignant les murailles de la forteresse. Elise s'y était accoutumée et ne sursautait plus lorsqu'elle entendait tonner les bombardes.

Tout aussi brusquement, un autre genre de bruit parvint aux oreilles de la jeune femme : quelqu'un marchait à l'extérieur, faisant crisser la neige sous ses pas, tout près de la hutte. S'approchant rapidement de la porte, elle vit passer un jeune homme en guenilles.

Il courait plus qu'il ne marchait, le dos courbé et les yeux écarquillés par la peur, tandis que, derrière lui, des clameurs hostiles s'élevaient. Au renflement de la besace qu'il portait, Elise comprit qu'il s'agissait d'un pauvre hère ayant volé quelque nourriture. Ce n'était pas la première fois qu'elle apercevait l'un de ces rôdeurs qui, poussés par la faim, s'approchaient du camp anglais dans l'espoir de dérober un morceau de pain au péril de leur vie.

Elise dit une courte prière, espérant qu'il ne fût pas pris.

Après qu'il eut disparu dans les taillis, elle écouta, sans oser respirer, les cris des poursuivants s'éloigner en direction du ruisseau voisin. Les clameurs allèrent en s'amenuisant avec la distance, puis redoublèrent soudain, leur expression passant de la haine au triomphe : ils l'avaient capturé !

Elise sentit son cœur se figer d'effroi. Elle croisa les pans de son châle de laine sur sa poitrine et courut en direction des vociférations, trébuchant sur les racines saillantes que la neige dissimulait.

Bientôt, elle fut rejointe par une foule de gens se précipitant dans la même direction.

— Allons-y ! Vite ! hurla un soldat, enthousiaste, à l'adresse de ses compagnons. On va pendre un pouilleux qui volait nos vivres... je ne veux pas rater cela !

Elise le tira par la manche.

— Que se passe-t-il ? lui demanda-t-elle, n'ayant pas bien saisi ce qu'il disait.

— On va le pendre ! Comme ça ! expliqua l'homme, qui enserra son propre cou en un geste significatif et tira la langue, les yeux exorbités.

Elise se détourna devant l'atroce mimique. Quand elle se retourna, le soldat était déjà loin, qui se pressait d'arriver sur les lieux du supplice annoncé. Se ressaisissant, elle tenta de le suivre, tremblante d'horreur et d'indignation. Au détour d'une clairière, elle aperçut l'attroupement. Près du ruisseau gelé, on faisait cercle autour du malheureux qui, les mains attachées dans le dos et le front trempé de sueur, roulait des yeux terrifiés. Deux archers tenaient leurs armes pointées sur lui pendant que, sous la branche maîtresse d'un orme, un homme de troupe barbu, l'air satisfait, confectionnait un nœud coulant.

Jouant des coudes parmi les soldats assemblés, Elise parvint à s'approcher suffisamment pour distinguer la tignasse blond clair de celui qu'on venait de capturer. Lorsqu'il était passé près de la hutte, Elise n'avait pu réellement voir le visage du voleur, partiellement caché sous un capuce.

Mais ces cheveux... C'étaient ceux de son frère !

— Jehan ! cria-t-elle en s'élançant vers lui.

Elle fut aussitôt refoulée par les soldats, sans aucun ménagement, et tomba aux pieds du duc de Clarence. Ce dernier fit un geste pour la relever, mais elle était déjà sur ses jambes.

— Votre grâce, par pitié ! l'implora-t-elle. Ne permettez pas qu'on le pende ! Je vous en conjure, vous ne pouvez laisser faire cela !

Le duc eut l'air contrarié du jouisseur qui craint de manquer au dernier moment le plaisir d'un spectacle savouré d'avance.

— Qu'y a-t-il, madame Saker ? maugréa-t-il avec une évidente hostilité. Pourquoi ne pourrait-on exécuter un coquin pris la main dans le sac ?

166

Le prisonnier criait et se débattait à présent, désespéré, sous la poigne qui tentait de lui passer la hart au cou. Elise aperçut alors nettement les traits de l'homme et vit qu'elle s'était trompée : ce n'était pas son frère qu'on s'apprêtait à supplicier. Sa chevelure blond paille l'avait abusée. Il était plus jeune et plus maigre que Jehan. Néanmoins, cela n'avait plus d'importance, car elle sentait dans sa propre chair l'infinie détresse du malheureux.

Elle ne pouvait laisser une telle chose se passer !

— Epargnez-le, Votre Grâce, je vous en prie ! supplia-t-elle en se jetant à genoux aux pieds de sir Thomas.

— C'est hors de question, madame ! Si nous laissons tous ces marauds piller nos réserves impunément, ils continueront jusqu'à ce qu'ils nous aient affamés ! Non ! Le roi lui-même ne lui accorderait pas la grâce.

Elise chercha des yeux le souverain, qui se tenait à l'écart, juché sur un monticule et protégé de la foule par sa garde personnelle. Hélas, en la circonstance, le visage fermé de Henri ne laissait transparaître aucune inclination à la clémence. La jeune femme se sentit alors envahie par une incoercible bouffée de haine à l'encontre de la noblesse anglaise qui, à l'image de son roi, se voulait vertueuse quand, en réalité, ils n'étaient tous que des monstres, froids et impitoyables.

Les cris des innocents massacrés à Caen résonnèrent de nouveau à ses oreilles.

— Qu'attendez-vous pour exécuter ce galeux ? cria une voix parmi la foule.

— Non ! cria alors une autre voix, celle d'Adam. Arrêtez !

Au même moment, Elise vit le chevalier se frayer un passage jusqu'au souverain, bousculant ceux qui ne s'écartaient pas à temps.

Parvenu au monticule, il se planta devant Henri, qui le toisa d'un air perplexe.

— Majesté, dit Adam d'une voix calme et forte, je vous demande d'accorder votre royal pardon à cet homme !

— Dites-moi, Saker, s'enquit Henri d'un air impassible, quelle raison aurais-je de gracier un malfaiteur ?

Ses yeux, insondables, étaient rivés à ceux du chevalier.

— Oui, renchérit le duc de Bedford, c'est la punition qu'il mérite ! Mettez-vous en cause la justice royale, sir Adam ?

Parmi les pairs du royaume, Bedford était le plus fervent amateur d'exécutions et autres supplices publics. L'on racontait même qu'il allait jusqu'à commettre des délits lui-même, en secret, pour ensuite faire accuser quelque va-nu-pieds de son domaine qu'il ne manquait jamais de condamner...

— Dieu m'en garde, répondit Adam. Je demande seulement à Votre Majesté de faire ce geste miséricordieux en souvenir de Notre-Seigneur Jésus-Christ, dont nous allons fêter la venue sur terre dans quelques jours ! A cette occasion, ajouta-t-il crânement, sachons nous montrer généreux envers les Français, en particulier quand ce ne sont que des manants affamés !

Un murmure désapprobateur courut dans la foule qui, par habitude de la discipline, s'était tenue silencieuse pendant le discours d'Adam. La perspective de se voir privé de la macabre cérémonie déplaisait fortement à certains, et ils se manifestaient.

D'un geste, le roi fit taire les mécontents et adressa un sourire entendu à Adam. Il était de toute évidence persuadé que celui-ci ne faisait que jouer son rôle d'ami des Français... Adam n'allait certainement pas le contrarier.

— Je constate que sir Adam se montre éloquent lorsqu'il s'agit de défendre les Français..., commenta le souverain.

Tout le monde retint son souffle, attendant la décision du roi.

— Soit, j'y consens, pour la gloire de Notre-Seigneur, en Sa prochaine Nativité ! Qu'on le libère, et qu'on lui donne la nourriture qu'il avait volée !

Nul n'osa protester, bien que la plupart des hommes présents, simples soldats, chevaliers ou barons, la désapprouvassent.

On coupa les liens du prisonnier, qui n'avait pas compris une parole de ce qui venait d'être dit. Il frotta ses poignets endoloris et, chancelant, tendit les bras vers sa besace, qu'on lui rendait pleine encore de son larcin.

Le pauvre homme n'arrivait pas à se rendre vraiment compte de ce qui lui arrivait, à cet instant, et il restait immobile, hébété. Comment était-il possible qu'il ne se balançât pas déjà, accroché par le cou, les pieds à deux toises au-dessus du sol ? Tout comme ces bêtes sauvages qui, lorsqu'on les relâche, hésitent une seconde avant de s'élancer, il eut soudain conscience de sa liberté et il détala aussitôt vers les bois.

— A présent, que chacun retourne à son poste, ordonna Henri.

Tous ce dispersèrent, de méchante humeur, pestant contre celui qui les avait empêchés d'assister à une bonne pendaison.

Elise et Adam demeurèrent bientôt seuls près des berges glacées du ruisseau muet, les pieds dans la neige, leur souffle rendu visible par l'air froid. Et aucun des deux ne se décidait à rompre la magie du silence hivernal.

— Grâce à Dieu, vous étiez là pour ce pauvre homme ! dit enfin Elise.

— Oui, je n'étais pas loin et je suis arrivé au moment précis où ils l'ont capturé.

— Oh ! s'exclama Elise, ébahie. Et vous avez défendu cet homme alors que vous m'avez entendue crier le nom de mon frère ! Vous qui pensez toujours qu'il s'agit de mon amant...

Adam avait dû la voir aussi se jeter aux pieds de Clarence pour l'implorer et pleurer de rage devant son refus.

— En fait, ce n'était pas Jehan, précisa-t-elle. Je l'ai pris pour lui à cause de ses cheveux ! Jehan est plus...

Adam venait de tendre la main pour lui caresser sa joue, rosie par le froid et l'émotion. A ce contact, elle ferma les yeux et resta ainsi un long moment.

— Pouvez-vous pardonner ma conduite de soudard, à Alençon ? demanda-t-il. J'étais fou de jalousie, ce soir-là...

— Je vous aime, Adam, l'interrompit-elle.

— Et moi, je... je suis fier de vous avoir pour épouse, dit-il d'une voix enrouée en la prenant dans

170

ses bras. Et je vous désire, comme je n'ai jamais désiré personne...

Une branche craqua, tout près d'eux.

— Allons, Saker, fit la voix de Clarence, vous aurez le temps de cajoler votre femme, ce soir ! En outre, je vous signale que la construction d'un beffroi appelle votre concours.

Fort heureusement, Adam tournait le dos au duc, car ce dernier n'aurait sans doute pas apprécié la grimace que fit le chevalier en l'entendant.

— J'y vais, sir Thomas, n'ayez crainte ! maugréa-t-il en s'éloignant d'Elise, fort contrarié.

Il se retourna cependant au bout de trois pas, souriant, et lui lança :

— A ce soir, Elise !

13.

A travers les sentiers enneigés, le cœur léger comme un flocon, Adam rejoignit l'équipe des charpentiers dont il dirigeait le travail. Chemin faisant, il ne put s'empêcher de se retourner à plusieurs reprises, en des élans insensés, pour apercevoir — qui sait ? — la silhouette d'Elise entre les buissons, à la cime des arbres ou, même, reflétée dans les nuages. Il aurait voulu qu'elle fût partout autour de lui, que le monde entier fût pétri de sa chair de femme, de son parfum, de son sourire tendre et dangereux.

Le souvenir de lady Anne, miraculeusement, s'était estompé. Il pensait pourtant ne jamais pouvoir s'en défaire, être marqué à vie par cet échec. Or, cet échec lui semblait appartenir désormais à un autre homme, à un inconnu. Par une grâce providentielle, ce douloureux épisode de sa vie avait été relégué au rang d'une anecdote entendue dans une auberge de passage, racontée par un voyageur pris de boisson. Il avait beau appuyer sur la cicatrice, la douleur de l'ancienne blessure avait bel et bien disparu. L'image même de cette femme, qui avait épousé son frère, était maintenant brouillée. Etait-elle vraiment blonde ? De quelle couleur étaient ses yeux ? Quel était le timbre de la voix de celle qui l'avait tant fait souffrir par ses caprices, ses revirements et son mépris final ?

Tout cela lui paraissait dérisoire et étranger auprès de l'enthousiasme qu'il éprouvait à l'égard d'Elise. Elise... Rien qu'en prononçant son prénom, il pouvait distinctement voir son adorable visage aux yeux verts, il se laissait gagner par une joie adolescente, une ivresse qui, trop longtemps retenue, bouillonnait à présent en lui comme un torrent de printemps.

Ce soir ! Il la verrait et elle serait sienne ! Il en ferait enfin sa femme, en des étreintes dont l'idée aurait fait rougir le plus dépravé des courtisans... Seigneur ! Les seins d'Elise, ses jambes entrevues, sa chevelure couleur des forêts en automne, sa taille fine, ses lèvres charnues, faites pour dévorer les baisers avides qu'il rêvait d'y poser !

En attendant, patience... Il fallait achever de construire ces maudits beffrois.

Arrivant à pied d'œuvre, il avisa son suzerain, sir Thomas, qui l'avait précédé. Le duc se tenait à quelques pas de lui, un sourire goguenard aux lèvres.

— A en juger par votre air content, votre belle épouse doit être une experte dans les jeux du lit ! s'exclama-t-il à l'intention d'Adam.

Ce dernier, qui lui gardait encore rancune de son intervention intempestive, jeta à sir Thomas un regard glacial.

— Voyons, Saker, ne vous hérissez pas de la sorte ! Mes propos n'expriment que l'envie d'un barbon... d'un pauvre homme sachant qu'il ne retrouvera ce soir que le confort sinistre de sa chambre, sans le corps enfiévré d'une maîtresse pour oublier les servitudes guerrières! Par ailleurs, pardonnez-moi de vous avoir interrompu, tout à l'heure, mais j'ai promis à mon frère que deux tours seraient prêtes dès demain...

« Le démon me mord
» sous la ceinturette...
» Maudit soit le sort
» Qui me fit nonnette... »

D'humeur légère, Elise revint en chantant vers la cabane. Elle s'arrêta sur le seuil du modeste logis de rondins bruts, couvert de branchages, et en contempla l'intérieur, attendrie. Ce n'était pas un palais, certes, mais elle savait que cet endroit resterait à jamais gravé dans sa mémoire. Ce serait là, elle en était à présent certaine, et nulle part ailleurs, que son mariage serait consommé, que son corps et celui d'Adam se confondraient enfin en une seule et même chair.

Pleine d'entrain, elle se mit à ranger l'humble intérieur, épousseta les couvertures et balaya autour du foyer de pierres. Leur alcôve conjugale était séparée du reste par une simple toile, tendue sur une corde, afin de préserver un tant soit peu d'intimité, car Gilles et Harry dormaient dans la partie commune, également réservée aux repas. En fait, ils n'avaient guère eu besoin de cette intimité jusqu'à présent, puisque la couche d'Elise et celle d'Adam étaient éloignées de trois bons pieds... Elle consi-

175

déra, perplexe, cette disposition et décida d'y remédier en rapprochant les deux lits de camp. Une fois qu'elle les eut réunis, elle tendit les draps de façon à en masquer la jonction et couvrit le tout de la plus grande couverture qu'elle pût trouver.

Alors qu'elle contemplait, satisfaite, le résultat obtenu, la porte de planches grossières s'ouvrit soudain. Le cœur d'Elise fit un bond. Etait-ce déjà son bien-aimé? Non! Impossible! Il était encore trop tôt!

— Gilles! s'exclama-t-elle. Je te croyais avec sir Adam...

— J'y étais, madame. C'est lui-même qui m'a envoyé auprès de vous, au cas où vous auriez besoin de mes services.

— Eh bien, oui, j'ai besoin de toi, Gilles! Connaîtrais-tu quelque sortilège qui nous permette d'obtenir du vin, pour le dîner?

— Du vin? répéta le nain, songeur. Hum... Il va falloir que je rappelle sa dette de jeu au cuisinier du roi! J'espère seulement qu'il ne se fera pas trop tirer l'oreille...

— Ce serait merveilleux! Ah! Autre chose...

Rougissante, Elise hésita un court instant.

— Serait-il possible que toi et Harry... comment dire? Que vous... trouviez, ailleurs, un endroit pour dormir, cette nuit?

— Oh! Ainsi, tout va bien mieux, entre vous, commenta Gilles d'un ton amusé. Faites-moi confiance, madame, nous n'aurons pas de mal à nous faire héberger autant de nuits qu'il vous plaira!

— Merci, Gilles! Merci de tout cœur!

Malgré le sourire du nain, Elise remarqua sur ses

traits encore jeunes l'empreinte d'une mélancolie profonde qui l'emplit de pitié à son égard. Elle prit pour la première fois conscience de l'immense solitude dans laquelle son physique enfermait le malheureux homme — comme si, par la vertu du sentiment amoureux qui l'habitait, elle percevait aujourd'hui le manque affectif chez les autres, avec une acuité nouvelle. Gilles, en effet, n'avait probablement jamais connu la caresse d'une femme ; toutes, au fond, devaient le considérer comme une sorte de petit monstre. Elles avaient tort, car c'était un être d'une grande noblesse d'âme, d'une loyauté à toute épreuve et d'excellent conseil. Un homme dont les qualités auraient comblé la plupart des femmes...

— Gilles... aurai-je tort de l'aimer ? lui demanda-t-elle. Réponds-moi sincèrement, je t'en prie !

— Non, madame, répondit-il sans cesser de sourire. J'ai assisté à son intervention, tout à l'heure, quand on voulait pendre ce Français. Sir Adam, par son attitude, a prouvé qu'il n'était pas homme à supporter l'injustice, et c'est chose rare, de nos jours... Il mérite amplement qu'on l'aime, ne serait-ce que pour cela !

— Et penses-tu, demanda encore Elise, que je pourrais un jour le convaincre de servir la cause de la France, s'il advenait qu'il m'aime ?

Le nain ne put cacher une certaine gêne.

— Eh bien, je crois que l'amour peut tout rendre possible... Madame, si vous l'aimez et qu'il vous le rend, soyez heureuse et n'essayez pas de changer un homme qui a su vous plaire pour ce qu'il est !

— Et comment puis-je être heureuse dans ses bras, sachant que le Renard est en train de comploter contre son roi ?

— Vous essayez de résoudre trop de problèmes à la fois, souligna Gilles. Chaque chose en son temps. Ce soir, ne pensez donc qu'à l'amour !

— Mais les temps sont à la guerre, Gilles !

— Précisément, madame. L'époque est trop rude pour ne pas cueillir les douceurs qui surviennent par hasard...

Harry et Gilles se retirèrent sitôt le dîner desservi, sous prétexte de poursuivre une partie de passe-dix.

Adam, à la demande d'Elise, se retira dans l'alcôve de fortune pour procéder à une toilette bien méritée, et reparut dans une robe de toile écrue, doublée de laine d'agneau et serrée à la taille. Ses cheveux, encore humides, brillaient comme le plumage d'un corbeau. Elise remarqua qu'il reniflait légèrement, dans la froide atmosphère de la hutte criblée de courants d'air.

— Adam ! lui lança-t-elle. Venez donc vous réchauffer près du feu !

Il lui adressa un sourire qui affola le cœur d'Elise.

— Non, ma chère épouse, c'est vous qui m'avez suggéré de prendre un bain. C'est donc vous-même qui me réchaufferez... si vous le voulez !

Il s'approcha d'elle et lui caressa la joue, comme il l'avait fait le matin même. Au contact de ses doigts, rudes et doux tout à la fois, sur son visage, elle ferma les yeux en s'approchant de lui. Seuls quelques pouces les séparaient à présent.

— Vous savez, affirma-t-il, avant que cet âne déguisé en duc ne commence à braire, ce matin, j'étais sur le point de vous embrasser...

178

— Rien ne vous empêche d'essayer de nouveau, souffla Elise en lui tendant ses lèvres.

— Il le faut, car je veux vous donner cette nuit tous les baisers que je vous dois, depuis notre mariage !

— Tous ce soir ? répliqua-t-elle, mutine, en lui passant un doigt sur la bouche. Alors, je m'en vais mettre un voile, comme les Sarrasines, pour me protéger !

— Non, pas de voile ! Je veux vous dévoiler entièrement...

Leurs lèvres se frôlèrent en un baiser d'abord léger, puis de plus en plus appuyé, jusqu'au moment où ils ne purent résister à l'envie de se livrer à pleine bouche. Les mains d'Adam descendirent alors jusqu'à la taille d'Elise, qu'il saisit pour l'attirer à lui, plus étroitement, tandis que leurs langues se mêlaient en une danse frénétique.

Lorsque, les reins en feu, Elise sentit contre son ventre la virilité érigée d'Adam, elle ne put retenir un gémissement de convoitise et elle lui prit les hanches, qu'elle serra contre elle pour accentuer encore le délicieux contact. Tout ce corps massif, musclé et cependant bien découplé, éveillait en elle des appétits bien concrets, des images inavouables qui lui donnaient envie de lacérer sans plus attendre les tissus qui recouvraient encore leur peau.

Adam s'écarta un peu d'elle, haletant, et ses yeux noirs brillèrent tandis qu'il la contemplait de haut en bas, comme s'il savourait par avance ce qu'elle allait lui offrir.

— Grâce à Dieu, vous n'êtes pas pucelle ! dit-il en la soulevant de terre pour la porter sur la couche.

Car j'ai bien peur, cette nuit, de ne pouvoir me montrer assez délicat pour une jeune vierge. J'ai tellement faim de vous !

— Rassurez-vous, je vous désire tout autant ! avoua Elise avec une pointe de nervosité.

Dans un silence chargé d'impatience, ils se débarrassèrent à la hâte de leurs vêtements. Elise maudit le laçage de sa robe, qu'elle fit passer finalement par-dessus la tête afin de s'en défaire au plus vite.

Lorsque leurs peaux nues se touchèrent, pour la première fois, Elise crut défaillir d'aise, tant elle avait rêvé d'éprouver contre sa poitrine le contact du torse musculeux du chevalier. Ils se tinrent un long moment ainsi, debout, face à face, savourant toute la surface de leurs épidermes, jusqu'à ce que la température ambiante les pousse à se réfugier sous les couvertures, frissonnant davantage de désir que de froid.

Sans lâcher la taille d'Elise, Adam se glissa le premier dans le lit et sursauta en poussant un juron.

— Par tous les diables, qu'est-ce que cela ? dit-il en écartant les couvertures.

Ils rirent de bon cœur en découvrant la touchante, mais dangereuse, attention de Gilles, qui avait déposé entre les draps un boulet de canon chauffé sur les braises afin de leur procurer un confort supplémentaire.

— Hum ! Je me demande si le roi est au courant de l'usage que l'on fait de ses munitions ! commenta Adam.

Tels furent les derniers mots qu'il prononça cette nuit, car Elise se jeta alors sur lui et mordit goulûment ses lèvres tout en lui caressant le dos. Sous ses paumes, elle sentit le relief de cicatrices et s'émut en songeant que l'une des blessures qui les avaient causées aurait fort bien pu être mortelle.

Bientôt, Adam se pencha pour baiser, avide, les seins de sa compagne, éprouvant leur lourdeur. Puis sa bouche descendit sur le ventre de la jeune femme, gracieusement rebondi, jusqu'à l'aine veloutée. Avec des exclamations sourdes, Elise, les yeux mi-clos, se prêta à toutes les caresses, avant de l'inciter à s'allonger sur elle, impatiente de le recevoir au cœur de son intimité, l'attirant, réclamant sur elle le poids de son corps.

Impudique, elle noua les chevilles sur ses reins et souleva le bassin pour s'offrir totalement. Cependant, Adam ne consentit à s'engager en elle que légèrement et demeura ainsi immobile, résistant à sa propre envie d'aller plus loin et sourd aux suppliques d'Elise, dont le désir exaspéré faisait osciller les hanches.

Enfin, n'y tenant plus, il la pénétra entièrement. Elise crut défaillir sous la force de l'étreinte. Puis elle reprit ses mouvements, auxquels Adam ajusta les siens sans délai, et ils voguèrent ainsi au rythme de la volupté, comme sur une houle berçant le même vaisseau. Les yeux dans les yeux, ils prolongèrent ainsi leur étreinte jusqu'à la limite du supportable, jusqu'au moment où une vague de jouissance les emporta dans une parfaite harmonie.

14.

Immobiles et silencieux, éclairés par l'unique chandelle qui brillait dans la hutte, ils se tenaient enlacés sur le lit tandis que leurs souffles s'apaisaient peu à peu. La tête d'Elise, tout auréolée de sa toison cuivrée en désordre, reposait sur l'épaule de celui qu'elle pouvait à présent appeler son époux.

En cet instant, dans les bras d'Adam, elle se sentait précieuse et protégée, sans rien qui menaçât le bien-être physique qui l'inondait. Etait-ce donc cela, l'amour que chantaient les vers du *Roman de la Rose*, et dont certaines allégories lui étaient demeurées obscures ? Tout semblait à présent luire sous un nouveau jour comme si, guidée par Adam, elle venait de subir la plus douce des initiations.

Elle se rendait maintenant compte qu'elle n'avait eu, auprès d'Aimeri, qu'une expérience très incomplète du plaisir. Certes, faire l'amour avec son précédent mari n'avait pas été chose désagréable ; cependant, ce qu'elle venait de vivre avec Adam était une véritable révélation. Jamais auparavant elle n'avait éprouvé ce sentiment sublime d'appartenir, corps et âme, à un homme ; jamais elle n'avait eu envie de replonger aussitôt dans les transports qui venaient de la briser.

A cette idée, elle pressa instinctivement son corps contre celui d'Adam, avant de s'inquiéter de ce que ce mouvement, empreint de lascivité, ne trahît les pensées luxurieuses qui l'habitaient, au risque de la faire passer pour insatiable. Or, devait-elle avoir honte de ce qui s'était éveillé en sa chair? Son époux irait-il attribuer cette sensualité exacerbée au tempérament des femmes françaises, dont la réputation n'était plus à faire? Les dames anglaises avaient certainement un comportement plus réservé, plus digne... De plus, elle devait prendre garde à ne pas se montrer trop exigeante, car elle savait que les hommes se trouvaient fort embarrassés lorsqu'une femme réclamait une nouvelle étreinte avant qu'ils n'eussent récupéré de la première.

La joue posée sur l'épaule d'Adam, Elise entendit sa respiration profonde et se demanda s'il était endormi.

— A quoi penses-tu, Elise? lui demanda-t-il alors.

— Vous me tutoyez, à présent? remarqua-t-elle avec malice, sans changer de position. Y a-t-il donc quoi que ce soit de changé, entre nous? Tu souris! Je ne vois pas ton visage, mais je parie que tu souris!

— Toi aussi! rétorqua Adam en riant. Mais cela ne répond pas à ma question...

— A l'instant, je me demandais à quoi ressemblerait notre enfant, si nous en avions un...

— Un enfant! s'écria Adam. Tu... voudrais avoir un enfant de moi?

Il avait dit cela avec une telle émotion qu'Elise se sentit soudain submergée par l'amour qu'elle lui portait. En silence, elle hocha la tête.

— Oui... Oh ! Elise j'aimerais cela plus que tout ! s'exclama Adam avec enthousiasme. Un fils brun, puis un autre aux cheveux cuivrés, comme sa mère, puis une fille rousse et une autre brune...

— Et qu'arriverait-il si l'un de vos fils héritait aussi le caractère de sa mère ? s'enquit Elise d'un ton plaisant.

— Oh ! Alors, je devrais dès à présent choisir une bonne verge, car le jour viendrait, forcément, où je serais obligé de le corriger ! Toutefois, ajouta Adam sur un ton sérieux, je préférerais, de beaucoup, que vous ne tombiez pas enceinte avant que nous n'arrivions au château de Saker...

— Pourquoi les hommes sont-ils donc si fiers d'exhiber leur épouse à leur famille quand celle-ci ressemble à... un boulet de canon ? se récria Elise en regardant l'objet qui avait servi à réchauffer leur lit.

— Ne sois pas sotte, il ne s'agit pas de cela. Simplement, j'aimerais mieux que tu n'aies pas à porter notre enfant pendant que nous sommes en campagne, dans des conditions si précaires. A supposer que cela arrive, il serait préférable de t'envoyer à Caen, ou en Angleterre, pour que tu sois en sécurité...

— Non ! Ne m'envoie pas loin de toi, et surtout pas en Angleterre, de grâce... Je ne supporterais pas d'être séparée de toi pour me retrouver dans un pays où l'on ne parle pas ma langue, au milieu de gens que je ne connais pas et qui détestent, à coup sûr, les Français !

— Allons... Calme-toi, donc, Elise. J'ai seulement dit qu'il serait préférable de t'éloigner. Or, je suis égoïste au point de vouloir te garder près de moi en toute circonstance... Simplement, il faudra faire en sorte que tu ne sois pas enceinte avant quelques mois !

— L'abstinence risque d'être un véritable supplice, souligna la jeune femme en enfouissant le visage dans le cou d'Adam. Tu le sais comme moi, et plus encore à présent. Nous ne tiendrons pas une semaine !

— Il existe des façons sans risques de te donner du plaisir..., murmura-t-il en caressant la taille d'Elise. Et je suis sûr qu'elles ne te déplairont pas. Veux-tu essayer ?

Sans attendre de réponse, il l'embrassa avec fougue, puis sa bouche quitta celle d'Elise et descendit sur ses seins, sur ses hanches, jusqu'aux genoux qu'il sépara doucement, avant de prolonger son baiser à l'intérieur des cuisses et de remonter encore. Elise sentit alors la caresse légère de sa langue qui fouillait au plus intime de son corps, et elle se cambra, prise d'un frisson presque insupportable, qui lui parcourut tout le dos.

— Mais... c'est...

Elle ne put continuer, car Adam accentua ce contact. Pour Elise, ce ne fut plus, alors, qu'un déferlement sans cesse renouvelé d'ondes dévastatrices, qui se propageaient en elle sans que sa volonté ne pût s'y opposer. Il noua les mains autour de ses chevilles pour la maintenir fermement afin de poursuivre sa caresse.

Elise avait l'impression que son corps, agité de

soubresauts, ne lui appartenait plus. Des centaines de feux follets parcouraient sa peau en tous sens tandis qu'au centre de son être grondait un torrent de lave prêt à la consumer. Elle ferma alors les yeux et s'abandonna au déferlement de sensations qui montait, irrépressible. Les mains crispées sur les cheveux d'Adam, elle accueillit en criant l'ultime et puissant frisson d'une jouissance qui l'anéantit.

Pantelante, elle flottait sur un nuage de plénitude quand, quittant sa position, Adam se hissa à sa hauteur et vint tendrement écarter les boucles cuivrées collées à son front par la transpiration. Elise sentit alors la virilité d'Adam, dure et brûlante, battre sur sa cuisse. A peine en eut-elle pris conscience, qu'un désir neuf et impérieux se réveilla. Sans mot dire, elle laissa sa main descendre sur le corps d'Adam, insistant sur son torse large et sur ses cuisses. De sa bouche, elle lui effleura les lèvres tandis que ses doigts se fermaient sur la preuve de son désir, qui palpitait contre elle.

— Tu n'as pensé qu'à mon plaisir, lui reprochat-elle d'un air boudeur. C'est injuste ! Ta méthode ne me plaît pas !

Sans crier gare, elle plaqua Adam sur la couche et, d'un mouvement souple, se plaça à califourchon sur lui. Il tenta bien de se dégager, amusé par la hardiesse d'Elise, mais celle-ci le bloqua et, ondulant des hanches, le guida en elle avec précision.

Il n'en fallut pas davantage pour faire voler en éclats les prudentes suggestions d'Adam.

Ils firent de nouveau l'amour à l'aube, sans frénésie cette fois, comme deux amants qui connaissent leurs préférences mutuelles, chacun se souciant de devancer les envies de l'autre. Puis, Adam se leva et commença d'ajuster sa cotte de mailles et ses jambières tandis qu'Elise s'efforçait d'allumer une chandelle.

— Faut-il vraiment que tu partes ? demandat-elle. Pourquoi ne pas envoyer un message au duc, affirmant que tu es souffrant ?

— Nous pourrions lui faire dire que ma petite Française me donne la fièvre, par exemple ? Et ce ne serait pas faux ! Non, je suis désolé, Elise : je passerai volontiers toute la journée au lit en ta compagnie mais, hélas, j'ai peur qu'on ne puisse remettre à un autre jour la bataille pour une lune de miel retardée.

— La bataille ? s'écria-t-elle, paniquée. Vous... vous attaquez la ville aujourd'hui ?

Dans la pénombre, les mains d'Elise tremblaient.

Adam enragea d'avoir laissé échapper cette information. Il s'était promis, en effet, de ne pas lui en parler : elle aurait ainsi passé une journée sans inquiétudes, ignorant tout des événements jusqu'à ce qu'ils fussent passés.

— Le roi trouve que le siège a trop duré, expliqua-t-il, et il voudrait fêter la victoire en même temps que la Nativité. Les tours dont nous avons achevé la construction hier serviront aujourd'hui, et nous prendrons Falaise sans encombre. De plus, songez que tous les gens de la ville et des alentours sont affamés ! Plus tôt nous en aurons fini, plus vite cesseront leurs privations...

Elise, prostrée, ne voulait pas entendre raison.

— Pourquoi dois-tu toujours combattre ?

demanda-t-elle en sanglotant. Un chevalier de noble famille ne devrait pas risquer ainsi sa vie!

Adam eut le cœur brisé en voyant Elise ainsi éplorée. En réalité, il se sentait lui-même fragilisé. Car s'il avait toujours considéré, par le passé, qu'une mort honorable au combat était préférable aux servitudes de la vieillesse, il lui fallait admettre qu'après les moments passionnés qu'il avait vécus, il ne pouvait plus affronter le danger avec la même insouciance.

Cette nuit, il avait partagé avec Elise un plaisir divin, qui cependant avait un prix : sa vie ne lui appartenait plus exclusivement. A partir d'aujourd'hui, il se savait dépendant d'elle, autant qu'elle dépendait de lui — ce qui, pour un guerrier, constituait une faiblesse gênante. Qu'avait-il à perdre, auparavant? Rien, ou presque. L'existence d'un humble chevalier ne comptait guère pour les chroniqueurs royaux, car leur mort ne changeait jamais le cours de l'histoire... En revanche, Elise comptait sur lui à présent.

Emu, il s'agenouilla près d'elle, embrassa ses joues trempées de larmes et caressa la somptueuse chevelure couleur cannelle.

— Maudites soient les lois de la guerre et de la chevalerie! s'emporta-t-elle soudain, ses yeux verts jetant des éclairs furieux. Ce sont elles qui m'ont rendue veuve une première fois!

Elle se leva dans un accès de fureur, saisit le casque d'Adam et le projeta violemment sur le sol.

— Que m'importent les couleurs des bannières! Elles cachent toujours les mêmes tourments et les mêmes détresses. Quant à la gloire des armes...

Adam, y a-t-il d'autre gloire sur terre que celle d'être heureux malgré les maux qui nous accablent?

— Tu as raison, Elise... C'est le destin qui nous jette dans des rôles qu'il nous faut jouer souvent malgré nous...

— Adam, je t'en prie, fuyons loin d'ici! Je sais que tu ne hais pas les Français, tu l'as prouvé par ton attitude à plusieurs reprises. Rendons-nous à la cour du roi Charles, à Paris! Tu pourras y travailler pour la paix entre nos deux peuples...

Le visage empreint de sévérité, Adam se leva brusquement.

— Ce serait trahir et me déshonorer, déclara-t-il d'une voix glaciale. Est-ce là ce que tu désires?

— Non, jamais! affirma Elise, sentant qu'elle était allée trop loin. C'est que j'ai tellement peur pour toi! Sais-tu comme je t'aime?

— Je t'aime aussi, Elise, répondit Adam d'un ton radouci. Ne pleure plus, maintenant. Donne-moi plutôt quelque gage que je porterai sur moi — il me servira de bouclier!

Elise alla détacher un ruban de sa robe verte, celle de leur mariage, et le tendit au chevalier, qui le noua gravement autour de son bras gauche.

— Promets-moi de ne pas te risquer hors de la hutte, aujourd'hui, ajouta-t-il.

— Promets-moi en retour de ne pas prendre de risques inutiles.

— Tu sais, je ne suis pas un écervelé... et ce n'est pas mon premier combat!

La gorge nouée, Elise hocha la tête d'un air morne tandis que s'entrechoquaient dans son esprit l'amour et... la colère. Colère de voir que, malgré ses propos, l'homme qu'elle aimait de toute son âme ne pouvait résister à l'appel du danger... Colère de constater qu'il était sans doute prêt à donner sa vie pour satisfaire son roi !

Adam avait fini d'ajuster les pièces de sa cuirasse.

— Ne t'inquiète pas ! Ce soir, assura-t-il en embrassant de nouveau Elise, nous dormirons encore ensemble.

Sur ces mots, il se précipita au-dehors.

Restée seule, Elise se prépara à passer une longue journée d'angoisse entre les murs de bois brut et de torchis, sans la moindre fenêtre. Le seul soulagement qu'elle pût attendre raisonnablement était la présence de Gilles, qui ne tarderait sans doute plus maintenant — si toutefois il ne se retrouvait pas enrôlé de force dans quelque tâche subalterne. Le petit homme saurait peut-être la rassurer de sa voix posée et de ses paroles toujours sensées. Que n'était-il déjà là !

Arpentant le sol de terre battue d'un pas nerveux, Elise ne pouvait empêcher des images macabres d'absorber son esprit. Par éclairs, elle revoyait le corps mutilé d'Aimeri ou les cadavres jonchant les rues de Caen... Autant de visions qui l'empêchaient d'entreprendre la moindre tâche utile.

La peur appelant d'autres peurs, elle frémit en pensant que, malgré tout, elle demeurait une espionne, infiltrée parmi les rangs ennemis ! Qu'adviendrait-il si Adam apprenait un jour qu'elle avait transmis des renseignements précieux par l'entremise de Coulet ? Comment pourrait-il jamais croire qu'elle l'aimait réellement s'il venait à découvrir ce rôle secret? N'était-ce pas le trahir que d'envoyer à Jean sans Peur des messages dans lesquels elle décrivait l'itinéraire de l'armée anglaise, ses effectifs, son armement, l'état de santé du roi Henri...?

Trois coups brefs donnés à la porte interrompirent soudain le cours de ses sombres pensées. N'étant vêtue que d'une chemise, elle saisit une couverture dont elle s'enveloppa à la hâte avant d'ouvrir. Un inconnu se tenait sur le pas de la porte, brun et barbu, vêtu d'un grand manteau de drap bleu sombre. Il ôta sa toque noire en apercevant Elise.

— Je dois remettre une lettre à sir Adam Saker, déclara-t-il en français. Etes-vous son épouse?

Ayant répondu par l'affirmative, Elise se vit remettre sans autre commentaire un rouleau de parchemin.

La jeune femme pensa tout d'abord qu'il s'agissait d'une lettre émanant de la famille de son époux. Machinalement, elle se représenta un château de pierres grises, perché sur un roc farouche, elle imagina les visages de sa belle-famille assemblée pour l'accueillir : son beau-frère le comte, ses sœurs et, bien sûr, la blonde lady Anne...

Lorsqu'elle émergea de sa rêverie et qu'elle voulut demander la provenance réelle du courrier, l'homme était déjà trop loin.

Fébrile, elle n'hésita pas à briser le cachet pour dérouler le parchemin. Terrorisée, elle s'aperçut alors qu'il était destiné au roi Henri!

Comment était-il possible que le messager se fût trompé à ce point? Il avait pourtant demandé sir Adam! Jamais on ne la croirait... Or c'était un acte grave qu'elle venait de commettre : le fait d'intercepter un courrier royal pouvait lui valoir de sérieux ennuis, qui rejailliraient sur Adam à coup sûr. Elle-même pouvait être convaincue de trahison sans qu'on eût, en réalité, découvert ses activités d'espionnage.

Que devait-elle décider, à présent ?

Puisque le mal était fait, elle décida de lire la lettre et s'installa sur le lit, près de la chandelle. Elle déroula entièrement le parchemin pour découvrir avant toute chose la signature de l'auteur. Quelle ne fut sa surprise quand elle y déchiffra celle de Jean de Nevers, comte de Flandre et d'Artois, pair de France, premier grand feudataire du royaume et duc héréditaire de Bourgogne !

C'était une lettre de Jean sans Peur adressée au roi Henri !

D'abord tentée de la lire tout de suite, elle jugea plus prudent d'aller bloquer la porte au préalable en tirant contre elle une grosse malle, afin de prévenir toute intrusion intempestive.

Puis, lorsque la signification de la lettre lui apparut peu à peu, son corps fut pris d'un tremblement incoercible.

Le duc y exposait son intention de reprendre sous peu Paris aux Armagnacs, avec l'assentiment de la reine Isabeau, et d'en déloger le bâtard Charles qui, faussement, se faisait appeler dauphin... Et surtout, il suggérait plus loin qu'une fois la capitale en son pouvoir, rien ne s'opposerait plus à ce que Henri fût couronné roi de France, ajoutant qu'il serait honoré de le servir en tant que gouverneur du royaume !

Elise rejeta brusquement loin d'elle le rouleau, comme s'il s'était agi d'un serpent venimeux enroulé sur ses doigts.

Se pouvait-il que Jean, complice d'Isabeau, complotât contre le roi de France pour offrir le trône à Henri, en échange de quelques privilèges supplémentaires ? Tous les efforts qu'elle déployait, elle et bien d'autres, étaient-ils dérisoires ? Le danger et la mort encourus par ceux qui se battaient sincèrement étaient-ils réduits à de vaines gesticulations au regard du jeu politique ?

Envahie par le dégoût, Elise eut l'impression que tout, autour d'elle, s'effondrait. Cependant, l'heure n'était pas aux états d'âme ! Il lui fallait agir, et vite !

Elle songea à trouver Denis Coulet pour lui demander des éclaircissements sur les informations qu'elle venait de lire, car il pouvait s'agir, à la réflexion, d'une ruse de Jean sans Peur, destinée à endormir la méfiance de Henri... Mais, se souvint-elle, l'agent était récemment parti à Troyes, et ne pouvait être de retour avant plusieurs jours. Le plus urgent était de prendre toutes les précautions pour ne donner prise à aucun soupçon ; mieux valait laisser de côté, pour le moment, les éventuelles implications de sa découverte. Mais comment justifier que la lettre fût tombée entre ses mains ? Fallait-il la brûler, au risque de devoir un jour être confrontée au messager, qui assurerait la lui avoir remise ?

La solution la plus simple était peut-être la meilleure...

Elise s'habilla à la hâte et, le parchemin roulé sous son bras, elle se dirigea droit vers l'ermitage qui hébergeait les quartiers du roi.

— Lady Elise ! s'exclama Henri d'un ton amène. Que nous vaut le plaisir de votre visite ?

Revêtu de son armure, le roi se tenait, souriant, au milieu de la pièce qui lui servait de chambre. Un bat-flanc étroit, une petite table et un crucifix de bois clair étaient les seuls objets meublant l'austère réduit. Dans un tel cadre et une telle tenue, Henri personnifiait à la perfection l'image qu'il s'était choisie — celle d'un souverain à la fois moine et soldat. Près de lui, un adolescent blond aux yeux rieurs, certainement un écuyer, finissait d'ajuster les courroies du plastron d'acier qui protégeait le torse de son royal maître.

Elise rendit le sourire et s'inclina. Depuis le dîner d'Alençon, où elle avait fait preuve d'esprit et d'amabilité à l'égard de Jean de Montfort, elle savait le souverain bien disposé vis-à-vis d'elle. Elle parla donc sans crainte :

— Votre Majesté, un messager s'est présenté tout à l'heure à ma porte, expliqua-t-elle, et m'a remis par erreur une lettre qui vous était destinée ! Je l'ai ouverte, car je la croyais adressée à sir Adam, et je me suis précipitée vers vous lorsque je me suis rendu compte de ma méprise. Je prie Votre Majesté d'excuser mon imprudence ! ajouta-t-elle en lui tendant le parchemin.

Elle omit, bien entendu, de mentionner le fait qu'elle l'avait lu et baissa les yeux, espérant que le roi ne lui poserait pas de questions à ce sujet. Henri se contenta de jeter un bref coup d'œil au cachet.

— Il ne s'agit pas d'une erreur. Votre époux est

habilité à recevoir parfois ce genre de lettres, en mon absence. Le messager aura demandé à me voir et, ne m'ayant pas trouvé, on lui aura indiqué de remettre la lettre à votre époux ! Celle-ci nous est envoyée par notre cher ami Jean de Bourgogne, et j'en connais d'avance le contenu... Des promesses, encore des promesses et jamais rien de concret !

Elle se sentit étudiée pendant qu'il prononçait ces paroles.

— Que se passe-t-il, milady ? reprit-il. Vous semblez être bouleversée.

— C'est que... sir Adam doit combattre aujourd'hui. Je suis terriblement inquiète pour lui !

— Ce sentiment honore la bonne épouse que vous êtes ! Soyez tranquille, lady Elise, sir Adam est mon meilleur chevalier. Allez en paix et priez la Vierge Marie pour qu'elle protège votre époux. Votre foi sera un rempart contre les armes ennemies. Du reste, si d'aventure il était capturé, soyez assurée que je paierai la rançon, quel qu'en fût le montant.

— Je vous remercie, Votre Majesté.

Elise s'inclina de nouveau et s'éloigna, songeant que si Adam mourait, tout l'or du monde ne pourrait racheter sa vie.

15.

De retour à la hutte, et pour obéir à son époux, Elise prit sur elle afin de ne pas se précipiter vers le théâtre de la bataille qui allait s'engager. Elle tenta donc d'occuper ses mains et son esprit à des tâches ménagères, telles que la préparation du dîner ou les travaux de couture que nécessitait sa maigre garde-robe. En l'occurrence, tout était préférable à l'anxiété inactive qui la guettait dès qu'elle pensait aux dangers mortels qu'Adam devrait affronter aujourd'hui.

Elle comprenait qu'il préférât la savoir dans la hutte, et à l'abri d'un quelconque projectile, mais elle devinait aussi qu'il ne voulait pas qu'elle fût témoin des violences auxquelles il participerait. Il désirait certainement lui épargner des visions cruelles et, par surcroît, combattre l'esprit plus libre, certain qu'elle ne l'observait pas. Concernant ce dernier point, Elise se rendait compte qu'une relative insouciance avait jusqu'à présent réussi au chevalier. N'ayant pas de responsabilités familiales, sachant que sa mort ne laisserait personne désemparé, il pouvait combattre sans arrière-pensée. Il en allait autrement aujourd'hui... et la moindre seconde d'inattention risquait de lui être fatale.

A mesure que ses considérations funestes gagnaient Elise, ses gestes se firent de plus en plus lents et imprécis, jusqu'à l'immobilité, dans laquelle elle resta prostrée pendant un long moment.

Assise sur sa couche, les yeux fixés sur le mur, elle imaginait tout ce qui se passait au même moment à l'extérieur avec une acuité extraordinaire. Des hommes en armes passaient devant son regard halluciné ; elle était éblouie par les flammes soudaines sortant des canons ; des hommes tombaient dans un fracas d'acier ; elle entendait des cris de rage et de douleur ; le sang ruisselait sur la neige. En fait, la bataille se déroulait devant elle, sans qu'elle eût besoin de sortir de sa chambre... Dans ces conditions, pourquoi ne pas regarder la réalité en face ?

Elle secoua sa torpeur et se précipita à l'extérieur, bien décidée à voir quelle tournure prenait le combat. Elle veillerait seulement à ne pas être vue par Adam...

Les détonations des bombardes rythmaient sa marche haletante à travers la forêt, en direction du château de Falaise. En effet, les Anglais pilonnaient la ville avec acharnement depuis quelques minutes, pour préparer la ruée des troupes vers les murailles. Dans les deux camps, l'artillerie se déchaînait : les redoutables veuglaires français, du haut des créneaux, donnaient la réplique aux bombardes et aux couleuvrines anglaises, réparties sur deux buttes.

Ce fut vers la plus proche d'entre elles qu'Elise dirigea ses pas.

Arrivant à découvert, elle fut surprise d'aperce-

198

voir Angélique et Thérèse sur les lieux. Les deux Françaises se tenaient à une centaine de toises en retrait des artilleurs, ignorant autant le drame que le danger, et commentaient joyeusement les dégâts causés par les bouches à feu sur les remparts. Leur attitude désinvolte révulsa Elise qui arriva près d'elles en contenant sa rage à grand-peine.

— Lady Elise! s'exclama Thérèse Pilcher en voyant la nouvelle venue. J'étais sûre que vous ne voudriez pas manquer le spectacle!

— Vous avez le front d'appeler cela un spectacle, répliqua Elise, alors que des dizaines d'hommes vont y perdre leur vie, et parmi eux, peut-être, vos propres époux!

— Tout beau! s'exclama Angélique d'un ton moqueur. Ne venez donc pas nous gâcher nos distractions avec vos sermons! De plus, laissez-moi vous dire que, pour ma part, je pense qu'on aurait dû tout bonnement attendre que Falaise se rende sans combattre!

Tant d'inconscience finit par abattre Elise : cette femme ignorait-elle que, derrière ces murs, des innocents mouraient de faim tous les jours?

— Elise, je vous en prie, que se passe-t-il? reprit Thérèse. Vous êtes pâle comme un linge! Vous avez peur pour sir Adam, c'est cela?

— Oui, avoua-t-elle. Et vous, ne craignez-vous pas pour la vie de sir George, dont vous portez le nom?

— Ne vous en faites pas autant pour nos hommes, intervint Angélique. De deux choses l'une : ou les Anglais prendront la ville, et tout sera dit; ou bien ils seront repoussés, et il y aura quelques os brisés... mais surtout des blessures d'orgueil.

— Vous en parlez comme s'il s'agissait d'un simple tournoi ! se récria Elise.

— Et qu'importe s'il en était autrement ! dit Thérèse d'un ton rogue. Je n'ai jamais prétendu faire un mariage d'amour, moi ! Mon cœur n'a jamais trahi mon pays... contrairement à vous !

— Ne dites pas cela ! coupa Angélique.

— Vous, ne m'interrompez pas ! N'oubliez pas qu'il y a seulement quelques mois, vous n'étiez qu'une ribaude qui vendait ses charmes à l'encan...

— Oh ! pardon, madame Pilcher ! repartit Angélique sans se démonter. Cependant, n'allez pas perdre de vue que si vous n'avez pas fait de même, c'est parce que personne à Caen n'aurait donné un liard pour les vôtres.

— Arrêtez, pour l'amour du ciel ! intervint Elise, effarée par le tour que prenait la discussion. Nous n'allons pas nous chamailler entre Françaises, un jour comme celui-ci, alors que nos destins, à toutes les trois, peuvent basculer !

Brusquement, les canons s'étaient tus, comme s'ils avaient obéi à l'injonction d'Elise en même temps que ses querelleuses compatriotes. Toutes trois se tournèrent en silence pour identifier la cause de cette interruption subite, et virent les deux beffrois de guerre s'avancer en direction des murailles. Montés sur des roues pleines et poussés chacun par une centaine d'hommes. Face à la masse que leur opposaient les remparts français, leur menace semblait bien dérisoire ! Déjà, les combattants anglais s'engageaient sur les échelles menant à la plate-forme supérieure, dont la hauteur correspondait à celle des créneaux ennemis. Ces tours mobiles étaient protégées, sur trois de leurs faces, par des panneaux de bois gorgés d'eau, qui prémunissaient les assaillants contre les flèches décochées par les archers français, et contre le feu.

— Mon Dieu! s'écria Angélique. Regardez! C'est sir Adam!

Le cœur d'Elise cessa de battre. En effet, reconnaissable au faucon ornant son écu, le chevalier se tenait au sommet d'un beffroi, prêt à s'élancer sur la passerelle dès que celle-ci se rabattrait à portée des murs. L'épée tirée et le visage masqué par le heaume de métal bruni, Adam dépassait d'une tête la plupart de ses compagnons d'armes, immobiles au sommet de l'instable édifice.

Tout en poursuivant leurs tirs d'arc ou d'arbalète, les défenseurs français s'étaient munis de nombreuses perches, longues de vingt coudées, destinées à repousser les machines de guerre.

Un chant farouche à la gloire de saint George était monté des poitrines anglaises, rythmant l'effort des manœuvres qui poussaient les engins de bois, sous la menace des flèches et des javelots falaisiens. Les attaquants avaient bien besoin de se donner du courage à cet instant car, à la distance où ils se trouvaient, l'angle était trop ouvert pour que tous pussent s'abriter derrière les beffrois.

Bon nombre d'entre eux furent touchés, ce qui brisa net l'élan des Anglais.

Soudain, les chaînes des herses grincèrent, et le pont-levis s'abattit avec fracas : les Français tentaient une sortie! Quelque trois cents bassinets surgirent au galop, portant les oriflammes rouges de Falaise, franchirent les douves et se séparèrent en deux groupes pour fondre simultanément sur les beffrois aux cris de « Montjoie saint Denis ! »

Adam, stoïque, fit descendre ses hommes pour préparer la défense de sa tour de bois.

— Jordan, Laughton, cria-t-il, disposez les archers sur notre flanc droit ! Les manœuvres au centre ! Harry, va commander les piquiers à gauche et reviens près de moi dès que possible ! Haussez tous les boucliers, ils vont essayer de mettre le feu aux beffrois ! Il faut tenir le temps que Clarence arrive avec la cavalerie !

En effet, les cavaliers français battirent en retraite dès qu'ils virent approcher les troupes de Clarence, dix fois plus nombreuses que les leurs. Néanmoins, ils eurent le temps d'incendier l'autre tour, défendue par Gloucester. Celle d'Adam avait réussi à repousser les deux premiers assauts et demeurait intacte. Aussi, Henri ordonna-t-il de reprendre l'attaque avec l'engin restant, qui se mit de nouveau en branle vers les murailles.

Adam regagna la plate-forme du beffroi, heureux d'avoir pu contenir assez longtemps les Français et prêt à s'élancer sur les remparts. Malgré les perches qui tentaient de la maintenir à distance, la tour parvint jusqu'aux fossés, et l'on put enfin en abaisser la passerelle, sur laquelle se précipitèrent à grands cris les assaillants. Les Français, accourus en foule à cet endroit, réussirent à contenir l'ennemi en lui opposant un féroce corps-à-corps où les glaives et les masses d'armes portaient des coups mortels.

C'était le moment crucial : si les Anglais réussissaient à prendre pied sur les remparts, il y avait fort à parier que leur nombre déborderait bientôt les défenseurs. Mais ces derniers tenaient bon et maintenaient les agresseurs sur la passerelle, bondée de cadavres qui gênaient la progression anglaise.

Adam, en première ligne, frappait d'estoc et de taille pour parvenir à se frayer un chemin. Sous les coups de sa lourde épée, cinq défenseurs furent précipités dans les douves, mais les Français ne cédaient pas un pouce, et personne n'avait encore pu poser le pied au-delà des créneaux.

Tout à coup, il sentit osciller dangereusement le beffroi sur lequel il se tenait. Les perches des Français étaient entrées en action et, passées dans les mâchicoulis, menaçaient de le renverser. L'engin fut redressé au prix d'un immense effort qui n'empêcha pas plusieurs Anglais d'être précipités en bas par la violence du mouvement. Adam, lui-même, se retrouva les pieds dans le vide. Il n'eut pas le temps de recouvrer son équilibre que l'édifice penchait déjà du côté opposé, de plus en plus, jusqu'au point de rupture. Dans une détente désespérée, il eut le réflexe de s'élancer le plus loin qu'il pût, pour éviter d'être broyé sous la charpente qui basculait dans le fossé.

Trop loin de là pour qu'il pût l'entendre, Elise poussa un hurlement déchirant, avant de s'évanouir.

« Que s'est-il passé ? Où suis-je ? se demandait Adam. Je ne peux plus bouger... mon corps ne m'obéit plus... mon âme est en route pour le purgatoire... j'entends les plaintes des damnés... serait-ce l'enfer, en définitive ? »

Près de lui, des hommes agonisaient avec des gémissements atroces, les vertèbres brisées par la chute ou le cou traversé par une flèche. Adam pouvait à peine respirer, ne voyait rien, et n'avait aucune idée de l'endroit où il se trouvait. Il se rappelait seulement qu'il y avait une bataille, une ville à prendre...

Laquelle ?

Au bord de l'asphyxie, il avait l'impression que son torse était écrasé par une roche, tant le filet d'air qui pénétrait dans sa poitrine était dérisoire. Il serra les dents et fit un effort titanesque pour emplir ses poumons, mais une douleur atroce, aux côtes et à l'épaule, lui fit perdre de nouveau conscience.

Le médecin personnel du roi était un Sarrasin de petite taille, au visage glabre et poupin, répondant au nom de Kamal. Alors qu'il était au service de Henri V depuis des années, personne n'avait jamais pu le convaincre d'abjurer sa foi mahométane, dont il ne faisait toutefois guère étalage. Or, malgré cet entêtement, le très chrétien souverain ne se serait séparé de lui à aucun prix, tant son art avait sauvé de vies et soulagé de maux dans son entourage.

Envoyé au chevet d'Adam, qui gisait sans connaissance dans la hutte, il avait commencé par lui remettre en place l'épaule gauche, complètement désarticulée.

— C'est une chance qu'il soit inconscient, commenta le médecin d'un ton imperturbable. C'est très douloureux ! Mais pas dangereux...

— Quand se réveillera-t-il ? lui demanda Elise, anxieuse.

— Bientôt, bientôt... Pour le moment, il faut que vous m'aidiez à le bander. Il a aussi trois côtes cassées. C'est très douloureux. Mais pas dangereux...

— Il... ne mourra pas ?

Kamal partit d'un grand éclat de rire, sous le regard interloqué d'Elise.

— Il mourra un jour, madame... comme nous tous ! Mais pas à cause de trois côtes cassées ! Soyez en paix à ce sujet. Il a eu plus de chance que certains de ses compagnons et, je le connais, il est solide comme le roc !

En effet, par bonheur, Adam était tombé hors des douves, dans lesquelles, lesté de son armure, il se serait immanquablement noyé. En outre, sa chute avait été amortie par les corps d'autres hommes, tués lors de l'approche.

En somme, il devait sa vie aux morts !

Le médecin rangea ses fioles et s'apprêta à se retirer.

— Quand il se réveillera, donnez-lui ceci, indiqua-t-il en tendant un flacon à Elise. C'est contre la douleur. Mais c'est dangereux... Trois fois par jour, dix gouttes, pas plus... Il s'agit d'une teinture de pavot. D'autres blessés m'attendent, madame...

Elise, encore sous le choc, s'efforça de sourire pour le remercier.

— Et surtout, qu'il ne bouge pas avant une bonne dizaine de jours ! Sinon... c'est douloureux et c'est dangereux ! lança Kamal depuis le seuil, avant de disparaître.

Elise savait que le souverain lui faisait une faveur insigne, réservée d'ordinaire aux pairs du royaume, en envoyant son médecin soigner Adam. Néanmoins, elle ne pouvait s'empêcher de songer que Henri se serait peut-être comporté moins généreusement s'il ne s'était senti coupable d'avoir infligé à ses troupes des pertes inutiles par cette audacieuse et inutile attaque. Quoi qu'il en fût, c'était un vrai miracle qu'Adam eût survécu à une telle chute — et cela, seul l'Eternel pouvait l'avoir décidé.

Quel était le sens de ce signe divin ? se demanda Elise. Et elle-même, qui était-elle, devant Dieu ? Cette question se faisait de plus en plus pressante, dans son esprit. Pouvait-elle être la femme amoureuse, qui craint pour la vie de son époux plus que pour la sienne, et en même temps conspirer, en définitive, contre lui ?

Elle n'était plus sûre de grand-chose...

Assise au chevet d'Adam, guettant le moindre de ses soupirs, elle ressassait ce dilemme sans rien trouver qui l'en soulage. Certes, elle continuait de penser que la présence des Anglais sur le sol de France était injustifiable ; cependant, la lettre qu'elle avait interceptée l'avait plongée dans le doute à propos de la moralité de la reine Isabeau et de son concubin Jean. Ces deux-là méritaient-ils de gouverner le pays ? Henri n'aurait-il pas fait un meilleur roi, en définitive ? Cela donnait à réfléchir... De plus, si elle s'était engagée dans cette action par patriotisme et pour venger la mort d'Aimeri — cela était une chose claire ! —, elle se sentait à présent dépassée par les enjeux politiques de cette guerre... Qui servait-elle ? La France ou les intérêts de Jean sans Peur ? Cela ne pouvait durer ! Sa décision était prise : dès le retour de Coulet, elle l'informerait qu'elle renonçait à ses activités d'espionnage.

Alors qu'elle ranimait le foyer pour y faire réchauffer un reste du ragoût de la veille, Gilles arriva, en compagnie de Harry, l'air fort dépité. Les deux hommes, en effet, revenaient bredouilles de la chasse. Et ils savaient le peu qu'il restait à manger pour le dîner.

Dans un climat morose, ils se mirent à table sans oser évoquer l'état du chevalier, toujours inconscient. A peine avaient-ils avalé les premières cuillerées de ragoût qu'ils entendirent Adam pousser des grognements inintelligibles.

Ce dernier ouvrit les yeux et fut surpris de trouver les trois regards braqués sur lui. En un éclair, tout lui revint en tête.

— Eh bien, déclara-t-il avec le plus grand sérieux, je crois avoir prouvé scientifiquement aujourd'hui qu'un Anglais est incapable de voler !

Elise lui sourit tendrement tandis que Gilles et Harry s'esclaffaient, rassurés de constater qu'il avait recouvré tous ses esprits... en même temps que son discutable humour !

— Comment va ma chère femme ? s'enquit-il en essayant de tendre les bras vers elle.

— Ne bouge surtout pas ! s'écria Elise. Mon amour, comment te sens-tu ? Oh ! comme j'ai eu peur !

— Moi aussi !

Le torse déchiré par une douleur insoutenable, Adam sentit une sueur froide inonder son front.

— Le médecin a ordonné que tu restes immobile, expliqua-t-elle. Tu as quelques côtes brisées.

— Hum ! L'Eternel n'aurait-il pas profité de mon sommeil pour m'en arracher une ? plaisanta encore

Adam. C'est donc pour cela que je me retrouve emmailloté comme un nouveau-né... Diable ! Comme cela me fait mal de respirer !

Elise tira précipitamment un flacon de sa poche et en versa quelques gouttes dans une écuelle de bouillon.

— Tiens, bois ceci ! dit-elle en la portant à la bouche d'Adam. Cela te soulagera un peu. C'est Kamal, le médecin du roi, qui me l'a donné pour toi !

— Délicieux breuvage ! déclara Adam en faisant la grimace. Bien... à présent, Harry, raconte-moi donc ce qu'il est advenu après que notre beffroi a été renversé.

Pas une seconde ses yeux ne se détachèrent d'Elise pendant que le jeune écuyer s'efforçait de lui relater la fin du combat qui, fatalement, avait tourné à l'avantage des défenseurs.

Rapidement happé par les effets de la drogue sédative, Adam n'entendit pas la fin du récit et sombra dans une profonde torpeur.

A son réveil, Gilles et Harry avaient rejoint leurs nouveaux quartiers pour y passer la nuit, laissant le couple seul dans la hutte.

Dès qu'elle le vit émerger de son sommeil, et avant même qu'il n'eût ouvert les yeux, Elise fit boire à Adam une autre dose de potion, afin de prévenir le retour certain de la douleur. Elle entreprit ensuite de lui faire avaler une portion de ragoût.

— Suis-je un enfant pour que tu me nourrisses de la sorte ? protesta-t-il. Ne te fie pas à ces langes que je porte bien malgré moi !

— Allons, laisse-toi faire ! Maître Kamal a bien spécifié que tu ne devais faire aucun mouvement.

— Diantre ! Il me reste un bras valide, c'est bien suffisant pour porter la nourriture à ma bouche !

Il finit toutefois par céder au caprice d'Elise, qui était enchantée de donner ainsi la becquée au fier chevalier. Enfin docile, celui-ci se laissa sustenter en contrefaisant les moues et les pleurs d'un nourrisson capricieux.

— Vilain bébé, vas-tu manger ta bouillie sans faire tant de façons ! le gronda-t-elle en riant de bon cœur.

— Le bébé ne veut pas de bouillie ! Ce qu'il lui faut, c'est le beau sein d'Elise ! C'est la seule nourriture qu'il accepte...

Se pliant aux exigences, fort peu innocentes, de cet enfant de trente ans, Elise consentit à dégrafer sa robe pour lui offrir ce qu'il réclamait. Un genou sur le lit, elle approcha son sein rond au galbe parfait de la bouche d'Adam, qui l'embrassa et le téta goulûment, allumant bientôt le désir de la jeune femme. Le rire amusé de celle-ci se mua bientôt en un halètement sourd quand, de sa main valide, Adam finit de dégrafer le vêtement, dégageant entièrement la poitrine, qu'il entreprit de pétrir avec douceur tout en continuant d'en baiser les pointes érigées.

— Ote ta robe et couche-toi donc près de moi ! lui demanda-t-il, le souffle court. J'ai encore faim de toi...

— Adam, n'oublie pas que tu es blessé ! Nous devons être raisonnables...

— Soit. Néanmoins, tu peux constater par toi-même que tout mon corps n'est pas paralysé.

Convaincue, elle se dévêtit entièrement et s'allongea contre lui. Sous la couverture, elle effleura chaque pouce du corps musculeux d'Adam qui se livrait, les yeux mi-clos, à la délicate caresse. Puis elle posa la bouche sur son torse et refit de ses lèvres le même chemin que ses doigts venaient de parcourir, frôlant et mordant tour à tour la peau. Elle s'attarda si longtemps à son aine qu'il dut la supplier d'arrêter ce délicieux tourment avant qu'il ne fût trop tard.

— Vous criez grâce, messire ! lui fit-elle remarquer d'un air de défi.

— Oui ! De grâce, achevez-moi ! Je suis à votre merci !

— Je vous achèverai quand il me plaira de le faire. Et sachez que j'ai l'intention de prendre tout mon temps, ajouta Elise en se plaçant à califourchon sur lui. Car après tout, c'est vous qui m'avez provoquée en combat singulier !

Elle souleva alors son bassin et se pencha pour offrir de nouveau sa poitrine aux baisers d'Adam tout en le guidant vers le bord de l'abîme. Elle avait décidé de mettre à profit l'immobilité forcée d'Adam pour exaspérer encore son désir en se tenant ainsi, les hanches à quelques pouces au-dessus des siennes. En grognant d'impatience, il tenta d'écourter la distance qui les séparait, mais elle accompagna le mouvement pour éviter le doux assaut, résistant à sa propre envie de le laisser venir au plus profond d'elle.

Et puis, enfin, leurs bouches se joignirent en un baiser fiévreux, et elle consentit à se laisser envahir entièrement en gémissant de volupté.

***

Plus tard, alors qu'Adam dormait profondément, Elise se leva pour éteindre la chandelle qui brûlait encore dans une niche. Avant de la souffler, elle se tourna pour regarder le visage du chevalier, rendu à la sérénité du sommeil après leur longue étreinte, et admira ses traits, à la fois fins et vigoureux.

— Je t'aime, chuchota-t-elle, sachant qu'il ne pouvait l'entendre. Et je veux toujours être auprès de toi... Quel qu'en soit le prix !

16.

La mauvaise conscience d'Elise ne lui laissait plus de répit.

Quand Adam fut complètement endormi, elle se leva et fit quelques pas à l'extérieur pour calmer son anxiété sans risquer de le réveiller. La lune, au trois quarts pleine, illuminait le camp et les bois alentour.

Quel étrange mélange de sentiments ! Elle se sentait comblée en amour et, dans le même temps, emplie d'inquiétude à l'idée que, ses activités découvertes, ce bonheur naissant pouvait d'un jour à l'autre s'effondrer, tout comme, hier, le beffroi sur lequel se trouvait son époux.

Sachant le sommeil pour le moment inaccessible, elle décida d'aller rendre visite à Thérèse et à Angélique pour leur donner des nouvelles de la santé d'Adam et savoir ce qu'il était advenu de leurs époux respectifs à l'issue de la bataille. C'étaient, après tout, de braves femmes ; chamailleuses et inconscientes certes, mais capables de compassion devant le malheur d'autrui. Ne l'avaient-elles pas ranimée et soutenue quand Adam était tombé sous leurs yeux ?

Elle marchait à présent vers leurs huttes, s'efforçant d'éviter les flaques de boue laissées par la neige fondue.

— Psst! Elise! l'interpella une voix. Par ici!

Elle s'immobilisa. Denis Coulet surgit alors devant elle et l'entraîna derrière un buisson de houx, tout en jetant sans cesse des regards furtifs à la ronde.

— Vous êtes déjà de retour, messire Coulet! murmura-t-elle en s'efforçant de contrôler les battements de son cœur.

— Oui, car Jean sans Peur voulait que ces instructions vous parviennent au plus vite, répondit-il.

De sa manche, il tira un parchemin.

— En fait, j'étais impatiente de vous voir, reprit Elise d'un ton qui se voulait amical et détaché. Figurez-vous que j'ai réfléchi...

— Vous feriez mieux de lire cette lettre avant toute chose! l'interrompit-il. Son contenu pourrait affecter celui de vos « réflexions ».

Elise n'avait jamais pu souffrir cet homme au visage chafouin, dont les paroles exprimaient toujours de la malveillance à son égard, sous la forme du mépris ou de l'ironie. Jugeait-il dégradant de devoir travailler avec une femme? Il y avait, en tout cas, quelque chose de reptilien en lui, dans sa diction chuintante et dans ses gestes sinueux.

Promptement, elle brisa le cachet de la missive et chercha un rayon de lune susceptible d'éclairer sa lecture :

« A notre loyale alliée le Renard, salut.

» Au nom du Roi et de la France, nous vous remercions en premier lieu de nous avoir transmis de fort utiles renseignements, honorant en cela la confiance et les espoirs que nous avons placés en vos capacités.

» A présent que vous avez démontré par vos actes la valeur et la fidélité de votre patriotisme, nous avons jugé que nous pouvions vous confier une tâche encore plus hardie et digne de votre audace. Cette nouvelle mission, une fois accomplie, vous rendra l'égale des plus grands serviteurs du pays, et votre nom figurera à jamais parmi ceux des héros du royaume.

» Notre armée étant dans l'immédiat inférieure en nombre et en armes, nous avons donc décidé de mettre fin à la menace que l'Anglais fait peser sur le trône de France en frappant l'ennemi à sa tête.

» Pour cela, et compte tenu de votre position privilégiée dans l'entourage de Henri de Lancastre, l'Usurpateur, et de votre fréquente présence aux banquets royaux, nous vous demandons de verser dans le vin du roi félon le contenu de la fiole qui vous sera remise par le porteur du présent message. Ce poison est incolore, inodore et n'agit que six heures après son absorption, ce qui vous préservera de tout soupçon.

» Pour vous aider à vaincre d'éventuels scrupules, nous vous informons que l'évêque de Chartres, après avoir pris connaissance de notre projet, nous a assuré qu'il vous absolvait par avance de tout péché commis dans l'accomplissement de ce devoir sacré.

» Leur arrogant souverain disparu, les Anglais ne tarderont pas à regagner leur île, comme les rats puants et couards qu'ils sont. Le peuple de Falaise ainsi que celui de toute la France vous en rendra grâce.

» Aussi, gardez en mémoire que plus vous agirez promptement, plus vous épargnerez de vies françaises.

» A Troyes, en l'an de grâce 1417.

» Jean de Bourgogne, serviteur de Leurs Majestés le Roi et la Reine de France.

» Post-scriptum : charge à vous, il va sans dire, de détruire le présent message aussitôt après l'avoir lu. »

Le parchemin glissa des doigts tremblants d'Elise.

— Coulet, savez-vous ce que contient cette lettre ? demanda-t-elle d'une voix blanche. Le duc m'ordonne de tuer le roi !

Les yeux de l'agent, inquiets, fouillèrent de nouveau la pénombre alentour.

— Parlez moins fort, de grâce ! Qu'y a-t-il d'étonnant à cela ? Quels scrupules peut-on avoir à éliminer un homme qui s'empare insolemment de notre sol, ville après ville ?

— Mais il s'agit d'un meurtre ! protesta Elise.

— Combien de meurtres notre cher Henri a-t-il sur la conscience ? Croyez-vous, mon cher Renard, souligna Coulet d'un air sardonique, que l'on peut gagner une guerre en se contentant de coucher avec l'ennemi ?

Elise se raidit devant l'offense, se retenant à grand-peine de gifler Coulet sur-le-champ.

— De plus, madame, je dois vous rappeler que vous vous étiez engagée à faire tout ce qui serait nécessaire à...

Entendant un bruit de pas, l'espion s'interrompit brusquement et déguerpit à grandes enjambées silencieuses. Surprise, Elise se retourna pour découvrir, rassurée, la raison de ce départ précipité : Gilles approchait de sa démarche trottinante.

— Que se passe-t-il, Gilles ? lui demanda-t-elle, vaguement inquiète. Adam a-t-il besoin de moi ?

— Rien de cela, madame. Je suis juste passé vous voir avant de me coucher, mais je n'ai trouvé dans la hutte que votre époux — qui dort à poings fermés, soit dit en passant. Comme je m'inquiétais de votre absence, je vous ai cherchée, à tout hasard... C'était Coulet, n'est-ce pas, qui se trouvait avec vous ? Je l'ai reconnu à sa silhouette.

— Tu vois donc dans le noir, comme les chats ! s'exclama Elise. Oui, c'était bien cette bête visqueuse...

— J'avoue ne pas l'aimer davantage ! renchérit le nain. Tout en lui sent la félonie.

Elise, heureuse de pouvoir se confier, fit part à Gilles de l'effarant message, la gorge nouée et les yeux noyés de larmes.

— Te rends-tu compte de ce que Jean sans Peur me demande de faire ? C'est monstrueux !

— Et qu'allez-vous faire ? demanda le valet. Avez-vous d'autre choix que celui d'obéir ?

La jeune femme enfouit le visage dans ses mains.

— Il s'agit d'un... meurtre ! balbutia-t-elle dans un sanglot. Je... je ne peux pas ! Même pour servir la France.

— Sans compter que vous vous exposeriez à un danger mortel en obéissant au duc de Bourgogne, remarqua Gilles. Si vous veniez à être prise, ni lui ni la reine Isabeau ne lèveraient le petit doigt pour vous sauver. Au contraire, ils nieraient vous connaître sans hésiter ! Cela ne fait aucun doute...

217

— Gilles... je ne sais pas ce que tu en penses, mais j'ai pris la décision d'abandonner l'espionnage...

— Le roi de sir Adam est-il donc devenu le vôtre ?

— Ce n'est pas cela. Je pense toujours que les Anglais n'ont aucun droit sur la couronne de France. Toutefois, je suis à présent convaincue que Jean sans Peur convoite secrètement le trône, et je préférerais voir le royaume aux mains d'un roi juste tel que Henri, plutôt qu'entre celles d'un intrigant. Crois-tu que ce serait trahir ?

— Non, madame, répondit Gilles sans la moindre hésitation. Je pense, au contraire, que l'amour vous a remise dans le droit chemin. Quoique je n'aime guère les Anglais, j'ai pu constater que sir Adam est un homme de valeur et que ses sentiments pour vous sont vrais. De plus, je sais que la vengeance est un acte dont la victime est le plus souvent l'auteur. Et vous n'avez sûrement pas l'étoffe d'un assassin ! Ce qui me préoccupe, c'est la réaction de Coulet lorsqu'il apprendra votre décision.

Un frisson de peur parcourut le dos d'Elise.

— Je serai prudente, Gilles, ne t'inquiète pas.

Elle se pencha et posa un affectueux baiser sur le front ridé du nain.

— Tu es la sagesse même et, de plus, mon meilleur ami, messire Le Petit.

— Merci !

Ecartant son projet initial, Elise décida de rendre visite à Thérèse et à Angélique plus tard, demain peut-être. Dans l'immédiat, le plus urgent était de brûler discrètement ce parchemin compromettant.

17.

— Viens t'allonger près de moi, veux-tu?

La voix d'Adam produisait toujours autant d'effet sur Elise : son cœur battait plus fort et des vagues de chaleur déferlaient dans ses veines.

— Que fais-tu donc, encore éveillée à cette heure?

De l'autre côté de la couverture, tendue en guise de paravent, il ne pouvait la voir.

— Je recouds ta tunique, comme une épouse dévouée! lui expliqua Elise. Il faut dire qu'elle a souffert lors de ta chute...

— Bah! Cela peut attendre demain, non? Rien ne presse! Il n'est plus question de guerroyer jusqu'à la fin du mois : tout le monde respecte la trêve de la Nativité... Du moins, espérons-le!

Une semaine s'était écoulée depuis la défaite anglaise, et l'on fêterait Noël dans deux jours.

— Chère épouse, éteins donc la chandelle et pousse ton dévouement jusqu'à venir me réchauffer!

Adam se remettait rapidement de ses blessures et ce, malgré son indiscipline. Plusieurs fois par jour, en effet, sourd aux protestations véhémentes d'Elise, il se levait et sortait respirer l'air hivernal. Il ne se plaignait jamais de la douleur ; cependant, elle devinait qu'il souffrait, car certains mouvements lui arrachaient parfois ce qu'elle savait être, sans les comprendre, de vigoureux jurons anglais. Adam refusait néanmoins de boire la teinture de pavot fournie par Kamal, sous prétexte que la drogue le plongeait dans un état de torpeur insupportable.

— Si tel est ton souhait, je ne peux que t'obéir, déclara la jeune femme en s'approchant de la couche. Mais je ne suis pas obligée de me précipiter...

Elle commença de se déshabiller avec une lenteur calculée, enlevant un par un ses vêtements.

L'état de santé d'Adam déconseillait toute dépense physique, et elle s'efforçait de limiter, malgré sa propre envie, le nombre des étreintes qui prolongeraient sa convalescence. Or, aujourd'hui, il valait mieux joindre l'utile à l'agréable et lui administrer le plus tendre des somnifères — car elle avait rendez-vous, tout à l'heure, avec le sinistre Coulet...

— Harry ! s'écria Gilles. Crois-tu que je ne t'ai pas vu tricher ! Ce dé est tombé sur le trois, pas sur le six. Tu me dois vingt sous, sans compter les cinquante de la dernière fois !

— Gilles... Je t'assure que je n'y ai pas touché ! protesta maladroitement l'écuyer.

— Allez-vous enfin vous taire ! cria la voix de la lingère Rose Watson, depuis le réduit voisin.

Le valet et l'écuyer avaient pris leurs quartiers dans la grande hutte commune qui abritait le personnel féminin de l'armée. Ces femmes, qui les avaient accueillis d'abord à bras ouverts, avaient vite déchanté

220

en constatant que leurs nouveaux compagnons de chambrée étaient des joueurs acharnés, capables de disputer d'interminables parties de passe-dix jusqu'à des heures avancées, le tout entrecoupé de chamailleries et de rires.

— Madame Watson, s'exclama Gilles, dites à ce jeune écervelé de pas tricher, et je n'aurai pas à donner de la voix !

— Allez au diable, tous les deux, et en silence ! Ou je vous renvoie chez vos maîtres...

— Elle a raison, chuchota Gilles, parlons à voix basse. C'est à moi de jouer, n'est-ce pas ?

— Je crois que j'ai assez perdu pour ce soir, murmura Harry. J'abandonne... Je vais me coucher ! J'espère que mon maître pourra trouver le sommeil malgré sa blessure...

— Ne t'inquiète pas pour lui, dit Gilles d'un ton bienveillant. Il est bâti à chaux et à sable... Dans une ou deux semaines, il sera de nouveau sur pied. Et je ne pense pas que vous aurez à attaquer Falaise d'ici là. Les Français vous ont donné une bonne leçon, n'est-ce pas ?

Harry ne releva pas la pique.

— On ne se battra pas avant la nouvelle année, c'est certain, reconnut-il. Mais il doit en attendant assumer ses fonctions secrètes, qui lui prennent beaucoup de temps.

— De quelles fonctions parles-tu ? demanda Gilles, tous ses sens en éveil.

Il fallait tirer les vers du nez à ce jeune hurluberlu sans trop le brusquer...

— Par saint George ! s'exclama l'écuyer. J'en ai encore trop dit.

— Allons, Harry, tu sais que je suis discret...

— Promets-moi de ne pas le répéter, surtout !

— Je jure sur les reliques de sainte Pérugie, la patronne de mon village natal, que je n'en dirai pas un mot !

Bien entendu, la sainte citée par Gilles n'avait jamais existé que dans son imagination.

— Eh bien, lui souffla Harry dans le creux de l'oreille, depuis la prise de Caen, sir Adam est le nouveau chef des services secrets du roi !

— C'est donc cela !

Elise était encore plus en danger qu'il ne l'avait imaginé ! Il fallait vite la trouver pour l'en informer.

— Harry, demanda-t-il, crois-tu que la bête que tu as rapportée pour notre dîner était en bonne santé ?

— Pourquoi ?

— Je sens mes tripes gargouiller comme si mille démons y menaient le sabbat ! Je crois que je vais sortir un moment...

— Mon Dieu, que Votre volonté soit faite, et non la mienne...

Agenouillé, Henri, roi d'Angleterre, priait dans l'obscurité de sa chambre.

— J'ai voulu conquérir Falaise et t'offrir une victoire glorieuse pour fêter ta naissance, mais tu ne l'as pas voulu... Peut-être mes intentions n'étaient-elles pas assez pures. Peut-être ne désirais-je que ma propre gloire, au fond. Seigneur, as-tu voulu punir mon orgueil et me rappeler que les hommes, au jour de la Nativité, devaient louer ton nom, et non celui d'un pécheur tel que moi ? Est-ce pour cela que tu as

222

retourné contre moi ce feu destructeur qui brûle mes entrailles ?

Grimaçant de douleur, Henri saisit son ventre à deux mains comme pour étouffer le monstre malfaisant qui grondait dans son abdomen. Un monstre familier, qui se réveillait chaque fois qu'il mangeait des mets trop riches, ou qu'il buvait plus de deux gobelets de vin de Rhénanie.

Pour éviter que son écuyer, dormant à deux pas de là, ne l'entendît gémir, il pressa un pan de sa tunique contre sa bouche, puis se leva sans desserrer les dents. Il décida de sortir, espérant qu'une petite heure de marche autour du camp lui permettrait de trouver le sommeil à son retour.

— Que le diable l'emporte ! pensait Denis Coulet en soufflant sur ses doigts gelés.

Cela faisait bien une heure qu'il attendait Elise à l'endroit convenu : en bordure du campement anglais, entre trois grands sapins touffus. Il avait lui-même montré l'endroit au nain qui servait de valet à cette écervelée. L'avorton était venu le trouver l'avant-veille, pour lui dire que sa maîtresse désirait le voir au plus tôt. S'était-elle décidée à tuer le roi ? C'était peu probable. Elle avait eu l'air trop sincèrement heurtée en lisant la lettre pour changer d'avis aussi vite. Il devrait utiliser d'autres moyens pour la décider, au risque de la brusquer un peu... De toutes les façons, cette jeune sotte le détestait. Elle faisait des efforts pour le dissimuler, mais les regards de dégoût que ses yeux de chatte dardaient sur lui la trahissaient. De même, Coulet avait remarqué que son petit nez palpitait en sa présence, comme s'il avait détecté quelque odeur nauséabonde.

Il n'était pas vexé par cette répulsion à peine voilée, car il était habitué, de longue date, à inspirer ce genre de sentiment aux femmes. S'il n'en avait jamais connu la raison exacte, cela ne lui faisait plus aujourd'hui ni chaud ni froid. Tout allait pour le mieux : les femmes le haïssaient d'instinct, et il était sûr de les mépriser bien davantage ! Dans ces conditions, le fait de devoir travailler avec l'une d'elles le contrariait-il au-delà de tout. L'espionnage était une affaire sérieuse, réservée aux hommes ; et les seuls contacts profitables que Coulet concevait avec la gent féminine étaient ceux que les prostituées lui offraient.

Bientôt minuit, et elle n'était toujours pas là ! Sautillant sur place pour combattre la morsure du froid, Denis Coulet maudissait Elise à chaque seconde qui passait. Après ce qu'il endurait, elle avait intérêt à s'excuser platement en arrivant et à se montrer bien docile, sinon...

En cas de réticence, il avait pour mission de lui faire miroiter un mariage avantageux, arrangé par le duc de Bourgogne, avec un hobereau des Flandres soucieux de plaire à son suzerain. Si cela ne prenait toujours pas, il faudrait se montrer menaçant. En cas d'insuccès, il avait carte blanche...

— Désolée de vous avoir fait attendre, messire Coulet, dit alors la voix de la jeune femme, dans son dos.

— Il était grand-temps, madame ! s'exclama-t-il d'un ton hargneux. J'étais sur le point de partir et de vous laisser geler sur place à votre tour, ne serait-ce que pour vous faire goûter le plaisir que je savoure depuis une heure !

224

— Je vous renouvelle mes excuses, répéta Elise, agacée. Comprenez que je ne pouvais m'absenter avant que mon époux ne s'endorme !

— Bien, laissons ça... qu'avez-vous à me dire ? Etes-vous prête à verser le poison ?

Dans l'obscurité qui les baignait, il ne pouvait distinguer les yeux de la jeune femme. Il l'entendit prendre une profonde inspiration avant de lui répondre :

— Non ! Je voulais vous annoncer de vive voix que je ne puis commettre un meurtre — pas même sur la personne d'un Anglais ! Je ne tuerai pas le roi, ni qui que ce soit d'autre. De plus, je vous demande de transmettre au duc Jean ma décision de ne plus travailler pour lui. J'ai... j'ai changé d'avis.

— Changé d'avis ! explosa Coulet, qui s'attendait qu'elle refuse l'assassinat, mais pas qu'elle veuille en finir ainsi avec ses activités d'espionne. Et peut-on savoir ce qui vous a fait changer d'avis, ravissante idiote ? Seriez-vous tombée amoureuse de ce bâtard d'Anglais ? Etes-vous à ce point esclave de vos sens que vous en trahissiez votre pays ?

— Cela suffit, Coulet ! répliqua-t-elle d'une voix coupante. Vous ne me ferez pas changer d'avis en m'insultant ! Je ne tuerai pas et je n'espionnerai plus, est-ce clair ? Et si vous tenez à le savoir, eh bien, oui, je suis amoureuse de lord Saker ! L'amour n'a que faire des guerres et des partis... Quant à trahir, soyez sans crainte, messire, je ne vous dénoncerai pas — que vous restiez ici ou que vous retourniez auprès de vos maîtres.

— C'est très généreux de votre part, ironisa Coulet. Cependant, madame, sachez que votre démission est irrecevable. On ne cesse pas d'espionner comme on jette aux orties une robe dont on s'est lassé! Allons, assez plaisanté! Prenez ceci.

Il saisit la main d'Elise et y maintint de force la fiole de poison, serrant les doigts sur ceux de la jeune femme.

— Si cela peut vous décider, ajouta-t-il sans relâcher son étreinte, je vous promets que je tuerai sir Adam si vous ne tuez pas le roi!

A sa grande surprise, Elise s'esclaffa.

— Vous! Tuer Adam? Un chevalier? Vous n'y songez pas, mon pauvre Coulet...

C'en était trop! Sans le savoir, cette péronnelle venait de signer son propre arrêt de mort.

Adam, plongé dans un profond sommeil, roula sur son épaule blessée. Ce mouvement malencontreux lui causa une vive douleur qui l'éveilla soudain, avec l'impression qu'on lui arrachait le bras. A demi conscient, il grommela un juron et tenta de se réconforter en caressant la peau parfumée d'Elise ou ses cheveux soyeux.

Sa main, cependant, ne rencontra que le vide!

— Elise? murmura-t-il dans l'obscurité.

Pas de réponse! Elle était sans doute sortie pour satisfaire un besoin naturel, bien qu'il lui eût déjà conseillé d'oublier sa pudeur et d'utiliser le pot de chambre, plutôt que de s'aventurer dans la nuit glaciale au risque de prendre froid. Un peu inquiet tout de même, il se força à s'asseoir pour éviter de s'endormir avant qu'elle ne fût de retour.

Cinq minutes passèrent, et elle n'était toujours pas

revenue. La nourriture l'avait peut-être rendue malade... Pourtant, ils n'avaient mangé au dîner que la viande fraîche d'un chevreuil, tiré le matin même par Harry ! Rien d'autre que cette saine nourriture...

Dix minutes plus tard, Adam passa comme il le put son gros manteau de laine et sortit à la recherche de son épouse.

La bouche de Coulet, tordue par une colère froide, était un avertissement qu'Elise prit très au sérieux.

Elle chercha à saisir le couteau qu'elle avait dissimulé dans sa ceinture, mais il était trop tard : l'homme était déjà sur elle, les doigts tendus pour la saisir au cou. Si elle brisa son élan d'un violent coup de pied au tibia, l'espion réussit à accrocher son bras, et ils roulèrent ensemble sur le sol glacé.

Une lutte inégale s'engagea alors entre Elise et Coulet.

Tandis que ce dernier cherchait à la bâillonner, pour éviter qu'elle ne donnât l'alarme, elle griffait et mordait comme une possédée tout ce qui passait à sa portée. Comprenant qu'elle ne pourrait avoir le dessus, elle roula sur le côté sans cesser de crier au secours, mais Coulet réussit à lui agripper une cheville.

— Que signifie ? s'écria alors une voix, à quelque pas d'eux.

L'espion s'immobilisa une fraction de seconde, puis saisit Elise aux poignets.

— A l'aide ! hurla Elise.

Elle vit alors le visage de son sauveur. Le roi d'Angleterre en personne !

— Que se passe-t-il ? demanda une autre voix. Elise ! Majesté, est-ce bien vous ?

C'était Adam, accouru au même moment.

— Je viens d'arriver moi-même, Saker! affirma Henri. Et j'attends l'explication de cet énergumène! Vous le connaissez, Saker?

— Oui, Votre Majesté, il fait partie de nos services secrets...

— Dieu merci, c'est vous, Votre Majesté! balbutia Elise dans un sanglot. Oh! Adam... Il voulait me tuer!

Coulet se leva et fit face aux deux hommes.

— Pourquoi? gronda Adam. Réponds-moi et fais une prière, car tu vas mourir, chien!

— Ecoutez d'abord ce que j'ai à vous dire... chef! répliqua Coulet d'une voix grinçante. Je suis sûr que Sa Majesté sera intéressée d'apprendre que votre épouse est une espionne au service de la reine Isabeau et de Jean sans Peur. J'essayais à l'instant de la capturer pour la mener devant vous, Votre Majesté!

— Menteur! rugit Elise, le cœur dans un étau.

Adam la croirait-il? Pourquoi Coulet l'avait-il appelé chef? Et que pouvaient bien signifier les paroles d'Adam: « nos services secrets »?

— Que dis-tu, malheureux? lança Adam en saisissant l'espion au col. Es-tu devenu fou?

Le visage hermétique, Henri se tenait en retrait, observant les autres sans faire un geste.

— Il semble pourtant que j'aie éveillé votre attention, n'est-ce pas? souligna Coulet d'un ton ironique. Oui, votre chère et délicieuse épouse est bien une espionne dont nous avons reçu les messages, à Troyes, pendant tout le temps que j'y ai séjourné — et ce, à votre demande, sir Adam. Le Renard est son nom de code. Non contente d'espionner, elle s'apprêtait à empoisonner le roi, comme je viens de le découvrir.

Il brandit la fiole.

— Voyez, Votre Majesté, ceci est la potion mortelle qu'elle devait verser dans votre vin, demain, lors de votre banquet !

— Menteur ! répéta Elise. J'ai refusé d'obéir au duc de Bourgogne ! Je ne voulais pas tuer le roi ! Tout cela n'est que mensonges !

— Le duc Jean vous aurait donc fait savoir qu'il souhaitait ma mort ? demanda Henri d'une voix suave. Cela signifie que vous receviez des messages de sa part... Se pourrait-il que vous soyez le Renard, lady Saker ? Saviez-vous que sir Adam était le chef de mon propre réseau d'espions ?

Elise sentait que l'heure n'était plus aux tergiversations et que l'opinion du roi était faite. Mieux valait tout avouer.

— Je... j'ignorais tout des fonctions secrètes d'Adam, Votre Majeté. Pour le reste, il est vrai que j'ai envoyé des renseignements à Jean sans Peur, concernant les mouvements de vos troupes. Et cet homme, ajouta-t-elle en désignant Coulet, est celui qui était chargé de porter mes messages. Lui, encore, qui voulait me remettre le poison qui vous était destiné. Il a menacé de tuer mon époux si je refusais !

— C'est elle qui ment ! affirma l'agent double. Ne voyez-vous pas qu'elle essaye d'échapper à son châtiment en me calomniant ?

— Je savais que je ne pouvais me fier à mon soi-disant allié, avoua Henri d'un air émerveillé, mais de là à me faire empoisonner ! Nous vous sommes reconnaissant de nous avoir éclairé à ce sujet, messire Coulet.

En prononçant ces mots, le roi semblait s'être défait

de toute nature humaine. Elise le vit à cet instant comme une statue de pierre symbolisant le Destin, une allégorie froide et implacable. Il n'y avait, à l'évidence, aucune miséricorde à attendre de lui...

Désespérée, elle se tourna vers Adam.

Ce dernier, malgré sa muette supplique, garda un visage impassible. Il était redevenu un étranger aux yeux insondables, le même qui, à Caen, repoussait ses avances à peine voilées. Ne s'était-il donc rien passé entre eux depuis ? Tous les baisers qu'ils avaient échangés étaient-ils soudain annulés ?

Elise ne trouva pas d'attitude plus cohérente que celle d'avouer la vérité à l'homme qu'elle aimait, quelles qu'en fussent les conséquences.

— Oh ! c'est vrai, j'ai espionné pour la France... Adam ! Mais j'ai décidé d'arrêter quand je me suis rendu compte que je t'aimais. Crois-moi, je t'en supplie !

— Vous connaissez les châtiments réservés aux espions, Saker, intervint Henri. Mettez-la aux fers et disposez des gardes devant le cachot. Nous déciderons de son sort demain.

Gilles, dissimulé dans un buisson, eut les larmes aux yeux en voyant sa maîtresse ainsi emmenée.

Il l'avait trouvée trop tard !

18.

Deux sentinelles, alertées par les cris d'Elise, étaient arrivées sur les lieux peu après Adam. Ce furent ces deux mêmes soldats qui, un instant plus tard, conduisirent la jeune femme à la hutte qui faisait office de geôle.

Ce cachot, bâti de rondins et de torchis, était dépourvu de fenêtres et, pour tout confort, ne contenait qu'un peu de paille fraîche, une cruche ébréchée, un pot de chambre et deux couvertures mitées. Pas la moindre braise n'y était admise, qui eût permis à Elise de lutter contre le vent glacé s'engouffrant par les interstices des murs grossiers.

Construite pour héberger les éventuels coupables de vol ou d'insoumission, cette prison n'avait pas encore eu l'occasion de servir. Ce serait donc une femme qui aurait l'insigne honneur de l'étrenner, en cette veille de Noël, en attendant de se balancer au bout d'une corde.

Assise dans un coin, Elise ruminait cette pensée funeste en essayant de s'envelopper tant bien que mal dans les couvertures humides. Les courtes chaînes rouillées qui entravaient ses poignets et ses chevilles rendaient difficile tout mouvement. Epuisée par le froid et les émotions, elle ne pouvait qu'espérer vaguement une fin rapide. A quoi bon continuer d'endurer son sort de prisonnière quand l'homme qu'elle aimait n'éprouvait plus pour elle que de la haine ?

Elle se rendait compte à présent de l'immense naïveté avec laquelle elle s'était engagée dans une bataille dont elle ignorait les règles et les enjeux secrets. Elle s'en voulait de n'avoir été qu'un pion négligeable aux mains de puissants seigneurs, lesquels se moquaient des morts d'Azincourt autant que de tous les obscurs tâcherons œuvrant pour défendre leurs intérêts. Elle avait perdu de vue que les princes étaient avant tout des meneurs d'hommes, habiles à exploiter chez les autres, logés à la même enseigne, la soif de richesse ou le patriotisme le plus sincère. Que ne s'était-elle méfiée davantage de Jean sans Peur ! Comment avait-elle pu oublier que cet homme sans scrupule avait personnellement commandité le meurtre du chef des Armagnacs ? Coulet était bien la digne créature de ce monstre sournois !

— Vous avez perdu votre arrogance, il me semble ! avait-il dit tandis que les gardes emmenaient Elise au cachot.

Libre de ses mouvements, l'espion avait choisi de l'escorter pour la torturer à son aise tout au long du chemin.

— Ne vous inquiétez donc pas, chère lady Elise. Le roi se montre toujours indulgent à l'égard des femmes. Le pire qui puisse vous arriver est d'être pendue mais, avec de la chance, vous croupirez en prison le reste de votre vie... Ne vous apitoyez pas sur votre sort ! Songez plutôt à votre bien-aimé sir Adam ! Nul doute que la confiance du roi lui sera retirée, après cette mésaventure. Il pourra cependant se consoler en trouvant une nouvelle épouse, une fois votre mariage annulé par un évêque bienveillant.

Adam était le chef des espions du roi ! songea Elise. Comme il était difficile de se représenter ce franc guerrier, tout d'une pièce, employé à des fonctions obscures et tortueuses ! Elle n'arrivait pas à l'imaginer envoyant en mission des agents — d'ignorants pantins, tout comme elle-même, chargés de surveiller l'ennemi ! Se pouvait-il que le destin se montrât à ce point ironique que, parmi tous les chevaliers anglais, ce fût lui qui l'ait le plus attirée ?

Elise tressaillit soudain à la pensée qu'Adam, en réalité, était au courant depuis le début ! Qu'il ait su dès le premier jour qui elle était et ce qu'elle cherchait... Leur amour n'aurait en ce cas été qu'une mauvaise plaisanterie, une comédie jouée par un homme froidement déterminé à profiter de son corps en attendant le moment le plus favorable de la neutraliser. Et elle allait mourir pour cette chimère !

Elle se souvint du dernier regard d'Adam, quand elle avait été emmenée. Il n'exprimait rien, sinon l'indifférence. Pas la moindre trace d'étonnement, de colère ou de compassion.

— Saker ! Quelle tête d'enterrement que la vôtre ! s'exclama Thomas de Clarence en voyant Adam, qui sortait de l'ermitage où logeait le roi.

De multiples raisons justifiaient la mine lugubre d'Adam. Il venait d'avoir une entrevue fort orageuse avec Henri.

Ce dernier lui avait bien entendu reproché son manque de discernement concernant Elise, allant jusqu'à laisser entendre qu'il pourrait être son complice. Sur ce dernier point, toutefois, le roi était revenu devant l'indignation du chevalier qui, les dents serrées par la rage, lui avait rappelé ses états de service plus qu'honorables. A propos d'Elise, sujet qui le tourmentait le plus, il n'avait pu soutirer au souverain la teneur de ses intentions. Allait-il la faire pendre ou l'emprisonner à vie ? Le roi avait simplement répondu qu'il rendrait publiquement sa sentence au lendemain de la Nativité, et qu'elle serait exemplaire...

— Voyons, Saker, ressaisissez-vous ! insista Clarence. Je suis au courant, au sujet de votre épouse...

— Jamais je n'aurais soupçonné qu'elle travaillait pour le duc de Bourgogne ! dit Adam, la gorge nouée.

— Ce coquin joue un double jeu ! Il n'est guère étonnant qu'il cherche à infiltrer l'entourage de mon royal frère. Quant à Elise, je ne pense pas qu'elle ait pu fournir quelque renseignement d'importance, sans quoi nous ne serions pas les maîtres, aujourd'hui, de presque tout le duché de Normandie ! Et laissez-moi vous dire quelque chose : je ne m'y entends certes guère autant que mon frère en matière de politique ; en revanche, en ce qui concerne les femmes... La vôtre vous aime ! Je l'ai observée, et ses regards ne trompent pas ! Elise est incapable de vous trahir, j'en mettrai ma main au feu !

— Je crois aussi qu'elle s'est trouvée entraînée malgré elle dans un jeu qui la dépassait... Et elle va en mourir, ajouta Adam en lançant son poing contre le tronc d'un orme.

— Hmm... Je peux essayer de plaider sa cause auprès de Henri... Cependant, si sa décision est prise, j'ai peu de chance de le faire changer d'avis. Il n'y a qu'une solution !

Adam redressa la tête et fixa intensément Clarence d'un air interrogateur.

— Il faut qu'elle disparaisse, lui chuchota le duc à l'oreille. Le plus tôt possible ! Faites-la évader, Saker ! Ce soir même ! Je dirai que vous étiez avec moi toute la nuit. Henri n'osera pas mettre ma parole en doute.

Adam n'en revenait pas... Son suzerain venait de lui offrir un alibi comme il n'aurait jamais oser en espérer !

— Vo... Votre Grâce..., bredouilla-t-il. Pour... pourquoi ?

Devant la surprise et l'embarras de son vassal, Clarence éclata de rire.

— Parce qu'elle est trop belle, Saker ! Je ne puis me résoudre à voir son joli minois grimacer au bout d'une corde... Que voulez-vous, les femmes me perdront !

— Gilpoti ! Vous voici enfin ! s'exclama Adam. Je vous ai cherché partout !

Après s'être longuement entretenu avec le roi, il avait en effet parcouru le camp de long en large, pour finalement trouver Gilles dans la hutte, occupé à rassembler ses affaires en un balluchon.

— Je supposais que vous préfériez me voir disparaître, messire Saker ! répondit le valet sur le ton le
plus neutre.

Son visage semblait plus ridé encore qu'à l'accoutumée et, malgré son air réservé, Adam remarqua
que ses yeux luisaient d'espoir.

— Toutefois, ajouta le nain, je n'avais pas
l'intention de quitter le camp avant de connaître le
sort que votre roi réserve à ma maîtresse.

— C'est précisément de cela que je voulais parler
avec vous, affirma Adam. Je crains que Henri n'ait
décidé de faire un exemple avec Elise. S'il se
montre en général clément à l'égard des femmes,
cette affaire l'a rendu furieux. J'ai bien essayé de
plaider la cause de votre maîtresse en arguant du fait
que rien d'essentiel n'avait pu être communiqué,
Elise n'ayant jamais eu accès aux informations les
plus secrètes. Rien n'y a fait. Il était hors de lui ! J'ai
même dû me défendre lorsqu'il a insinué que
j'aurais pu être le complice de mon épouse !

Adam s'étrangla presque d'indignation en évo-
quant ce dernier point.

— Y a-t-il un risque qu'elle soit... pendue ?
demanda Gilles d'une voix mal assurée.

— Il y a de fortes chances, Gilpoti... C'est pour
cela que nous devons faire en sorte qu'elle s'évade
cette nuit même !

— S'évader ? Mais.. et les gardes ?

— On peut les soudoyer.

— N'avez-vous pas peur d'être soupçonné ?
objecta Gilles. Le roi pourrait fort bien retourner sa
colère contre vous.

— J'y ai pensé. Mais sir Thomas de Clarence a

236

promis de me couvrir. Il est prêt à jurer devant son frère que j'ai passé la nuit à boire en sa compagnie, pour oublier la félonie de mon épouse. Thomas a bien des défauts — entre autres, celui d'être un incurable sentimental! souligna Adam avec une pointe d'ironie. Sans compter que Henri sera soulagé de pas avoir à prononcer une sentence capitale qui ne manquerait pas de torturer sa conscience a posteriori.

Gilles poussa un profond soupir de soulagement.

— Vous l'aimez, messire, n'est-ce pas? J'avais peur que vous ne l'aimiez plus après ce qui s'est passé...

Adam baissa les yeux.

— Oui... Je l'aime.

Bientôt minuit. Le banquet donné par le roi en l'honneur de la naissance du Seigneur s'était achevé. Le camp anglais avait recouvré le silence. Alors que la dernière chandelle s'était depuis longtemps consumée, Elise songeait avec tristesse qu'elle aurait passé sa dernière nuit de Noël dans un cachot. Elle ne doutait pas, en effet, que la sentence serait promptement exécutée, une fois dictée.

Tout serait bientôt fini.

— Merci, merci beaucoup! dit une voix au-dehors.

Elle tendit aussitôt l'oreille et entendit le tintement caractéristique des pièces d'argent.

— Non, je préfère que vous m'attachiez, reprit la même voix. Cela m'évitera des ennuis!

Quelques minutes plus tard, la porte de la cellule

s'ouvrit à la volée. Elise se plaqua contre le mur, tremblant à l'idée que la silhouette qui se découpait à l'entrée ne fût celle de Coulet. Elle savait celui-ci assez cruel pour s'offrir le plaisir de la railler et l'insulter une dernière fois. A moins qu'il n'eût décidé de la tuer de ses mains.

Mais la silhouette masculine qui approchait à présent était d'une stature trop imposante pour appartenir à l'espion.

— Elise !

C'était la voix d'Adam.

En cet instant, Elise fut convaincue que le diable lui envoyait une hallucination, en guise d'ultime épreuve, avant d'emporter son âme.

— Elise, c'est moi ! répéta la voix. Par tous les saints, on n'y voit goutte ici ! Ne bouge pas !

Il sortit et revint avec le falot de la sentinelle. Elise émergea de sa stupeur et, dans un bruit de chaînes, se jeta sur Adam, qui la prit dans ses bras.

— Elise, ma chérie ! Comment te sens-tu ? Oh ! mais tu es glacée !

La gorge nouée, la jeune femme se blottit contre le torse du chevalier. Celui-ci ôta prestement son manteau pour le lui jeter sur les épaules, et il la serra de nouveau contre lui, embrassant avec une infinie tendresse ses joues baignées de larmes.

— Tu... n'aurais pas dû venir, réussit-elle à dire entre deux sanglots.

Elle pouvait mourir en paix, à présent qu'elle avait pu le tenir une dernière fois dans ses bras. Car c'était cela... Sachant qu'on la pendrait demain, il était venu lui dire adieu. Qu'importe ! Elle acceptait son destin de bon gré s'il la pardonnait maintenant.

— Adam, je t'en supplie, pardonne-moi du tort que je t'ai causé !

Il prit son visage dans ses mains.

— Ne t'inquiète pas ! Il n'est plus question de cela : tu as fait ce que tu devais faire, voilà tout ! Je t'aime, Elise, et je t'aimerai jusqu'à mon dernier souffle...

— A cause de moi, tu as perdu la confiance du roi, insista Elise. Je ne me le pardonnerai jamais ! Marie-toi bientôt et choisis une épouse honorable, digne de toi et de ton rang !

— Me marier ? s'exclama Adam, interloqué. L'Eglise réprouve la bigamie, si je ne me trompe !

— Cela ne sert à rien de me ménager. Je sais que le roi me fera pendre. Et même s'il devait épargner ma vie, nous ne pourrions plus jamais nous revoir.

— Il se peut que tu aies raison, à propos des intentions du roi. C'est pourquoi, toi et Gilpoti, vous devez partir de suite !

— Partir ? répéta Elise d'une voix stridente. Tu veux dire m'évader ? Non, Adam, je ne peux accepter cela : le roi te ferait pendre à ma place !

— Allons, l'heure n'est plus à ces nobles scrupules ! Tout est arrangé. Gilles t'attend à la sortie du camp avec vos montures sellées. Va à Paris, je t'y rejoindrai dès que possible.

— Ce n'est pas possible ! protesta encore Elise. Je ne pourrais vivre en sachant que tu risques d'être ruiné, couvert d'opprobre ou emprisonné par ma faute !

— Je ne pense pas que cela arrivera...

La flamme du falot jetait de rudes ombres sur le visage d'Adam.

— Et quand bien même, je préférerais mille fois être banni d'Angleterre plutôt que devoir me passer de toi ! Ne t'ai-je pas dit que je t'aimais ?

— C'est donc... vrai ?

— Bien sûr, mon amour ! Viens vite, c'est ta sécurité qui importe, à présent. Dépêchons...

— Je ne crois pas que votre petite espionne sortira d'ici vivante, dit alors une voix. Pas plus que vous, d'ailleurs !

Un rictus mauvais aux lèvres, Denis Coulet se tenait à trois pas derrière Adam.

Adam repoussa soudain Elise, fit volte-face et tira sa longue épée de son fourreau.

— Coulet ! s'exclama-t-il. Es-tu devenu fou, cloporte ? Tu oses te montrer, quand tu sais que je désire ta mort plus que tout au monde ?

Depuis toujours, Adam le suspectait d'être un agent double et, à ce titre, le méprisait au plus haut point — sans compter le dégoût spontané, épidermique, que l'homme lui avait inspiré dès la première minute. Après qu'il l'avait vu retourner la situation en sa faveur, devant le souverain, le mépris s'était mué en une haine féroce. Il s'était juré, alors, quoi qu'il arrivât, de faire payer chèrement à l'espion sa vilenie.

L'arme au clair, Adam s'apprêtait à porter le premier coup mais l'épée, dont la longueur était adaptée au combat en plein air, heurta la cloison et le toit de branchages. Il n'en fallut pas plus pour que Coulet, vif comme l'aspic, se jetât sur lui en brandissant une dague effilée. Le chevalier esquiva la charge, mais glissa sur la cruche et perdit l'équilibre. Il n'eut le temps que de rouler sur le côté pour éviter que le poignard du Français ne s'enfonçât dans sa gorge. Cependant, la courte lame atteignit son épaule, dont elle entailla profondément le muscle. Le sang jaillit, et Adam poussa un gémissement rauque tandis que Coulet, un genou sur sa poitrine, s'apprêtait déjà à porter le coup définitif.

Le pot de chambre métallique rendit un bruit de cloche en s'abattant sur le crâne de l'espion.

Elise, pleine de détermination malgré ses entraves, était en effet arrivée derrière lui avant qu'il ne pût frapper de nouveau. Par malchance, l'homme avait bougé une fraction de seconde avant l'impact, qui ne put le cueillir en plein. Surpris et tout de même étourdi, Coulet se retourna pour faire face à son nouvel agresseur. Il s'immobilisa aussitôt. Son visage prit une expression de profonde incrédulité, puis il tomba lentement à genoux en grognant d'étrange façon et s'abattit, une épée fichée entre les omoplates.

Voyant qu'il n'aurait pas le temps de franchir la distance qui le séparait de son ennemi avant que celui-ci ne blesse Elise, Adam, toujours à terre, avait saisi son arme par la garde et l'avait projetée sur Coulet, l'atteignant mortellement.

— Oh! Je crois que j'arrive un peu tard! commenta sir Thomas en pénétrant dans le cachot.

Du bout du pied, il poussa le corps inerte de l'espion.

— Quant à celui-ci, déclara-t-il, il a son compte! Cette arme ne lui sert plus à rien!

Il retira l'épée, l'essuya sur les vêtements du cadavre et la tendit à Adam.

— Tenez, Saker, vous pouvez encore en faire bon usage ! Eh bien, mes amis, l'émotion de vos retrouvailles vous a-t-elle rendus muets ? Je ne voulais pas vous déranger, mais quelque chose m'a dit que vous pourriez avoir besoin de moi ! Je vois que je me suis trompé...

Elise, encore sous le choc, se précipita dans les bras d'Adam.

— Allons, mes tourtereaux, s'exclama le duc de Clarence, cessez donc vos embrassades ! Le temps presse ! Il faut vite débarrasser cette jeune femme de ses bijoux en fer forgé et donner ce cadavre à manger aux loups !

— Sir Thomas, dit Adam d'un ton solennel, je ne saurais jamais trop vous remercier de ce que vous faites pour nous !

— Plus tard, plus tard...

Juché sur sa mule et tenant la jument Trompette par la bride, Gilles se tenait caché derrière un bouquet d'ormeaux.

— Vous voici enfin ! s'exclama-t-il en voyant arriver sa maîtresse. Dieu du ciel, que s'est-il passé, sir Adam ?

Tout le côté gauche de la tunique du chevalier était imprégné de sang.

— Elise vous racontera cela en route, Gilpoti ! lui répondit Adam en réprimant une grimace de douleur. Ce qui compte, à présent, c'est de vous éloigner le plus rapidement possible de Falaise, avant que tout ne soit découvert.

Il tira une bourse de sa ceinture.

242

— Tiens, prends ceci, Elise !

— Adam..., murmura-t-elle.

Les mots lui manquaient pour exprimer la gratitude et l'amour qu'elle éprouvait, alors qu'il avait risqué sa vie pour elle.

— Je... je ne peux pas te quitter ! J'ai peur de ce qui pourrait t'arriver, si les choses tournaient mal... Viens avec moi, je t'en supplie.

— Non, Elise, refusa-t-il en s'appuyant contre un tronc d'arbre. Ma place est ici pour le moment.

A l'évidence, il était tout près de s'évanouir.

— De plus, ajouta-t-il avec un piteux sourire, je n'irais pas bien loin, dans cet état ! Ne t'inquiète pas pour moi, tout ira bien...

— Hâtons-nous, maîtresse ! intervint Gilles. Si l'on nous surprend maintenant, nous serons tous pendus !

Vaincue, Elise se dressa sur la pointe des pieds et, n'osant enlacer Adam de peur de lui faire mal, elle lui déposa un tendre baiser sur la bouche.

— Au revoir, mon amour ! dit-elle en retenant ses larmes. Je t'aimerai toute ma vie...

— Je viendrai te chercher à Paris ! Sois sans crainte. Attends-moi là-bas.

Adam lui adressa un clin d'œil et ajouta :

— Je saurais bien trouver la tanière de mon Renard !

Aux premières lueurs de l'aube, Elise et Gilles atteignirent un croisement, marqué par un calvaire de granite. Les champs et les bois alentour flottaient dans une brume épaisse et, sous les sabots de leurs montures, le sol détrempé rendait un bruit mat. La nature entière semblait protéger de son silence la fuite d'Elise. Celle-ci retint sa monture un instant, puis s'engagea résolument sur la route de gauche.

— Madame! lui cria Gilles, qui trottait à quelques longueurs derrière elle. Madame! La route de Paris est celle de droite!

— Je le sais, répondit-elle. Mais nous allons à Rouen. J'ai, paraît-il, un frère là-bas! Peut-être aura-t-il la bonté de m'héberger...

— Sir Adam ne vous a-t-il pas recommandé de l'attendre à Paris? se récria le valet.

— Si... mais j'ai réfléchi, expliqua la jeune femme d'une voix calme et ferme. Adam n'a pas eu le temps de penser à toutes les conséquences... et ne peux pas admettre qu'il abandonne tout pour moi. S'il venait à me rejoindre, il serait à jamais banni de son pays et déchu de son rang! Or, je lui ai déjà causé assez d'ennuis pour accepter ce nouveau sacrifice. Non, Gilles, il vaut mieux que je renonce à lui. J'essaierai de l'oublier...

Sans un mot de plus, elle éperonna la jument et poursuivit sa route.

Gilles, qui n'avait toujours pas bougé, secoua la tête. « Comme si c'était chose possible! » pensa-t-il.

19.

Rouen

La chaleur des flammes caressait les joues d'Elise tandis qu'elle tournait la broche sur laquelle un cochon de lait rôtissait, exhalant un fumet délectable.

Comme il faisait bon d'être au chaud, de retrouver la douceur d'un foyer, après ces longs mois où elle avait dû partager le confort précaire d'une armée en campagne ! Elle appréciait de faire de nouveau la cuisine dans des conditions normales, avec des produits achetés au marché — volailles, œufs, oignons, fèves, épices... qui la changeaient du régime précédent, à base de gibier et de gruau d'orge. D'ailleurs Jehan, son frère, était ravi de lui voir perdre le visage émacié qu'elle avait en arrivant à Rouen, trois mois plus tôt.

Elle ne put réprimer un frisson en se rappelant sa fuite et les trois jours de route à travers bois et vallons, alors qu'elle avait la peur au ventre et le cœur brisé par sa propre résolution. Ils avaient dû éviter les auberges, les villages et les chemins trop fréquentés, où l'on aurait pu facilement repérer une femme rousse voyageant en compagnie d'un nain. Des patrouilles anglaises les poursuivaient peut-être, et ils devaient s'en garder autant que des brigands infestant les chemins du pays. Ces bandes, qui écumaient toutes les provinces du royaume, regroupaient des malandrins, parfois fort nombreux, qui profitaient des temps troublés que connaissait la France pour piller les villages les plus isolés et les abbayes les moins bien défendues. La plus humble chaumière n'échappait pas à leur convoitise, qu'ils incendiaient après avoir violé les femmes et torturé les occupants en leur brûlant la plante des pieds.

Aussi, Elise et Gilles ne s'étaient-ils pas même permis d'allumer de feu et avaient-ils passé la plus grande partie des nuits à grelotter sous les couvertures, blottis contre leurs montures, avant de reprendre leur marche, bien avant l'aube. Ils n'avaient osé souffler qu'une fois la Seine franchie, à deux lieues de Rouen.

Trouver Jehan Jourdain avait été chose facile. En arrivant par la porte occidentale de la ville, dite de Caux, Elise s'était enquise de son frère auprès des gardes postés à l'octroi. Un soldat avait été dépêché aussitôt et, peu après, la jeune femme avait entendu résonner les pavés sous les sabots d'un cheval bai portant un cavalier bardé de cuir et de fer. L'homme était nu-tête, et sa chevelure blond pâle ne laissait pas de doute quant à son identité : c'était bien Jehan !

La gorge nouée, elle l'avait observé descendre de sa monture, à vingt pas de là, et le chercher des yeux parmi les soldats, les gens et les charrettes qui encombraient les alentours de l'octroi.

Ils ne s'étaient pas revus depuis cinq années. Depuis qu'Elise était partie pour Troarn avec Aimeri...

Consciente que leur premier contact serait capital, elle guettait, sans oser lui faire signe, l'instant où il allait la reconnaître. Etait-elle bienvenue ou indésirable ? Seul le premier regard le lui révélerait sans fard !

Enfin, il l'avait vue, et un large sourire avait illuminé le visage de Jehan. Le même bon sourire qu'au temps où, à quatre pattes, il se laissait chevaucher par la petite fille qu'elle était.

Délivrée, elle avait couru vers les bras ouverts de son frère, qui l'avait soulevée de terre et l'avait pressée sur son cœur.

— Ma petite sœur ! Cela fait si longtemps...

— Comme je suis heureuse de te revoir ! avait lancé Elise. Gilles le Petit, mon valet, est avec moi, avait-elle ajouté en désignant son valet, qui tenait les montures par la bride, à quelque distance.

Le regard de Jehan allait de l'un à l'autre, détaillant leurs vêtements poussiéreux et leurs mines hâves.

— Seigneur ! s'était-il exclamé. D'où venez-vous donc ? Que s'est-il passé ?

— C'est une longue histoire, Jehan ! Je te raconterai tout cela dans un lieu plus tranquille !

En effet, les soldats du corps de garde observaient le capitaine Jehan Jourdain, intrigués de le voir en compagnie de cette jolie femme et de ce nain tout crotté.

*⁎

247

Comme promis, le soir même, après avoir soupé dans une taverne, Elise avait narré tout ce qui lui était advenu — depuis sa visite à la cour du roi, où elle avait proposé ses services, jusqu'à sa fuite, en passant par son mariage avec Adam et la tentative de régicide dont on l'avait accusée. Il ne lui avait pas échappé que le visage de son frère s'assombrissait par moments à mesure qu'elle avançait dans le récit de ses aventures, en particulier lorsqu'elle lui avait avoué être tombée amoureuse du chevalier anglais, l'homme qu'elle avait épousé dans le seul but d'espionner l'ennemi. Jehan ne pipait mot. Tout juste osait-il tourner de temps en temps son regard vers Gilles, assis à leur table, comme s'il cherchait à implorer quelque démenti de sa part.

— Que penses-tu de moi, à présent ? lui avait enfin demandé Elise, rompant le silence tendu qui s'était installé. Je comprendrais que tu te détournes de moi...

Se penchant vers sa sœur, Jehan lui avait pris les mains et les avait pressées dans les siennes.

— Ma pauvre petite Elise, comme tu as dû souffrir ! Ne crains plus rien, maintenant, tu es la bienvenue chez moi. Je suis heureux de t'accueillir. Avec Gilles, naturellement !

Elise s'était senti à ce point soulagée qu'elle avait failli fondre en larmes.

— A propos de ce sir Adam, avait repris Jehan, vous... enfin, vous êtes vraiment mariés ?

Elise avait hoché la tête et baissé les yeux.

— Oui. Mais je ne le reverrai jamais. Tout est fini ! S'il ne veut pas perdre tout crédit auprès de son roi, il est obligé de me désavouer totalement.

— Que t'importe le sort de cet Anglais! avait grommelé Jehan. Enfin, c'est mieux ainsi...

Avant qu'il n'en dît davantage, Elise avait préféré changer de sujet :

— Es-tu content d'avoir été nommé capitaine? Je suis fière de toi, tu sais!

— Certes, qui ne serait satisfait, à ma place? Tout de même... j'aurais préféré ne devoir cet avancement qu'à mon propre mérite, et non au fait que ma sœur ait accepté d'espionner pour le compte de Jean sans Peur... Peste! Je t'ai blessée, excuse-moi! Je suis si maladroit!

— Je voulais seulement t'aider, Jehan...

— Je le sais, petite sœur... et je t'en suis reconnaissant, crois-moi. Sache aussi que, même si tu n'avais pas fait cela, je ne t'aurais jamais repoussée. N'oublie pas que tu es mon unique famille!

— T'es-tu senti seul, Jehan, pendant toutes ces années?

Il lui avait souri sans répondre, mais son regard était éloquent.

Jehan, qui demeurait ordinairement dans ses quartiers militaires, avec le reste de la garnison, avait dû louer une petite maison, rue des Ursulines, près de l'église de Saint-Ouen, pour y loger sa sœur. La ville n'étant pas sur le pied de guerre, il prenait ses repas chez Elise aussi souvent que ses devoirs militaires le lui permettaient — et parfois même, il y restait dormir.

Passé l'euphorie de la rencontre, leurs premiers rapports avaient été pendant quelques jours empreints d'une certaine gaucherie, qui s'était peu à peu estompée, au rythme des repas, des veillées et des souvenirs d'enfance évoqués en riant. Si bien que la gêne s'était bientôt muée en une franche affection, chaleureuse et bienveillante. Ils s'étaient retrouvés et se réjouissaient de constater chaque jour qu'ils n'étaient pas devenus des étrangers l'un pour l'autre, comme l'avait craint Elise. Mieux encore, ils avaient appris à se connaître et à s'estimer en tant qu'adultes. Elise n'était en effet qu'une adolescente quand Jehan était entré au service de la maison de Bourgogne. Ses visites au foyer s'étaient faites de plus en plus rares, puis il avait refusé de la voir après son mariage avec le comte de Troarn. Elle avait alors seize ans, et lui vingt-trois.

Elise, à présent, s'employait à cuisiner tous les jours les plats préférés de son frère, espérant qu'il pût rentrer pour l'en régaler. Toutes les fois que cela arrivait, de joyeuses conversations roulaient ensuite jusqu'à des heures tardives. Ils parlaient de tout et de rien : Jehan aimait à évoquer son métier de capitaine et ses démêlés avec Guy Le Bouteiller, son despotique supérieur, tandis qu'Elise commentait les nouvelles du jour, glanées sur le marché. Et tous deux s'abandonnaient ainsi au plaisir de sentir leur intimité devenir plus étroite.

Toutefois, malgré la grande confiance qui régnait maintenant entre eux, Elise n'avait pas encore osé dire à Jehan qu'elle était enceinte.

Elle avait été persuadée d'attendre un enfant quand, pour la deuxième fois consécutive, elle n'avait pas saigné. Elle ne s'en était guère inquiétée auparavant, imputant la première anomalie aux émotions liées à son périlleux voyage jusqu'à Rouen. Or, par la suite, les signes s'étaient multipliés. Elle dormait plus qu'à l'accoutumée, et de légers malaises l'obligeaient parfois à interrompre ses activités ménagères.

A présent, le doute n'était plus permis : elle savait qu'elle portait l'enfant d'Adam.

Le temps viendrait certainement où il faudrait envisager les difficultés concrètes que représentait une nouvelle bouche à nourrir. Cependant, elle refusait de laisser ces considérations pratiques gâcher sa joie de donner la vie à un petit être, et de s'y consacrer corps et âme. D'autant que le petit garçon ou la petite fille qui viendrait serait tout ce qui lui resterait, avec ses souvenirs, d'un amour devenu impossible. Avec bonheur, elle songeait à sa future maternité et souriait en palpant son ventre qui s'arrondissait de jour en jour, tout comme sa poitrine.

Bientôt, son nouveau corps exigerait qu'elle retouche les deux seules robes qu'elle possédait, et elle ne pourrait plus reculer le moment de mettre son frère au courant de sa grossesse — en espérant qu'il n'en serait pas trop contrarié. Elle ne s'en était pas davantage ouvert à Gilles, pour le moment, mais elle avait surpris à plusieurs reprises une étrange lueur dans les yeux sagaces du petit homme.

— Hm ! Quelle est cette délicieuse odeur qui flatte mes narines ? s'exclama une voix depuis le seuil.

Elise regretta d'avoir laissé la fenêtre ouverte.

Elle avait voulu profiter de l'air printanier qui régnait en cette journée du mois de mars.

— Je prépare le dîner pour mon frère, capitaine Ghurkin! répondit-elle sans le moindre entrain.

L'homme entra sans qu'on l'y invitât et se planta devant Elise, avec aux lèvres un sourire fat.

William Ghurkin était un mercenaire anglais, capitaine des artilleurs, au service de l'armée bourguignonne. Ce colosse rougeaud, aux yeux bleus saillants, s'était mis en tête de séduire Elise dès le jour où il l'avait aperçue en compagnie de Jehan, dans les environs de la citadelle. Il avait eu tôt fait de découvrir où elle demeurait et, depuis lors, ne manquait pas une occasion de passer devant sa maison, toujours à des heures où il savait Jehan absent. Doté d'un aplomb considérable, il n'avait pas tardé à courtiser ouvertement Elise, allant jusqu'à insinuer qu'il l'épouserait volontiers...

— Comme c'est appétissant, lady Elise! déclarat-il en lui jetant un regard salace. J'en goûterais un morceau avec grand plaisir en vous racontant comment j'ai contribué à rendre inexpugnable cette ville.

Jehan n'aimait guère Ghurkin mais, bien qu'il connût les intentions de l'Anglais et l'aversion que ressentait Elise à son égard, il se devait de préserver un semblant de bonnes relations avec lui, par esprit de corps.

— Nous ne soupons que bien plus tard dans la soirée, rétorqua Elise en lui tournant le dos ostensiblement. Et j'ai peur d'avoir oublié de vous inviter!

Le mercenaire eut un rire gras.

— Avec un caractère aussi vif, cela ne m'étonne pas que vous ayez tenu tête à mes compatriotes!

Que savait-il au juste sur elle ? se demanda Elise. Jehan avait dû trop parler !

Brusquement, elle sentit sa taille enserrée par un bras puissant tandis qu'une main se posait sur un sein.

— Ma belle lady Elise est une vraie tigresse, eh, eh ! ricana-t-il.

Elise se dégagea et saisit un tisonnier.

— Je ne suis pas votre lady Elise ! s'écria-t-elle. Otez-vous cela de la tête, capitaine Ghurkin !

— Je vous en prie, appelez-moi William..., répliqua-t-il d'un ton mielleux. Ne soyez pas aussi farouche quand je veux faire votre bonheur !

— Messire Ghurkin, déclara Elise sans lâcher le tisonnier, est-ce si difficile de comprendre que je ne veux rien avoir à faire avec vous ? Tout ce à quoi j'aspire c'est à ce qu'on me fiche la paix ! Est-ce assez clair !

— Avez-vous besoin d'aide, madame ? demanda Gilles.

Le valet venait d'entrer dans la cuisine à pas de loup. A la main, il tenait un grand couteau de boucher, qu'il passait nonchalamment sur une pierre à aiguiser.

A sa vue, le visage de Ghurkin, rouge d'ordinaire, devint violacé et ses yeux, exorbités par la colère, allèrent de Gilles à Elise, puis revinrent au couteau que le nain ne cessait d'affûter.

— Vous vous croyez trop grande dame pour moi, alors ! s'écria-t-il enfin. Tout cela parce que vous auriez partagé la couche d'un chevalier !

Pour couper court aux ragots, Elise était convenue, avec son frère, de raconter aux curieux qu'elle avait été obligée de se marier avec un noble anglais, à la suite de la prise de Caen, et que celui-ci était mort sur le champ de bataille peu de temps après.

— Moi, je suis sûr que vous étiez putain de l'armée anglaise ! poursuivit Ghurkin, qui hurlait presque. Oui, une vulgaire putain, et rien de plus ! Et souvenez-vous de cela : un jour vous viendrez me supplier à genoux pour que je couche avec vous. Vous entendez ? A genoux !

Il tourna soudain les talons et sortit en claquant la porte à la faire sortir de ses gonds.

20.

Louviers

— Tâchons de trouver une taverne, Saker! s'exclama sir Thomas. Après un tel spectacle, j'ai hâte de me rincer le gosier.

Le duc de Clarence fit volte-face et saisit le bras d'Adam pour l'entraîner. Derrière eux, se découpant sur un ciel orageux, les silhouettes d'une douzaine de pendus se balançaient.

— Qu'allons-nous fêter, Votre Grâce? demanda le chevalier d'un ton acerbe. L'exécution de ces archers français qui n'ont fait que leur devoir, ou notre nouvelle victoire sur le sol français?

— Voyons, Adam! Quel caractère de vieux bouc que le vôtre! Faites attention, cela ne risque pas de s'arranger à mesure que vous prendrez de l'âge... Figurez-vous que nous avons quantité d'heureux événements à célébrer, et tout d'abord votre retour en grâce auprès de mon royal frère. Un ange vous a-t-il inspiré ce matin, lorsque vous l'avez bousculé? Sans vous, le quartier de roche qui lui était destiné l'aurait aplati à coup sûr au pied des murailles de Louviers!

— Je n'ai fait que lever le nez au bon moment, répondit Adam d'un ton détaché.

L'expérience du guerrier lui avait en effet commandé de garder un œil sur cette portion de mur, en principe abandonnée par les défenseurs, dont le gros des forces était massé sur le pont-levis. Bien lui en avait pris, car il avait pu voir au dernier moment une pierre de belle taille tomber droit sur Henri. Le roi, en se relevant, avait pu constater à quel point la mort était passée près de lui, et il avait décidé de mener des représailles impitoyables dès que Louviers serait prise.

Il avait tenu sa promesse en faisant pendre les capitaines de la garnison, le soir même.

— Du reste, c'est la moindre des choses que je pouvais faire pour votre famille, reprit Adam. Sans vous, je n'aurais jamais réussi à faire évader Elise, et votre frère m'aurait fait pendre si vous n'aviez pas affirmé avoir passé toute la nuit en ma compagnie. Vous savez à quel point je vous sais gré de tout cela, sir Thomas !

— S'il vous avait fait pendre, le roi d'Angleterre serait mort aujourd'hui ! déclara le duc sur un ton badin. J'ai été bien inspiré de vous protéger... Entre nous, Saker, je pense que Henri n'a pas été dupe un seul instant de notre conte. Selon moi, connaissant votre valeur, il aura préféré fermer les yeux et, à l'heure qu'il est, il s'en réjouit, croyez-moi !

— Je reste le loyal serviteur de notre souverain ! déclara Adam avec une pointe d'ironie. Bien, à présent, mettons-nous donc en quête de cette taverne !

Peut-être y trouverait-il le vin fort de l'oubli ou,

du moins, celui qui le ferait dormir cette nuit d'un sommeil sans rêve.

Depuis des mois, il ne pouvait fermer l'œil sans être aussitôt hanté par l'image d'Elise, par le souvenir de ses yeux où se mêlaient le jade et l'émeraude, par les visions de sa chevelure pareille à une rivière de métal en fusion, et par la chaleur de ses bras et de ses cuisses enserrant son corps.

Il s'éveillait souvent, croyant entendre la voix aimée prononcer son prénom et restait de longues heures éveillé sur sa couche, songeant au jour où il la reverrait.

Les deux compagnons s'attablèrent dans un estaminet nommé la Tête du Loup, et y vidèrent, coup sur coup, plusieurs pintes d'un cidre savoureux. L'alcool aidant, la conversation de sir Thomas se fit bientôt fort animée, bien qu'un peu monocorde. En effet, une heure durant, le duc de Clarence ne cessa de louer, en des termes de plus en plus lyriques, les rondeurs appétissantes de la servante qui leur apportait à boire.

— Regardez-donc comme elle est faite, Adam ! Allons, ce n'est pas être infidèle que d'admirer de jolies choses ! Voyez cette croupe de jument poulinière, elle m'affole chaque fois qu'elle passe devant mes yeux... Et ces mamelles, Saker, quelle splendeur !

L'esprit ailleurs, Adam souriait parfois aux saillies de son suzerain, sans parvenir à lui donner la réplique. Que lui importait cette fille ? Que lui importaient toutes les autres femmes sur terre, quand il ne pouvait plus voir la seule qui comptait à ses yeux ? Il l'imaginait quelque part à Paris, savourant le soleil de ce radieux été et — qui sait ? — pensant à lui de temps en temps...

— A présent que Louviers est à nous, déclara Thomas, changeant enfin de sujet, nous serons aux portes de Rouen dans un mois tout au plus. Et, après Rouen, plus rien ne pourra nous barrer la route de Paris !

Le duc claqua des doigts et cligna de l'œil à l'intention d'Adam.

— Ah ! ah ! Vous m'écoutez à présent ! reprit-il d'un ton malicieux. C'est bien à Paris qu'elle se trouve, n'est-ce pas ? Ne vous inquiétez pas, je garderai le secret.

— Diable ! fit Adam. Suis-je à ce point transparent que vous l'ayez deviné !

— L'amour rend bête, Saker ! déclara le duc en riant. Or, vous êtes amoureux, cela crève les yeux. Et vous ne pensez qu'à votre petite Elise, ne vous en défendez pas. D'une certaine façon, je vous comprends : elle est réellement délicieuse, quoique un peu fluette à mon goût...

— J'avoue qu'elle me manque... Mais je pense aussi à Rouen, qui sera autrement plus difficile à prendre que Louviers !

— C'est fort possible, reconnut sir Thomas. Rouen est bien défendue... D'autant que Jean sans Peur y a envoyé des troupes nombreuses. Remarquez, toute ambiguïté est à présent levée à propos de ce filou : nous savons qu'il est notre ennemi !

Rouen

Alors qu'Elise et Jehan passaient devant l'église de Saint-Ouen, une tiède brise de juillet leur caressa le visage.

— Tu sais, petite sœur, je trouve que Rouen vaut bien Paris ! Tu vois cette église ? Eh bien, la ville en compte près de soixante-dix ! De plus, les marchands, ici, payent bien moins de taxes qu'ailleurs, et les marchés sont mieux approvisionnés.

Sous sa coiffe blanche en forme de cœur, Elise fronça les sourcils d'un air dubitatif.

— Mais comment peux-tu être à ce point sûr que vous pouvez repousser les Anglais ? demanda-t-elle. Je t'ai déjà décrit la façon dont ils ont assiégé et conquis d'autres villes normandes. De mes propres yeux, je les ai vues tomber, les unes après les autres...

— Bah ! Tu ne peux comparer Rouen à Alençon, Argentan, ni même à Falaise ! s'exclama Jehan. De toute la France, notre ville est la plus prospère et la mieux défendue. Surtout depuis que nous sommes venus en renfort, avec Le Bouteiller à notre tête. Te rends-tu compte ? Quinze mille hommes de troupe ! Dont deux mille arbalétriers, que j'ai la chance de commander... Sans parler des soixante tours qui garnissent nos remparts, équipées chacune d'au moins deux bouches à feu ! Et...

— Bien, bien ! l'interrompit Elise, abasourdie par l'inventaire. Cependant, tu ne peux nier le fait que pas une cité n'a pu leur résister jusqu'à présent. Et je t'ai dit combien Henri convoitait la capitale de la Normandie, dernier obstacle avant Paris !

En son for intérieur, Jehan doutait autant que sa sœur de l'invulnérabilité de la place qu'il défendait.

Mais il ne voulait pas alarmer Elise quand il savait celle-ci enceinte de six mois. Pouvait-il lui avouer qu'il en perdait le sommeil, tant il était préoccupé par le danger qui approchait?

Quand il contemplait la silhouette, à présent ronde, de sa sœur, il songeait avec crainte à la fragilité de cette jeune mère exposée aux périls d'une ville en état de siège. Elle qui avait tant besoin de sécurité et de douceur. Avait-il eu raison de l'accueillir à Rouen, sachant que la ville était l'objectif déclaré des Anglais? N'aurait-il pas été préférable de l'envoyer ailleurs? A Paris par exemple, qui était un lieu sûr — du moins dans l'immédiat! Mais il avait été si heureux de retrouver sa sœur, après tant d'années, qu'il avait égoïstement préféré la garder près de lui, sans penser aux risques encourus.

Il se souvint, amusé, qu'il n'avait pu dissimuler son désarroi le jour où elle lui avait annoncé qu'elle attendait un enfant. C'était en avril, et il plaisantait en lui faisant remarquer combien la bonne nourriture normande avait l'air de lui réussir, à en juger par l'ampleur croissante de ses robes. Elle avait soudain éclaté en sanglots et lui avait avoué la véritable raison de son embonpoint, puis elle avait ajouté, tout bas, que le père était Adam Saker, son époux anglais.

Quoique contrarié, Jehan s'était ému de l'accablement de sa sœur. Il lui avait expliqué qu'il se moquait du fait que son futur neveu fût le fils d'un Anglais et qu'il était seulement préoccupé de ce qu'Elise dût l'élever seule. Alors, elle lui avait souri à travers ses larmes, de son sourire angélique, en lui disant :

— Il ne connaîtra jamais son père, certes... Mais il aura un oncle, si tu le veux bien... Si cela te pèse, j'en suis désolée, car moi je suis heureuse de porter cet enfant !

Le regard d'Elise était devenu lointain, tout entier tourné, à l'évidence, vers l'homme qu'elle aimait...

D'un coup de pied rageur, Jehan propulsa à dix pas un trognon de chou qui traînait dans le ruisseau. Il eût préféré savoir Elise en Angleterre, hors de danger avec son chevalier ! Par saint Denis, il ne pourrait souffrir de la voir endurer les horreurs d'une ville assiégée avec un nouveau-né dans les bras !

Il avait souhaité, naguère, se mesurer aux redoutables Anglais, à la tête de ses arbalétriers, pour leur montrer que les Français aussi savaient se battre en braves. Or, à présent, il en venait à espérer secrètement que Le Bouteiller accepterait de capituler sans trop tarder.

— Crois-tu que le dauphin Charles viendra nous secourir, Jehan ? lui demanda Elise.

— Non... Je ne le pense pas. La reine Isabeau a tout fait pour affaiblir son pouvoir... Si nous devons espérer un quelconque secours, c'est du côté de Jean sans Peur qu'il nous faut attendre.

A sa mine déconfite, Jehan devina que cette perspective ne réjouissait guère sa sœur, qui lui avait tout avoué de ses activités. En effet, si elle était considérée comme une espionne et soupçonnée d'avoir voulu attenter à la vie de Henri, Jean de Bourgogne n'avait pas dû apprécier la brusque défection du Renard. De quelque côté qu'elle se tournât, à présent, Elise n'avait que son frère pour la défendre contre le monde entier...

Jehan sentit soudain qu'on le tirait par la manche.

— Vite, Jehan! Par ici!

Courant presque, Elise l'entraîna sous l'auvent d'une gargote.

— Qu'est-ce? demanda-t-il, hilare. Encore une fringale subite?

— Non! Je viens d'apercevoir l'ignoble Ghurkin au bout de la rue! répondit-elle d'une voix tremblante.

— A-t-il encore essayé de t'approcher? gronda Jehan en fronçant les sourcils. Si c'est le cas, je lui brise les reins sur-le-champ!

Pour l'apaiser, Elise lui posa la main sur l'épaule.

— Non, le rassura-t-elle. Depuis le jour où j'ai empoigné le tisonnier, il ne s'est plus montré chez nous. Mais je le croise parfois dans les rues et... il me toise de la façon la plus insultante qui soit, comme s'il regardait une ribaude à cent sous! Je l'ai même entendu rire derrière moi. Il a sûrement remarqué que j'étais enceinte...

— La peste soit de ce soudard! s'emporta Jehan. S'il s'obstine, je te jure qu'il ne sera pas tué par ses compatriotes! Pourquoi n'envoies-tu pas Gilles faire tes emplettes? Tu devrais rester à la maison, surtout dans ton état.

— Oh! C'est que je n'ai pas envie de me claquemurer pour l'instant, alors qu'il fait si beau dehors et que je ne pourrai bientôt plus me mouvoir aussi facilement. Songe que dans deux mois, il me sera impossible de rester longtemps debout tant mon ventre sera lourd. Ne t'inquiète pas... Je te promets que si tu n'es pas là Gilles m'accompagnera chaque fois que je sortirai.

— Cela me semble prudent, chère petite sœur têtue. Néanmoins, continue d'éviter soigneusement ce cochon d'Anglais... Oh! excuse-moi, ce n'est pas ce que je voulais dire.

Elise partit d'un éclat de rire franc.

— Oui, mon cher frère patriote... J'ai corrigé de moi-même! Tu sais comme moi que ce genre de bête abonde dans tous les pays.

A mesure que le temps passait, ils devenaient tous deux plus complices, et la bonne humeur régnant entre eux émerveillait Jehan, qui ne s'attendait pas à trouver en sa sœur une personne aussi aimable. Il était certain, autrefois, que son mariage avec un hobereau en ferait une insupportable pimbêche. Il exultait à présent de voir combien il s'était trompé. Elise était devenue une femme adulte, volontaire, intelligente et qui avait du cœur — peut-être trop d'ailleurs... Par moments, il surprenait dans ses yeux un voile gris qui obscurcissait leur gaieté naturelle. Il n'avait alors guère besoin de lui demander la cause de cette mélancolie. Elise, à l'évidence, ne parvenait pas à oublier son Anglais de mari...

Par ailleurs, s'il se réjouissait qu'elle n'ait pas répondu aux avances de ce crétin de Ghurkin, il redoutait qu'aucun homme ne pût jamais gagner ses faveurs si elle devait ne jamais revoir Adam Saker.

En ce matin de la fin du mois de juillet, Gilles descendait en courant la rue des Ursulines de toute la vitesse de ses petites jambes torses, comme s'il était poursuivi par tous les démons de l'enfer.

Il fit irruption dans la maison et trouva sa maîtresse dans le jardinet, assise sur un banc au soleil.

— Madame, madame! s'écria-t-il, hors d'haleine. Pont-de-l'Arche est aux mains des Anglais! La nouvelle est sur toutes les bouches...

— Comment cela se peut-il? s'exclama Elise, parcourue par un frisson glacial. Pont-de-l'Arche est sur cette rive-ci de la Seine. Or, Jehan m'a dit que les Bourguignons avaient brûlé tous les bacs et les ponts alentour. De plus, il s'agit d'une place forte, avec des canons...

— Ils l'ont fait, cependant! confirma Gilles. On dit qu'ils ont construit un pont avec des petits bateaux reliés par des traverses, sur lesquelles toute l'armée anglaise est passée!

— Mon Dieu! Pont-de-l'Arche est situé entre Rouen et Paris. Cela voudrait donc dire...

— ... que la ville est isolée! termina le valet. Oui, madame!

Effectivement, Honfleur, à l'estuaire du fleuve, avait tenu tête aux troupes de Henri jusqu'en février, puis s'était rendue. Ensuite, au lieu de remonter les méandres de la Seine pour attaquer Rouen derechef, les Anglais avaient piqué droit vers Paris et s'étaient arrêtés à Louviers, le temps de s'en emparer, avant de rebrousser chemin en direction de la capitale de la Normandie. Une manœuvre classique d'encerclement, en somme!

Rouen était à présent coupée de Paris et Pont-de-l'Arche était la dernière place forte en amont : l'étau s'était resserré, inexorablement.

— Le siège commencera dans une semaine au plus tard, annonça encore Gilles. Les portes de la ville se refermeront alors, et nul ne pourra plus entrer ni sortir. Je vous en conjure, partons pendant qu'il en est encore temps ! Allons à Paris, comme vous l'avait demandé sir Adam. Je viendrai avec vous. Je vous défendrai si besoin est !

Elise observa, attendrie, le visage de Gilles. Que de générosité dans son regard, et que de noblesse sur ses pauvres traits fripés ! Il avait probablement raison : le plus sage était de fuir la ville au plus tôt. Cependant, la grossesse d'Elise se révélait plus fatigante que prévu, et elle sentait que le monde autour d'elle se rétrécissait à mesure que le terme approchait. Tout semblait aujourd'hui se réduire à cette vie nouvelle qu'elle portait en son corps ; le reste lui paraissait étranger.

La terre entière pouvait s'écrouler, seul son enfant comptait.

— J'ai peur que ce soit impossible, dit-elle, émue. Avec ce fardeau, je ne supporterais pas le voyage... Mon ventre est trop lourd à présent, Gilles. Mais toi, ajouta-t-elle, pars donc au plus tôt ! Tu n'as pas à endurer ce qui nous attend, et je peux te donner assez d'argent pour que tu subsistes quelque temps.

Gilles ignora cette suggestion.

— Si nous partons ce soir, insista-t-il, nous pourrons sortir par la porte de l'est. Nous progresserons par courtes étapes... Je vous en prie, madame, faites comme sir Adam vous avait dit !

— Je ne partirai pas, trancha Elise d'un ton ferme, pensant que la conversation s'arrêterait là.

Or Gilles, qui avait à l'évidence gardé d'autres arguments en réserve, en prévision de son refus, ne s'estima pas vaincu.

— Notez que Pont-de-l'Arche a été pris par le

duc de Clarence — ce qui signifie que sir Adam n'est qu'à trois lieues d'ici! Si vous ne voulez pas aller à Paris, du moins, partons le rejoindre et nous placer sous sa protection... Qu'en dites-vous? Il ne vous repousserait pas, madame, même s'il devait agir en secret. Il vous aime, j'en suis sûr, et voudrais par-dessus tout vous voir en sûreté, vous et l'enfant!

Elise hésita. Adam... Le père de la créature qu'elle sentait, à cet instant même, bouger dans son ventre! Un enfant dont il ignorait l'existence... Comme il serait doux de le lui annoncer! Hélas, elle ne pouvait se permettre de lui faire courir le moindre danger supplémentaire. Déjà, il avait failli perdre la vie en la faisant évader et, à supposer que le roi ait cru à son alibi, elle était certaine qu'Adam était, à tout le moins, tombé en disgrâce auprès de lui. En allant le trouver, elle l'exposerait à ce que l'on découvre tout : qu'il était l'artisan de l'évasion de son épouse, puisqu'il l'avait accueillie et cachée, elle, l'espionne française. Le courroux de Henri n'aurait plus de limites, cette fois! De plus, il l'avait peut-être oubliée à cette heure — ce qui était le plus souhaitable.

Elise sentit des larmes irrépressibles monter à ses paupières, et sa main laissa tomber à terre le linge qu'elle était en train de broder. D'instinct, en un geste de protection, elle croisa les bras sur son ventre.

— Je ne peux lui faire courir ce risque, Gilles! Il a déjà fait assez pour moi. Je dois maintenant le laisser vivre sa vie sans plus la troubler... Jamais plus!

Le nain fit une grimace impuissante et s'éloigna, la tête baissée.

Le soir venu, Jehan arriva, porteur des mêmes nouvelles alarmantes. Il joignit ses prières à celles de Gilles pour tenter de convaincre Elise.

— Ce sera un siège long et terrible, petite sœur, argumenta-t-il. Quelle qu'en soit l'issue, il durera plusieurs mois, la nourriture ne tardera pas à manquer. La famine s'installera, et l'on sera obligé d'expulser tous les gens qui sont venus se réfugier dans nos murs, fuyant l'avance des Anglais. Quoique, pour ce dernier point, tu n'es pas concernée, en tant que sœur d'un membre de la garnison... Néanmoins, je crois que tu devrais partir!

Rien n'y fit. Elise demeura inébranlable.

Quoi qu'il arrivât, elle resterait.

21.

Devant l'obstination de sa sœur, Jehan refusa de perdre son temps en vaines discussions et préféra agir de façon pratique. Il retourna le soir même à la citadelle et retira de sa cachette, sous une tuile des écuries, une bourse dans laquelle il avait serré toutes ses économies. De retour à la maison, il la confia à Gilles en lui recommandant d'en dépenser jusqu'au dernier liard à l'achat de vivres, en prévision du siège.

Les prix, sur le marché, avaient déjà augmenté sensiblement, car toute la population de la ville constituait des réserves, de farine en particulier. Toutefois, le valet put encore trouver à des tarifs abordables de la viande fraîche, des salaisons et des fèves, vendues par les paysans des alentours qui avaient choisi de fuir. Contre une petite fortune, il fit aussi l'acquisition d'une vache qu'il attacha dans la petite cour, et qui donnait un plein seau de lait chaque jour.

La grossesse d'Elise touchait à son terme, et la chaleur suffocante qui régnait l'incommodait au plus haut point. Aussi ne quittait-elle presque plus la fraîcheur relative de la maison de pierre. Depuis quelque temps, ses poignets et ses chevilles gonflés la faisaient souffrir, autant que les soudaines contractions qui la tourmentaient plusieurs fois par jour. En somme, elle ne pouvait plus faire grand-chose d'autre qu'attendre, assise, l'arrivée du soir, avec son atmosphère plus clémente.

Gilles, comme elle s'y attendait, n'avait fait aucun cas de sa suggestion et refusait de quitter Rouen sans elle. C'était lui qui, à présent, cuisinait les repas simples qu'elle n'avait plus le courage de préparer elle-même. Avec la pénurie qui s'annonçait, tout le monde avait préventivement réduit sa ration quotidienne — même Elise, malgré les suppliques du valet, qui insistait pour qu'elle mangeât davantage, ne fût-ce que pour l'enfant.

Succédant à la fébrilité, un étrange engourdissement avait gagné la ville en ces jours de sursis, comme une proie paralysée d'effroi attend le bond du fauve. Au matin du premier août, Rouen s'éveilla cernée de toutes parts.

Les positions prudemment éloignées des Anglais indiquaient leur intention d'affamer les habitants, plutôt que d'entreprendre des assauts risqués dans l'immédiat. Jehan, cependant, devait demeurer dans la citadelle nuit et jour et ne pouvait communiquer avec sa sœur que par l'intermédiaire de Gilles.

Ce dernier, vers la fin du mois, voyant ses craintes confirmées par la stratégie de l'ennemi, fit une ultime tentative pour convaincre Elise d'aller trouver Adam.

270

— Ne vous rendez-vous compte de la situation, madame ? lui dit-il d'un ton implorant. Henri attendra que Rouen tombe, tout comme Falaise, quand il ne restera plus que des mourants entre ses murs. Il a tout son temps ! La France est déchirée par ses querelles intestines : pourquoi se presserait-il ? Nul ne viendra à notre secours, soyez-en sûre ! Avez-vous donc envie de mourir de faim ou de la peste, et de laisser mourir votre enfant ? Seul votre époux peut vous épargner ces souffrances. Partons à sa recherche !

— Tu n'as rien compris, Gilles ! répliqua-t-elle, furibonde. C'est impossible, et je t'en ai déjà expliqué la raison. Maintenant, je te répète que tu es libre de partir. Mais si tu choisis de rester, je t'interdis d'en reparler !

Le lendemain, Elise s'aperçut que la mule de Gilles ne se trouvait plus dans la cour, et elle comprit qu'elle était désormais seule dans la maison. Loin d'en tenir rigueur à son valet, elle pria toute la matinée pour que Dieu protégeât le petit homme dans sa fuite.

Gilles n'était-il, après tout, le meilleur ami qu'elle ait jamais eu ?

Sachant proche la naissance de son enfant, Elise se mit en quête d'une sage-femme susceptible, le moment venu, de l'assister. Elle fut heureuse de la trouver, non loin de chez elle, en la personne de Clothilde, qui demeurait rue au Grain, face au chœur de Saint-Ouen.

Clothilde était une commère, ronde de corps et de

visage, âgée d'une trentaine d'années, qui élevait seule une demi-douzaine de bambins dans une bicoque exiguë. Son tempérament jovial et son franc-parler plurent tout de suite à Elise, qui lui confia sa situation, sans toutefois mentionner le fait que le père de son enfant était un Anglais.

A leur première rencontre, Clothilde palpa le ventre de la future mère et déclara qu'elle accoucherait dans la deuxième semaine de septembre, ce qui laissait encore un mois de répit. En attendant ce jour, Elise proposa à la sage-femme de lui louer les services de son fils le plus âgé, Lucien, pour l'aider à de menues tâches et porter les messages à Jehan.

— Je ne dis pas non, répondit Clothilde. Mais il y a plus simple !

— Je vous écoute...

— Ben, pourquoi donc ne pas venir vous installer ici, le temps de faire le petit ?

— Chez vous ? s'exclama Elise.

L'idée était séduisante, car elle redoutait de se retrouver seule au cas où elle connaîtrait un malaise durant les derniers jours de sa grossesse. Cependant, quoique bien tenue, la maison de Clothilde semblait bien petite, encombrée qu'elle était par sa nombreuse progéniture.

— Voyons, objecta Elise, vous n'avez pas assez de place, ici ! Où m'installeriez-vous ?

— Ne vous inquiétez pas pour cela, madame Elise. J'ai une petite chambre sous l'escalier. Deux de mes filles y dorment, mais je pourrai les prendre dans la mienne.

— Vous savez... Avec ce que je vous devrai, je n'aurais plus assez d'argent pour vous payer le prix de ma pension.

— Qui parle d'argent, ma petite ? remarqua Clothilde avec un large sourire. L'argent ne vaut pas tripette, quand il n'y a plus rien à acheter ! Non... je vous tiendrai quitte du tout en échange de votre vache.

A première vue, la proposition semblait exorbitante. Or, à y regarder de plus près, cette pauvre femme ne faisait que tenter de prémunir ses enfants contre la famine annoncée. Après tout, n'était-il pas normal que l'on s'entraidât face à l'adversité ? Sans y réfléchir davantage, Elise accepta le marché et s'installa chez la sage-femme dès le lendemain. Elle apporta, en plus de la vache, une bonne partie des vivres qu'elle tenait en réserve au cellier, dans l'intention de les partager avec toute la famille de Clothilde.

Les deux seuls êtres vivants restant désormais rue des Ursulines étaient la jument Trompette et son poulain, que Lucien, fils aîné de Clothilde, irait nourrir tous les jours.

Les premières contractions réveillèrent Elise au milieu de la nuit du 18 septembre. Leur fréquence augmenta graduellement, faisant naître des vagues de douleur qui partaient des reins et irradiaient vers l'abdomen de la jeune femme. Chaque élancement lui donnait la nausée, et son front se couvrit bientôt en permanence d'une sueur froide. Malgré tout, elle tint bon jusqu'à l'aube, endurant son tourment sans la moindre plainte afin de ne pas réveiller la maisonnée.

Vers 6 heures du matin, elle n'avait toujours pas

perdu ses eaux et Clothilde, ouvrant la porte de sa chambre, la trouva sur son lit les mâchoires crispées et le visage blême.

— Oh! Mais on dirait que cette fois-ci, c'est la bonne! s'exclama-t-elle.

Aussitôt, elle sonna le branle-bas de combat. Aidée de ses enfants, elle prépara les linges et fit chauffer de l'eau en abondance.

— Pouvez-vous encore vous lever, ma petite? demanda-t-elle.

— Je pense que oui... Ne puis-je rester dans ce lit?

— Nenni, ma belle! Pour le premier enfant, il vaut mieux rester debout et marcher un peu, si possible, en attendant que le vrai travail commence. Ensuite, il faudra vous asseoir là-dessus!

Elle tira la housse qui couvrait un genre de siège percé, massif et sombre, avec des lanières de cuir brut pendant sur le dossier et les accoudoirs. L'aspect sinistre de l'instrument impressionna Elise qui, si elle n'en avait jamais vu auparavant, en connaissait l'existence. Elle savait ainsi que sa belle-sœur Béatrice, au château de Troarn, s'était assise dans ce type de fauteuil à deux reprises. Or, seules les sages-femmes avaient assisté à l'accouchement, et il n'avait été permis à personne de voir la mère avant que celle-ci n'eût regagné son lit, où elle trônait avec le nouveau-né dans les bras. Toute trace révélant la réalité matérielle de ce qui s'était joué avait été effacée. Peut-être prenait-on toutes ces précautions pour ne pas effrayer les femmes qui n'avaient encore jamais enfanté... Peine perdue car, chaque fois, les hurlements déchirants de Béatrice avaient empli le manoir. Telle était leur force, d'ailleurs, que l'on distinguait parfois à travers les portes closes les mots insensés et jusqu'aux jurons proférés par la parturiente. Plus que la souffrance elle-même, c'était cette perte de toute dignité qui faisait le plus peur à Elise !

Vers midi, les douleurs devinrent plus violentes. Clothilde installa Elise dans le siège et serra les lanières sur les poignets, les chevilles et les épaules.

Ensuite, pendant trois heures, ce ne furent que souffrance et cris retentissant dans la maison de la sage-femme. Celle-ci, habituée aux délires des femmes qu'elle assistait, ne releva pas le nom d'Adam hurlé à plusieurs reprises.

Enfin, vers le milieu de l'après-midi, une petite tête couverte de cheveux noir de jais émergea du corps d'Elise. Le reste suivit facilement.

— C'est un garçon, ma petite ! s'écria Clothilde en enveloppant l'enfant dans ses premiers langes. Il est petit, mais parfaitement constitué. Les poumons, surtout, comme vous pouvez le constater ! Dieu comme il braille fort !

Bouleversée, Elise accueillit la frêle créature sur son sein.

— Il s'appellera Thomas, eut-elle la force de dire.

Par ce prénom, elle voulait rendre secrètement hommage au duc de Clarence, qui avait aidé Adam à la faire évader.

Soutenue par Clothilde, elle retourna à son lit et s'endormit au côté de son fils, épuisée et heureuse.

**

— Où as-tu déniché ce crapaud, Flann ? demanda le mercenaire irlandais à son compatriote.

— Eh bien, j'ai soulevé une pierre, près d'une mare, voilà tout ! expliqua le fantassin en s'esclaffant.

Tous deux faisaient partie du contingent récemment envoyé en renfort pour étoffer l'armée anglaise qui, dans son ensemble, commençait à donner des signes de fatigue.

— Une drôle de bête, en vérité ! s'exclama Flann. Cela fait dix jours que je l'ai capturé, et il ne coasse guère — ni de jour ni de nuit ! Il ne sait que répéter toujours la même chose : *« Don sé keur, don sé keur ! »* As-tu une idée de ce que cela peut vouloir dire, en français ? Enfin, je le garde tout de même, il m'amuse. A moins que tu m'en donnes un bon prix... n'est-il pas joli, mon Donsékeur ?

— Qu'en ferais-je ? Peut-être pour divertir mes enfants, quand je retournerai chez nous...

Les mains attachées dans le dos et le cou passé dans une sorte de licou, Gilles faisait grise mine. Ces barbares l'avaient jeté à bas de son mulet, alors qu'il tentait de contourner le camp anglais à la recherche du pavillon royal, près duquel il espérait trouver celui de sir Adam. Depuis dix jours, il essayait en vain d'expliquer à Flann qu'il voulait qu'on le conduise auprès du chevalier, mais l'Irlandais éclatait de rire chaque fois qu'il ouvrait la bouche pour réclamer Adam Saker — ce qui lui avait valu le sobriquet dont on l'affublait !

Une bête curieuse, voilà ce que Gilles était devenu pour ces soldats. Une mascotte qu'on promenait en laisse.

— C'est vrai qu'il n'est pas très beau, admit Flann. Mais c'est un soulagement, sais-tu, de le regarder quand nous vient le mal du pays... Tu le contemples et, tout à coup, tes pensées les plus tristes s'envolent en songeant qu'il doit être plus malheureux que toi, ainsi contrefait.

— Ce que tu dis là n'est pas très charitable, répliqua l'autre Irlandais. C'est tout de même un être humain !

— Cela ! Un être humain ? s'exclama Flann avec rire moqueur. Mon pauvre Dylan, tu perds la boule ! Si Dieu avait voulu en faire un homme, il s'y serait pris autrement, crois-moi !

— J'aime autant te dire que si je te l'achète, je lui rendrai sa liberté, l'avertit Dylan.

Entre Flann et son compagnon, le marchandage allait bon train.

Gilles, qui n'en avait pas compris un traître mot, décida d'en tirer profit. Il détala à toutes jambes, traînant derrière lui la corde qui avait échappé aux mains de l'Irlandais.

— Par le diable ! jura celui-ci. Reviens ici, Donsékeur !

Le soldat, voyant son bien lui échapper au moment où il allait conclure une bonne affaire, s'élança à sa poursuite.

Gilles avait pris quelques toises d'avance, mais ses petits membres et ses entraves le désavantageaient trop pour qu'il pût espérer aller bien loin. Aussi, courut-il droit vers les tentes les plus proches, zigzaguant entre les amarres et les pieux qui tendaient les toiles. Son poursuivant criait des imprécations en se prenant les pieds dans les cordes, rebondissant sur elles au moment où il croyait mettre la main sur sa proie.

Soudain, un hurlement presque inhumain glaça le sang de Gilles qui, malgré son élan, se retourna. Il eut le temps d'apercevoir Flann au milieu d'une flaque de brouet bouillant, à côté d'une marmite renversée. En retenant un rire malveillant, il reprit sa course vers le chemin, au bout du campement, où il avait vu passer sir Adam.

Le chevalier fut surpris de voir débouler le petit homme, qui tomba presque sous les sabots de son cheval à l'instant même où il était rejoint par un mercenaire irlandais.

— Par saint George, Gilpoti !

22

— Je viens de la part de ma maîtresse, déclara Gilles, dès qu'on eut ôté la corde qui lui serrait le cou. Elle a besoin de vous, sir Adam !

Flann s'était prudemment éclipsé, voyant que son joujou, à l'évidence, connaissait le chevalier.

— Vous êtes venu de Paris ? s'étonna celui-ci. Que se passe-t-il ? Est-elle en danger ?

— Elle est en danger précisément parce qu'elle ne se trouve pas à Paris, messire ! rétorqua le nain. Elle est à Rouen depuis que nous nous sommes enfuis.

— A Rouen ! s'écria Adam. Mais je lui avais dit de m'attendre...

— ... à Paris, je sais ! J'ai fait de mon mieux pour la persuader de vous écouter, croyez-moi. Elle n'a rien voulu savoir. Elle espérait qu'ainsi vous l'oublieriez — pour votre bien ! Maintes fois, elle m'a répété qu'elle ne vous ferait pas courir le danger d'être déshonoré, banni, ou même exécuté par sa faute.

Gilles avait dit ces derniers mots comme on récite une leçon apprise par cœur.

— Alors, nous sommes allés à Rouen, poursuivit-il, où elle a retrouvé son frère...

— Son frère, répéta Adam en fronçant le sourcil.

— Tout juste, messire. Il a loué une maison pour votre épouse près de l'église de Saint-Ouen et...

— Dieu du ciel ! s'exclama Adam. Elle ne peut rester là. Rouen est assiégée ! Elle risque d'y mourir de faim ! Henri ne partira pas d'ici avant que la ville ne se soit rendue... Le sait-elle ?

Gilles hocha la tête d'un air morne.

— Elle le sait, messire. Tout le monde en ville redoute les mois à venir... J'ai insisté pour que nous partions, j'ai essayé de convaincre ma maîtresse en la raisonnant, en la menaçant... enfin, il y a des limites qu'un valet ne peut franchir ! Quand je suis parti, elle avait trop de mal à se déplacer...

— Comment cela ?

— Oui, elle était sur le point de mettre au monde votre enfant.

Les yeux d'Adam s'arrondirent, sa bouche s'ouvrit sans émettre un seul son. Puis il se détourna, l'œil furibond, saisit son casque et le jeta violemment à terre.

— Comme c'est facile ! lança-t-il d'une voix grinçante. Elle est partie à Rouen, comme elle en a toujours eu l'intention, pour rejoindre son amant. Ce misérable l'a engrossée. Et à présent qu'elle se sent en danger, elle compte sur moi...

— Maudit Anglais à la cervelle épaisse ! hurla Gilles, couvrant la voix du chevalier. Il n'y a pas d'amant, il n'y en a jamais eu ! C'est votre enfant ! Savez-vous compter jusqu'à neuf ? Sur vos doigts, du moins ? Faites-le donc, et vous verrez qu'il a été conçu avant notre fuite... Votre enfant, pauvre crétin, comprenez-vous ?

Surpris par la virulence de ces propos, sir Adam se tut. Lentement, il ramassa son casque, le pendit à sa selle et marcha droit sur Gilles, qui crut le moment arrivé de payer pour son insolence. Au lieu de cela, le chevalier le saisit par les aisselles, le souleva de terre en souriant et l'installa sur son propre cheval.

— Allons parler de cela calmement dans ma tente, Gilpoti...

— Dieu merci, la raison vous est revenue ! soupira le nain.

Harry fut tout heureux de retrouver son petit compagnon. Il ne put cependant s'attarder à discuter avec lui, car Adam lui ordonna de préparer un bain et de quoi manger pour Gilles. L'heure, de plus, était à la réflexion pratique et non aux bavardages : il fallait agir au plus vite ! Elise se trouvait dans une situation des plus critiques, et il était la seule personne au monde qui pût l'en tirer. Or, comment pouvait-il agir dans ce sens en restant de ce côté-ci des remparts ? Un instant, il envisagea de demander à Henri de l'aider, mais celui-ci n'accepterait de négocier la sortie de la jeune femme que pour la châtier sitôt en son pouvoir ! Non, il n'y avait rien à attendre de la voie diplomatique...

— Pouvez-vous m'indiquer précisément où elle demeure ? demanda-t-il. Je ne suis jamais allé à Rouen...

— Faites apporter de quoi écrire et je m'efforcerai de vous tracer un plan... Merci, sir Adam !

— Vous n'avez pas à me remercier pour un peu de nourrrriture...

— Non... Merci pour elle ! précisa Gilles en s'agenouillant pour baiser la main d'Adam, avant que ce dernier n'ait pu l'en empêcher. Merci de l'aimer encore, ajouta-t-il, les larmes aux yeux.

Adam l'obligea à se relever et avoua :

— Je n'ai jamais cessé de penser à elle.

Henri reçut Adam sur l'heure, pensant qu'il avait quelque information d'importance à lui communiquer.

— Ce n'est pas cela, Votre Majesté... Je voulais vous demander l'autorisation de me rendre moi-même dans la ville, incognito... Nous avons besoin de connaître exactement le nombre de canons dont ils disposent.

— Vous, derrière les lignes ennemies ? rétorqua le roi, surpris. Ne pouvez-vous envoyer l'un de nos agents ?

— Non... Je préfère me rendre compte par moi-même.

Le cœur battant à se rompre, Adam s'efforçait de soutenir le regard pénétrant de Henri.

— Je vous ai accordé de nouveau mon entière confiance, concernant les activités d'espionnage, Saker. Mais ce n'est pas une raison pour vous montrer aussi zélé ! Qu'avez-vous à faire de si important à Rouen que vous soyez disposé à vous risquer dans ce guêpier ?

— Votre Majesté, j'aimerais me rendre compte par moi-même de l'état de leurs troupes, de leur nombre exact et, si possible, de la quantité de vivres entreposées dans les magasins de la citadelle. Cela nous aidera considérablement à évaluer la capacité de résistance dont l'ennemi dispose encore...

C'était un mensonge d'autant plus plausible qu'Adam savait Henri fort sensible à la question du temps que durerait le siège. Nul n'ignorait que, d'un moment à l'autre, Jean sans Peur pouvait se décider à contre-attaquer. Or, s'il était pour l'instant occupé à se battre contre les Armagnacs dans les environs de la capitale, le duc de Bourgogne avait toujours tiré une grande part de sa force de son caractère imprévisible, tant pour ses alliés que pour ses ennemis.

— Déguisé en mendiant, je ne risque pas grand-chose...

— Et comment comptez-vous pénétrer dans la ville sans vous faire repérer?

— Cela, Votre Majesté, permettez-moi d'en faire mon affaire! répliqua Adam, sachant que le roi était presque convaincu.

— Oui, je vous fais confiance à ce propos...

Les beaux yeux, un peu tristes, de Henri se plissèrent en un regard suspicieux.

— Saker... Vous n'êtes plus le même depuis que cette femme, cette espionne, nous a échappé. Oubliez un instant que je porte une couronne, et dites-le-moi en toute sincérité : vous manque-t-elle à ce point que vous cherchiez la mort? Avez-vous perdu goût à la vie?

— Non, Votre Majesté. Je veux vivre et vous servir de mon mieux!

— Hum! C'est dangereux, tout de même, commenta Henri. Enfin, si votre décision est prise...

Adam, qui jubilait intérieurement, dut prendre sur lui pour ne pas laisser éclater sa joie.

— Merci, Votre Majesté! dit-il.

L'accouchement avait exténué Elise qui, malgré cela, éprouvait une plénitude extraordinaire à s'occuper de son enfant. Y avait-il au monde un bébé plus charmant que le petit Thomas ? Aux yeux émerveillés de sa mère, sûrement pas ! Il pleurait rarement et s'endormait comme un ange dès qu'il avait reçu sa tétée. Bien sûr, il se réveillait la nuit à plusieurs reprises pour réclamer son dû de lait, et Elise dormait peu. Mais les fatigues étaient récompensées par la joie simple et profonde de voir vivre ce petit être, jour après jour.

Toute la maisonnée, d'ailleurs, à commencer par les enfants de Clothilde, était aux petits soins pour le nourrisson, ce qui soulageait un tant soit peu la jeune mère. Isabelle et Blanche, en particulier, révélaient à cet égard un talent et une maturité surprenants pour des fillettes de huit et dix ans. Grâce, sans doute, à l'expérience acquise auprès de leurs frères plus jeunes, elles étaient capables de bercer Thomas et de changer ses langes aussi bien qu'Elise. Celle-ci se réjouissait d'avoir accepté la proposition de Clothilde, tant l'atmosphère qui régnait chez la sage-femme était empreinte de bonne humeur, en dépit des difficultés matérielles.

Un climat de confiance s'instaura bientôt entre elles. Par bribes, Elise apprit ainsi que son mari avait abandonné Clothilde avec ses six enfants pour s'enfuir on ne savait où avec une ribaude qui aurait pu être sa fille. Depuis trois ans, donc, elle élevait toute sa marmaille grâce aux seuls revenus de son art d'accoucheuse — ainsi que des pratiques, confidentielles, destinées à soulager certaines femmes d'une grossesse malvenue.

— N'est-il pas mignon, celui-ci ? s'écria Clothilde en passant près du berceau de Thomas. Un vrai petit homme ! Son père est-il aussi brun que lui ?

— Oui, il lui ressemble beaucoup..., répondit Elise de façon laconique.

Elle avait éludé jusqu'à présent toutes les questions de son hôtesse concernant le père du bébé, se contentant de formuler des réponses évasives. Un jour que Clothilde s'était montrée plus pressante, elle avait laissé entendre que son époux, militaire, servait en Flandre...

— Alors ce monsieur, dans la rue, qui demande à vous voir, n'est pas votre mari, conclut Clothilde. Celui-ci est plutôt blond...

— Ce doit être mon frère ! s'exclama Elise, d'un ton joyeux. Dites-lui donc d'entrer !

Le sang de la jeune femme se glaça quand elle vit, quelques secondes plus tard, le capitaine Ghurkin pénétrer dans sa chambre.

— Quel beau bébé ! s'exclama-t-il d'un ton ironique. Madame Elise, toutes mes félicitations !

— Que faites-vous ici, Ghurkin ? Veuillez sortir immédiatement !

Ghurkin ricana.

— Tout beau, ma petite ! Je suis venu saluer la naissance d'un petit compatriote. Je vous ai souvent vue passer dans la rue, enceinte jusqu'aux yeux... L'enfant est à moitié anglais, je suppose... Mais je parie que vous ne sauriez dire qui, au juste, est son père !

— Partez tout de suite. Je ne veux pas vous voir, odieux personnage !

— Laissez donc là ces amabilités, ma toute belle, et venez faire le tour de l'église en ma compagnie !

— Je n'irai nulle part avec vous ! Si mon frère apprend que vous m'importunez, il aura tôt fait de vous écorcher vif !

L'Anglais tira alors une courte dague de sa ceinture et s'approcha du berceau, sous les yeux horrifiés d'Elise.

— Comme c'est fragile, à cet âge, murmura-t-il en promenant la lame sur les langes de l'enfant. Un souffle peut les emporter...

La jeune femme s'apprêtait à pousser un hurlement de panique, quand Ghurkin se jeta sur elle et lui plaqua une main sur la bouche.

— Chut ! fit-il d'une voix menaçante. Si vous criez, j'embroche votre têtard !

Elise hocha la tête affirmativement. Elle aurait tout fait plutôt que de laisser ce monstre toucher à son bébé.

De grosses larmes coulèrent sur la main épaisse du mercenaire.

— Allons dehors ! ordonna-t-il en rengainant la dague. Et en silence, surtout ! J'ai à vous parler.

Sous l'œil méfiant de Clothide, ils sortirent et firent quelques pas dans la rue au Grain. Muette d'effroi, Elise se demandait où ce répugnant coquin voulait en venir, quoiqu'elle s'en doutât un peu...

— Combien de temps cela fait-il que vous n'êtes pas allée chez vous ? demanda-t-il en lui prenant le bras pour l'entraîner vers la rue des Ursulines. Allons vérifier que les voleurs n'ont pas emporté votre mobilier. Enfin, s'il reste le lit...

Dégoûtée par le ton plein de sous-entendus de son tourmenteur, Elise chercha à lui échapper. Ce porc lubrique n'avait donc qu'une idée en tête !

— Laissez-moi ! Je vous en prie, ne...

Elle s'interrompit soudain en voyant, au bout de la rue, la haute silhouette d'un homme en capuce, portant des vêtements lacérés et tachés de boue. Il se tenait de dos et regardait avec insistance vers les fenêtres de sa maisonnette. Elise remarqua que sa stature et sa démarche contrastaient bizarrement avec sa tenue de gueux.

— Tiens, tiens ! s'exclama Ghurkin. Qu'est-ce que je disais : ne dirait-on pas que ce rôdeur cherche à entrer chez vous ? Quelle coïncidence ! ajouta-t-il à voix basse avec un mauvais sourire. Nous allons le surprendre et lui faire passer un mauvais quart d'heure. Attendez-moi ici !

Elise, les yeux fixés sur l'homme au capuce, ne répondit pas. Comme s'il avait senti son regard, ce dernier jeta un très bref coup d'œil derrière lui. Le temps pour elle d'entrevoir des cheveux noirs et un nez aquilin.

— Adam, ne put-elle s'empêcher de murmurer, son cœur battant à tout rompre.

— Adam... ? répéta Ghurkin. Vous le connaissez ? Ne serait-ce pas le père de votre enfant qui vient vous chercher ? Adam... Sir Adam Saker ! Je gage que c'est cela, ma jolie...

Sans plus attendre, il s'élança.

A la garde ! hurla-t-il. A moi ! Un espion dans nos murs !

23.

De toute évidence, la maison était vide. Pas le moindre bruit ne filtrait et les volets étaient clos. Adam comprit qu'il ne servirait à rien de frapper encore à la porte dans l'espoir de voir Elise lui ouvrir. Où donc pouvait-elle se trouver ? Il avait pourtant scrupuleusement suivi les indications figurant sur le plan que Gilles avait tracé pour lui permettre de retrouver la demeure de la jeune femme. C'était là l'endroit décrit, sans aucun doute ! Ce petit banc de pierre était celui où elle s'était sûrement assise pour offrir son visage aux rayons du soleil, comme elle aimait tant le faire...

Un hennissement se fit entendre, tout proche, et Adam crut reconnaître celui de la jument Trompette. Un instant, il pensa forcer la serrure. Mais, outre que celle-ci avait l'air solide, il renonça pour ne pas risquer d'attirer l'attention.

Que faire, à présent ? Comme il serait rageant d'être parvenu jusque-là pour rien !

Pénétrer incognito dans la ville assiégée n'avait pas été une mince affaire. En effet, à l'aide d'un grappin, il avait dû escalader le mur d'enceinte à la faveur de la nuit, redoutant à chaque seconde qu'une sentinelle l'aperçût et lui décochât une flèche, sans la moindre sommation. Du reste, alors qu'il se trouvait à mi-hauteur de la muraille, les pieds dans le vide, des éclats de voix venant des créneaux l'avaient obligé à rester plusieurs minutes immobile, les mains crispées sur la corde, en attendant la fin de ce qui devait être la relève de la garde sur le chemin de ronde. Par chance, personne n'avait vu le petit grappin à trois branches fiché dans la pierre, et il avait pu finir d'escalader le rempart, les bras tremblant de l'effort fourni.

Il avait ensuite attendu la fin du couvre-feu caché dans une maison en ruine, près de la porte ouest, guettant les patrouilles qui sillonnaient la ville en tous sens. Ce n'est qu'aux premières heures du jour qu'il s'était mis en quête.

Vêtu d'un pourpoint à capuce de couleur grise et de chausses lacérées, il s'était glissé comme une ombre dans les rues de la ville encore endormie, butant parfois sur les corps de mendiants qui dormaient sous les auvents des voies les moins passantes. Guidé par le clocher de Saint-Ouen, il était enfin arrivé dans le quartier où Elise était censée habiter, non sans effectuer de nombreux détours afin d'éviter les carrefours où certains commerçants dressaient déjà des tréteaux faiblement garnis.

La rue des Ursulines était presque déserte au moment où il était arrivé, après s'être quelque peu égaré dans le labyrinthe des venelles alentour.

Soudain, des pas résonnèrent derrière lui. Il jeta un bref coup d'œil et entrevit, à cent pas de lui, dans la rue encore sombre, les silhouettes d'un homme et d'une femme, qui marchaient dans sa direction.

Etait-ce Elise, à côté de ce soldat ?

290

Il feignit de poursuivre son chemin vers l'autre extrémité de la rue, à pas lents, sans oser se retourner, espérant reconnaître la voix de celle qu'il était venu chercher, lorsqu'elle serait assez près.

« Un espion ! »

Ce mot résonna comme un tocsin à l'oreille d'Adam. Sans perdre une seconde, il s'élança jusqu'au croisement, poursuivi par les vociférations du soldat. Cet homme avait-il réellement l'accent anglais, ou était-ce une illusion ?

— A la garde ! Arrêtez-le !

Comment diable l'avait-il repéré ? Son déguisement était celui d'un pauvre hère comme il en avait croisé des dizaines dans les rues de Rouen. L'homme courait à présent derrière lui. Regardant par-dessus son épaule sans ralentir sa course, Adam parvint à distinguer les traits de son poursuivant. Ce visage ne lui était pas inconnu, cependant il n'aurait su dire où il l'avait vu...

Or, fi des conjectures ! Il ne fallait maintenant penser qu'à fuir, le plus vite possible, pour se tirer du piège sinistre que constituait ce labyrinthe de rues inconnues !

Arrivé au premier croisement, Adam n'hésita pas à s'engager à gauche, dans la ruelle la plus étroite.

Il se sentait confiant, malgré le danger. Il ne doutait pas de semer facilement l'homme à ses trousses, dont la corpulence expliquait qu'il fût déjà essoufflé. Haletant, il ne parvenait même plus à crier pour rameuter la garde.

— Halte là ! cria alors une voix, depuis une rue adjacente.

Adam vit tout à coup, sur sa droite, trois hommes en armes se précipiter vers lui à toutes jambes. L'alerte avait été entendue ! Dans un effort accru, il allongea sa foulée et tenta de les désorienter en changeant de direction à chaque carrefour, au risque de heurter quelque obstacle ou, pire, de tomber nez à nez avec une autre patrouille.

A présent, son seul espoir était de leur faire lâcher prise et de se terrer quelque part. Il pourrait ensuite attendre la nuit close pour tirer le grappin de sa cachette et sortir de Rouen comme il était entré.

Comme il tournait le coin d'une rue, il ne put éviter la collision avec un vieillard chenu. Ce dernier fut projeté brutalement sur le pavé, sans grand mal toutefois, à en juger par les vigoureuses invectives qu'il hurla à son encontre. Adam n'eut guère le temps de s'excuser auprès de l'ancêtre car, guidés par les cris, ses poursuivants accouraient déjà. Par chance, ils s'arrêtèrent un instant pour porter secours au vieil homme, ce qui permit au chevalier de reprendre sa course éperdue avec une légère avance.

L'effort devenait de plus en plus éprouvant. Ses poumons étaient douloureux et son cœur battait à tout rompre. Soudain, au sortir d'un détour, il s'aperçut qu'il s'était engagé dans une impasse. Peste ! Impossible de rebrousser chemin... C'eût été se précipiter dans les bras des soldats !

Entre deux hauts murs, la rue se finissait en un angle fermé par la tour massive d'un colombier.

Adam, priant pour qu'aucun témoin ne le vît faire, escalada l'un des murs et se trouva bientôt à hauteur d'une étroite fenêtre encombrée de pigeons qui, effrayés, s'envolèrent à son approche. Sans hésiter, il se glissa alors par l'ouverture et s'agrippa au rebord tandis que ses pieds cherchaient une prise sur la paroi

intérieure de la bâtisse. Que fallait-il faire à présent ?
Se laisser tomber sur le sol et chercher à ouvrir la
porte ?

Non, car celle-ci donnait dans l'impasse, où retentis-
saient les voix des gardes...

— Tu es sûr qu'il est passé par ici ?

— Certain ! Nous l'aurions vu s'il avait pris l'autre
rue.

— Alors, il ne doit pas être loin : il n'y a pas
d'issue !

— Il s'est peut-être réfugié là-dedans...

Prenant appui sur les niches tapissées de fiente, au
milieu du vol apeuré des oiseaux, Adam se hissa
jusqu'à la charpente soutenant le toit circulaire du
colombier, à huit toises de hauteur.

En bas, les ferrures de la porte craquaient déjà sous
les coups d'épaule des gardes.

Ayant atteint le niveau des tuiles, pendu par les
mains, il se rétablit en balançant les jambes puis
s'allongea sur les poutres maîtresses, larges à peine de
vingt pouces et formant une croix. Si bien que, pour se
dissimuler le mieux possible, il dut placer sa tête à leur
intersection et tendre les bras de part et d'autre.

La porte céda enfin sous les coups de boutoir des
soldats, et Adam retint son souffle, immobile, dans la
position du Christ crucifié.

Un pigeon, moins farouche ou plus désorienté que
les autres, vint se poser sur la poutre, près de sa main
droite, en roucoulant stupidement.

— Comment veux-tu qu'il soit entré là-dedans ? se
récria l'un des gardes en pénétrant dans la tourelle.

— J'en sais rien... Il faut bien fouiller les environs...

— En tout cas, il n'y a personne ici, même les
pigeons sont partis !

— Non, regarde ! Regarde là-haut !

Adam ferma les yeux et pria avec ferveur.

Subitement, une flèche siffla à son oreille et vint frapper le pauvre pigeon, qui alla s'écraser sur le sol avec un son mat.

— Tu n'avais pas envie d'améliorer l'ordinaire ? s'exclama l'un des gardes d'un ton hilare. Allons vite le plumer, j'ai une faim de loup !

La porte se ferma sur la pénombre du colombier, et Adam n'osa respirer de nouveau que lorsqu'il entendit les soldats s'éloigner en riant.

— Il vaudrait mieux que vous retourniez chez vous, ma petite, déclara Clothilde d'un air embarrassé. Ce n'est pas que j'ai cru tout ce qu'il a dit sur vous mais... Vous savez ce que c'est : les voisins ont entendu, et je risque d'en faire les frais si vous restez ici !

— Je comprends, répondit Elise. Et je ne vous blâme pas, car j'ai passé des jours heureux chez vous...

— Merci, ma petite. Mais pourquoi ce capitaine... comment s'appelle-t-il, au fait ? Ghurkin, oui ! Pourquoi vous en veut-il autant ? Pourquoi donc est-il venu hurler devant ma porte que vous étiez la putain d'un Anglais, la mère d'un bâtard et la complice de l'ennemi ? Cela lui va bien... lui qui est anglais !

— Certains hommes ne supportent pas qu'une femme se refuse, souligna Elise avec un soupir.

En fait, furieux qu'Adam lui eût échappé, Ghurkin était retourné chez Clothilde où elle s'était réfugiée. Il avait frappé à coups redoublés, mais la porte était restée close, ce qui avait eu pour effet de décupler la colère du soudard. Il s'était alors mis à crier des invectives depuis la rue, alarmant tout le voisinage et prenant les passants à témoin des méfaits dont il accusait la jeune femme.

Dès lors, malgré la passivité prudente des gens alentour, Elise sut que sa relative tranquillité était compromise. En effet, le scandale provoqué par Ghurkin ne manquerait pas d'éveiller d'abord les ragots, puis les soupçons, et la haine ensuite. Or, dans une ville assiégée, presque affamée, les nerfs étaient à vif et les esprits prompts à s'enflammer. Dans ces conditions, elle courait le risque d'être désignée comme bouc émissaire à la moindre occasion... et malheur à tous ceux qui oseraient prendre sa défense !

— J'y suis ! s'exclama Adam. Son nom est William Ghurkin. Je savais que ce visage ne m'était pas inconnu... Quelle malchance que d'être tombé sur la seule personne à Rouen susceptible de me reconnaître !

— Si j'ai bonne mémoire, il a servi chez nous, avant de passer à l'ennemi, confirma le duc de Clarence en tendant une coupe de vin au chevalier. Allez, buvez donc cela ! Vous avez grand besoin de vous remettre de vos émotions...

Sa physionomie prit un air goguenard.

— Dire que vous devez la vie, en somme, à un pigeon !

— N'est-ce pas sous cette forme que certains vitraux représentent le Saint-Esprit ? remarqua Adam d'un ton plaisant.

— Un colombe, plutôt, corrigea le duc en riant. Ne blasphémez pas !

— Loin de moi cette idée. Cela risquerait de

déplaire à notre très chrétien souverain et j'ai peur, déjà, qu'il n'ait guère apprécié mon initiative. D'autant que j'ai dû lui cacher la raison véritable de mon incursion...

— En effet, j'ai remarqué son air désapprobateur, ce matin, lorsqu'il a entendu votre rapport. Outre le fait que vous avez failli vous faire capturer, vous n'avez guère apporté d'informations justifiant une telle témérité... Nul doute qu'il vous interdira de tenter de nouveau votre chance. Le jeu, pour lui, n'en vaut pas la chandelle !

— J'en suis conscient, Votre Grâce. Comment lui avouer que je suis allé à Rouen pour y chercher Elise, en réalité, quand elle a été accusée d'espionnage ? Où donc se trouve-t-elle, par saint George ? Est-ce bien elle que j'ai aperçue, juste avant de m'enfuir ?

Adam n'avait pas eu le temps de s'en assurer, hélas ! et se perdait en conjectures quant au sort de la jeune femme. Les seuls renseignements dont il avait pu disposer étaient ceux que lui avait fournis Gilpoti, et ils n'étaient plus valables...

— Elle est peut-être à Paris, en ce moment ! hasarda le duc. C'est une femme pleine de ressources, et il se peut fort bien qu'elle ait réussi à quitter Rouen.

— Je n'en suis pas convaincu. Tout est possible... y compris qu'elle soit morte en couches !

Adam, songeur, se servit une autre coupe de vin. Non, ce n'était pas possible ! Quelque chose, en lui, lui assurait qu'elle était toujours vivante. Si un tel malheur lui était arrivé, il l'aurait déjà ressenti au tréfonds de son être.

24.

A la fin de l'automne, la population de Rouen était affamée. Le fruit tant convoité par les Anglais était assez mûr, et il ne faisait pas de doute qu'il tomberait à leurs mains avant la fin de l'hiver.

La stratégie de Henri se révélait efficace. Malgré les protestations des plus belliqueux barons, qui la trouvaient par trop prudente, il avait patiemment attendu que la ville manquât de vivres, sans se risquer à donner l'assaut une seule fois. Ses troupes s'étaient contentées de repousser les sorties des défenseurs — des sorties de plus en plus fréquentes, signe que les Rouennais étaient à bout de forces.

Toutefois, au cours de tentatives désespérées pour briser le siège, il arrivait que les Français capturassent quelques ennemis, lesquels étaient aussitôt pendus aux créneaux de la citadelle ou cousus dans des sacs et jetés vifs à la Seine.

— Maudits Français ! pesta Henri en contemplant, impuissant, le macabre spectacle des hommes que l'on précipitait dans le vide, une corde au cou. Puisse l'Eternel vous vouer aux flammes de l'enfer ! ajouta-t-il entre ses dents serrées.

Sur les remparts, un bourreau impitoyable poursuivait son sinistre travail avec un sens consommé de la cruauté. En effet, avant de leur passer la corde au cou, il prenait le temps de torturer les condamnés en leur appliquant des fers rouges sur les parties les plus sensibles du corps.

Leurs cris déchiraient le cœur d'Adam, qui se tenait, silencieux, au côté de son roi.

— Votre Majesté, intervint-il, je connais l'homme qui s'acharne ainsi sur ces malheureux, et j'ai le regret de vous dire qu'il s'agit d'un anglais. C'est William Ghurkin, celui-là même qui m'a poursuivi dans les rues de Rouen !

— L'ignoble traître ! s'indigna Henri. Veillez à ce que ce coquin soit capturé vivant, lorsque nous entrerons dans la ville !

— Autorisez-moi à y retourner, et je vous assure qu'il cessera de nuire sans retard...

— Saker, pourquoi cette idée fixe ? Non, vous n'y retournerez pas avant la capitulation ! Telle est ma volonté !

— Bien, Votre Majesté...

Un nouveau cri de douleur jaillit de la bouche d'un supplicié, auquel Ghurkin venait d'arracher la langue avec des tenailles.

Impulsivement, au mépris de toute prudence, Henri s'avança vers les remparts. Adam et le duc de Clarence, alarmés, s'élancèrent aussitôt à sa suite pour le dissuader de se placer à portée des arbalètes ennemies, mais le roi poursuivit son chemin, sourd à leurs supplices.

— Bourreau ! cria-t-il quand sa voix put atteindre les créneaux. Qui que tu sois, je te somme de cesser immédiatement ces cruautés !

— Ah! ah! Le roi lui-même se déplace pour me parler! ironisa Ghurkin. C'est trop d'honneur! Qu'y a-t-il, Henri? Tu as besoin d'un bourreau? Mon tour de main t'a plu?

— Prends garde. Lorsque nous aurons mis la main sur toi, ton supplice sera exemplaire!

— Viens donc me chercher, Henri! répliqua le mercenaire en ricanant. Allons approche... Oh! mais je vois près de toi le lièvre couard que j'ai pourchassé hier dans les rues de Rouen... Pas trop essoufflé par ta course, Adam Saker? Tu étais venu chercher Elise, ta putain?

Adam sentit dans son dos le regard du roi.

— Ne la cherche plus, elle est morte! reprit Ghurkin avec un ricanement atroce.

— Tu mens, chien!

— Elle est morte, te dis-je. Morte de la vérole qu'elle a passée à toute la garnison!

— Venez, Saker! dit le duc de Clarence en s'approchant de lui. Vous faites trop d'honneur à ce porc en lui adressant la parole. Eloignons-nous, Votre Majesté, leurs arbalètes sont pointées sur nous! Partons!

Il n'avait pas fini de parler qu'une flèche vint en effet se ficher aux pieds du roi. Ce dernier jeta un regard chargé de mépris vers les murailles grises de Rouen et leur tourna le dos.

— Saker, vous viendrez me voir avant le repas de midi! ordonna-t-il d'une voix neutre mais pleine de menaces.

— Oh! comme je suis contente de te voir, Jehan! s'exclama Elise en ouvrant la porte à son frère.

Elle posa sur la table le grand couteau de cuisine qu'elle portait désormais en permanence, passé dans sa ceinture, bien décidée à s'en servir si Ghurkin venait encore la menacer...

— Tu arrives au bon moment, grand frère! Je viens juste de faire un ragoût avec ce qui restait de viande.

Faute de foin, la vache avait fini par ne plus donner de lait, et Clothilde avait dû se résoudre à l'abattre. La sage-femme en avait envoyé quelques morceaux à Elise, en cachette, de peur que le voisinage ne lui tînt rigueur de sa générosité envers celle qui n'était guère en odeur de sainteté depuis les accusations proférées par Ghurkin.

Jehan jeta un coup d'œil dans la marmite, où nageaient quelques maigres lambeaux de carne. Avec un soupir, il hocha la tête. A la lueur de l'unique chandelle, son visage était d'une maigreur cadavérique.

— C'est la fin, murmura-t-il d'un ton las. La garnison et la population entière meurent de faim, et j'ai peur que le duc de Bourgogne ne puisse venir nous secourir...

— N'avait-il pourtant pas annoncé le mois dernier qu'il enverrait une armée au mois de novembre?

— Hélas, aux dernières nouvelles, Jean sans Peur est à Pontoise, trop occupé à se défendre des Armagnacs... Il a demandé à Bouteiller, notre commandant, de tenir jusqu'à Noël...

— Nous ne pourrons jamais! s'exclama Elise, les larmes aux yeux. Il ne reste plus une bête vivante à Rouen! J'ai dû laisser tuer ma jument Trompette!

300

Puis son poulain ! Il n'y a plus de chiens ni de chats dans les rues de la ville, et seuls les riches peuvent aujourd'hui se permettre d'acheter du rat... Les pauvres, quant à eux, font des soupes avec des feuilles mortes et des cancrelats !

— Je le sais, petite sœur... Tout à l'heure, une gamine qui n'avait pas treize ans a voulu s'offrir à moi contre un morceau de pain. Quelle pitié ! Pour me convaincre, elle a juré qu'elle était vierge... Juré sur l'âme de sa mère, morte la semaine passée !

Ils restèrent un moment en silence, accablés.

— Mange donc le ragoût, avant qu'il ne refroidisse, Jehan.

— Non, Elise, tu en as davantage besoin. Il faut que tu allaites ton petit !

— Dieu merci, Thomas se porte bien ! Je lui ai donné le sein, et il s'est endormi juste avant que tu n'arrives. Mange donc, grand benêt... tu es devenu aussi maigre que ton arbalète ! Vois, ajouta Elise en emplissant deux écuelles, nous partagerons... comme des frères !

Elise, qui sentait bien que le moral de Jehan était au plus bas, faisait des efforts pour égayer un peu leur chiche repas. Mais le cœur n'y était pas... Ses pensées étaient occupées par la perspective du moment où elle devrait aller se placer sous la protection d'Adam pour sauver la vie de son enfant, avec toutes les conséquences que cet acte entraînerait. Enfin, que lui importait à présent que le roi la fît pendre ! La vie de Thomas était sa seule préoccupation. Rester à Rouen, c'était mourir à coup sûr, de la faim, ou des maladies qui commençaient à se propager à partir des charniers encombrés de cadavres.

Jehan avala le contenu de son écuelle en un clin d'œil et sourit à sa sœur, reconnaissant.

— J'ai entendu dire que l'on avait entrepris de déloger les gens qui résident à Rouen depuis moins d'un an, murmura Elise. C'est mon cas, n'est-ce pas ?

— Tu n'as rien à craindre, la rassura Jehan. Je t'ai déjà expliqué que tu ne peux être expulsée, car mon statut de capitaine te protège.

— J'espère que le roi Henri se montre du moins miséricordieux à l'égard de ces bouches inutiles, comme certains les nomment... Ces malheureux que l'on bannit de la ville tels des pestiférés !

— Miséricordieux ? C'est beaucoup dire ! Je les ai vus depuis les remparts, et je t'assure que leur sort n'est guère enviable. Ils sont environ dix mille, réfugiés dans les fossés de la ville, gardés par des soldats anglais qui les repoussent à coups de pique quand ils essayent d'en sortir !

— Pourquoi donc ? s'écria Elise, horrifiée.

— Je suppose qu'ils veulent éviter ainsi que des espions ne s'infiltrent dans leurs rangs, que des messagers secrets ne parviennent à passer leurs lignes par ce biais... ou encore pour que cette lamentable vision atteigne le moral des défenseurs.

Dans la pièce attenante, le nourrisson se réveilla et emplit la maison de ses cris perçants. Elise se précipita vers lui et revint dans la cuisine, son enfant dans les bras, tâchant de le calmer.

— Regarde, mon chéri..., susurra-t-elle tendrement. Ton oncle Jehan est venu te voir. Tu ne vas pas pleurer devant lui, tout de même ?

— Oh ! le beau neveu que j'ai là ! s'exclama

Jehan. Laisse-moi donc le bercer un peu, je réussirai peut-être à l'endormir...

— Cela m'étonnerait. Quand il pleure ainsi, c'est qu'il a encore faim !

Durant toute la semaine suivante, Jehan ne put rendre visite à Elise, qui passa ses journées cloîtrée chez elle avec son enfant. De toutes les façons, il ne servait à rien de s'aventurer en quête de nourriture dans les rues devenues hostiles, quand seuls les plus fortunés pouvaient y trouver, à des prix exorbitants, quelques produits de qualité plus que douteuse.

Résignée, Elise partagea en sept poignées égales la petite mesure de fèves qu'elle avait eu la chance de découvrir, oubliée, au fond d'une huche. De quoi tenir sept jours encore... Passé ce délai, elle devrait prendre une décision d'importance.

Le jeudi, à la tombée de la nuit, alors qu'elle allaitait son enfant, elle sursauta en entendant trois coups impérieux frappés à l'huis. Elle posa Thomas dans son berceau, rajusta son corsage et se leva pour ouvrir en espérant que ce fût Jehan.

— Qui est là ? s'enquit-elle, la main posée sur la lourde traverse de bois qui renforçait la porte.

— Ouvre donc, ma toute belle !

La jeune femme crut défaillir en reconnaissant la voix abhorrée de Ghurkin.

— Partez, je vous en prie ! s'écria-t-elle. Laissez-moi en paix !

— N'ayez crainte, je suis venu pour me faire pardonner, insista le mercenaire d'une voix doucereuse. J'ai un petit cadeau pour vous...

— Gardez vos cadeaux et partez immédiatement. Ou j'appelle la garde !

— Soyez donc raisonnable, lady Elise... Regardez au moins ce que je vous ai apporté.

— Pour rien au monde je n'ouvrirai cette porte ! Renoncez, sinon je hurle ! menaça de nouveau Elise.

— Bien, bien... En ce cas, montez à l'étage et regardez le beau présent que je veux vous faire.

Elise monta l'escalier, après s'être munie d'un seau empli de braises qu'elle comptait bien jeter sur la tête du ruffian s'il ne se résignait pas à partir sur-le-champ.

— Que me voulez-vous, Ghurkin ? demanda-t-elle en ouvrant la fenêtre.

Avisant le récipient fumant tenu à bout de bras par la jeune femme, le mercenaire recula d'un pas.

— Tout beau, ma belle ! Mes intentions sont pacifiques...

Il ouvrit alors une besace de toile grise pour en extraire un superbe faisan, dont les plumes chatoyantes enchantaient le regard et suggéraient le festin. A la seule vue de cette pièce de gibier, Elise sentit son estomac vide se contracter douloureusement. L'impression fut si forte qu'elle en laissa choir le seau.

— Qu'en dites-vous ? commenta Ghurkin. N'est-il pas appétissant ? L'imaginez-vous tournant sur la broche ? Fumant, doré, embaumant votre cuisine... Comme il serait doux de le déguster ensemble...

— Co... comment avez-vous réussi à..., bafouilla Elise, incapable de détacher son regard du plumage mordoré.

— Aucune importance... J'ai mes réseaux. Je peux m'en procurer autant que je veux. Si vous êtes gentille avec moi, j'irai même jusqu'à vous offrir du lait pour votre rejeton. Allons, ouvrez et festoyons !

La vision de la nourriture avait réussi à brouiller l'entendement d'Elise, qui caressa même, l'espace d'un instant, l'idée de céder à ce monstre.

Heureusement, un haut-le-cœur salutaire la tira de cette sordide rêverie.

— Mangez-le tout seul, et puissiez-vous en crever ! lui lança-t-elle en se ressaisissant. Allez au diable, Ghurkin, une bonne fois pour toutes !

— Attention, Elise, c'est votre dernière chance ! répliqua le mercenaire d'un ton inquiétant. Si je pars, ce sera pour aller trouver la prévôté, afin que ces messieurs vous fassent jeter hors de nos murs !

— Faites ce que bon vous semble, mais... hors de ma vue ! s'écria Elise en claquant les volets.

25.

— Sir Adam ! Mon Dieu ! s'écria Gilles, le visage congestionné par la fureur. Harry m'a rapporté ce qui est arrivé, et ce que ce coquin de Ghurkin vous a dit... C'est faux, tout est faux !

Par mesure de prudence, Gilles se tenait confiné dans la tente depuis plusieurs semaines. En effet, Adam lui avait recommandé de ne pas se montrer, de peur que sa présence n'éveillât les soupçons du roi. A présent, éprouvés par l'isolement, les nerfs du valet étaient à vif, surtout depuis qu'il avait appris par l'écuyer les propos tenus par Ghurkin au sujet d'Elise.

— Je ne l'ai pas cru un seul instant, Gilpoti ! le rassura-t-il. Mais ne criez pas aussi fort, de grâce...

Adam venait de comparaître en une pénible audience face à son souverain, et ses oreilles bour-donnaient encore des propos acerbes qu'il avait essuyés. Il avait eu beau se défendre de savoir quoi que ce fût au sujet d'Elise, Henri avait eu beaucoup de mal à le croire. Toutefois, malgré la maladresse de ses dénégations, aucune sanction n'avait été prise grâce à l'intervention lénifiante de Thomas, qui avait volé au secours de son vassal en fâcheuse posture.

Adam avait le sentiment justifié d'avoir échappé de fort peu aux conséquences de la colère royale...

— Ghurkin est un porc immonde ! poursuivit Gilles en baissant la voix. Il a essayé à plusieurs reprises d'obtenir les faveurs de Mme Elise, par les moyens les plus répugnants, mais elle n'a pas cédé. Il veut se venger d'elle, je vous l'assure !

— Calmez-vous ! Je vous répète que je n'ai pas accordé la moindre foi à ses calomnies. De même, je suis certain qu'elle est bien vivante. Seulement, je ne sais où elle se trouve...

— Etes-vous sûr d'avoir trouvé la bonne maison, sir Adam ?

— Il y a peu de chance que je me sois trompé, hélas ! J'ai suivi vos instructions à la lettre en m'aidant de votre plan. Je m'en souviens parfaitement : suivre la troisième ruelle à droite en partant de l'église de Saint-Ouen, tourner dans la rue au Grain, puis à gauche...

— Avez-vous vu la maison aux lions sculptés, juste en face, dans la même rue ? l'interrompit Gilles.

— Trois têtes de lion sur les colombages du premier étage, chacun sous une fenêtre, c'est cela ?

— Oui... Pas de doute, confirma Gilles d'un air abattu. Par le ciel, que lui est-il arrivé pour qu'elle soit partie ! Elle était peut-être sortie un moment ?

— Je n'ai pas eu le temps de l'attendre, comme vous le savez !

Adam omit de confier au valet qu'il avait cru voir la jeune femme, pour ne pas lui donner de fausses espérances. Il le savait assez affecté comme cela.

— Cessons de nous tourmenter, Gilpoti, lui conseilla-t-il. Cela ne sert à rien. Elle a probablement réussi à sortir de la ville, grâce à son frère. Peut-être même se trouve-t-elle à Paris, en ce moment. Du moins, je l'espère...

Deux jours après la visite de Ghurkin, Elise fut réveillée par des coups frappés à sa porte. Elle se leva, les yeux encore embrumés de sommeil, et passa une couverture sur ses épaules pour aller voir qui la demandait. Avant qu'elle n'atteignît l'entrée, Thomas commença à pleurer. Elle revint alors sur ses pas et le berça tendrement.

Quelle heure était-il, au juste ? Etait-ce le matin ou l'après-midi ? Sa notion du temps devenait de plus en plus floue, car son rythme de vie s'était à présent étroitement ajusté à celui de son fils. En outre, elle avait réduit son activité au strict nécessaire, dormant presque autant que lui afin d'économiser les maigres forces qu'il lui restait.

— Madame, ouvrez ! s'impatienta une voix inconnue.

Ce n'était ni son frère ni — Dieu merci ! — l'affreux Ghurkin.

— Oui, j'arrive ! cria-t-elle depuis la chambre. Qui est là ?

— Nous sommes envoyés par la prévôté de Rouen !

Ainsi, Ghurkin avait mis sa menace à exécution... Elise comprit que son destin était scellé et qu'elle allait donc sans doute rejoindre les autres bannis dans la fosse. Elle pensait que son frère, comme il le lui avait assuré, empêcherait qu'on la jetât hors de la ville et que les menaces du mercenaire demeureraient vaines. Or, apparemment, ce soudard avait eu gain de cause auprès des notables. S'il en était autrement, que pouvait donc lui vouloir la prévôté ?

Vêtue de sa seule couverture, elle ouvrit la porte et découvrit, confirmant ses craintes, une demi-douzaine de soldats portant des hallebardes, accompagnés d'un homme en habit noir.

Sur le mur, en face, un rayon de soleil matinal jouait sur la façade aux lions sculptés.

— Madame Elise de Troarn ? s'enquit l'homme aux habits de deuil en déroulant un parchemin.

— Oui, c'est bien moi, répondit Elise, sachant qu'il valait mieux taire que, devant Dieu, son nom de famille était en réalité Saker.

— La ville ne pouvant nourrir toutes les bouches, nous sommes contraints de vous mener hors des murs, déclara le clerc. Je regrette, madame... Veuillez rassembler vos effets et nous suivre sur-le-champ, je vous prie.

— Mon frère est capitaine des arbalétriers, tenta-t-elle d'argumenter. Et j'ai un enfant en bas âge...

— L'ordre est formel, madame...

— L'enfant est un bâtard, fruit de ses débauches ! lança la voix mauvaise de Ghurkin.

Elise aperçut alors le mercenaire, à vingt pas de là. Appuyé contre une façade, il avait l'air de savourer la scène qu'il avait suscitée.

Devant tant de cynisme, une bouffée de haine monta au visage d'Elise. Elle s'apprêtait à lui crier quelque injure quand elle entendit la voix de son frère, qui accourait à la rescousse. Il avait dû avoir vent au dernier moment de ce qui se tramait contre Elise et quitter précipitamment la citadelle, car il portait encore son arbalète en bandoulière.

— Halte là ! lança-t-il en arrivant, essoufflé par sa course. Cette femme est ma sœur.

— C'est avant tout une putain vendue à l'ennemi, répliqua Ghurkin. Ne te mêle pas de ça, Jehan Jourdain, il pourrait t'en cuire. Bouteiller ne peut pas te sentir !

— Vous ne pouvez vous opposer à la décision de la prévôté, intervint le clerc.

— Ghurkin ! s'écria Jehan. Je t'aurais prévenu ! Tu vas aller trouver les prévôts tout de suite pour retirer tes calomnies et tu vas laisser ma sœur en paix. Sinon, crois-moi, je te ferai ravaler tes injures !

Elise trembla en voyant la lueur meurtrière qui brillait sous les paupières de son frère.

— Je t'en prie, Jehan, ne te compromets pas de la sorte, le supplia-t-elle. Laisse ces gens m'emmener. Je saurai bien m'en sortir !

Le mercenaire ricana.

— Bien sûr ! lança-t-il à l'adresse de Jehan. Ta sœur s'en sortira en allant trouver son maquereau, le chien du roi Henri. Ou en vendant son corps aux gueux contre des trognons de choux... Allons, sergents, envoyez cette ribaude se faire pendre ailleurs !

Effarée, Elise vit son frère épauler l'arbalète sous le regard incrédule de Ghurkin. L'arme ne tremblait pas, et elle comprit qu'il ne s'agissait plus d'une simple menace.

— Non ! cria-t-elle, prise de panique.

Les gardes tentèrent de s'interposer, mais la flèche jaillit et alla s'enfoncer dans l'œil du mercenaire, traversant son crâne de part en part. Il tituba un instant en râlant avant de s'effondrer, pendant qu'un ruisseau de sang jaillissait de son orbite et coulait par saccades sur son visage. Une fois à terre, ses membres eurent quelques brefs soubresauts avant de s'immobiliser.

Sur l'ordre du clerc, les sergents bondirent et se saisirent de Jehan, qui ne tenta même pas de se débattre.

— Mon Dieu, Jehan, qu'as-tu fait! s'exclama Elise, la voix noyée de sanglots.

— Je l'avais prévenu, dit-il d'une voix blanche. Elise! Sois courageuse, prends-soin de ton fils, ajouta-t-il en souriant de la façon la plus tendre qui fût.

Son regard semblait dire : « Tu vois, petite sœur, on m'emmène les mains liées, mais il faut garder l'espoir. Je serai peut-être pendu demain, peut-être plus tard... En tout cas, je ne regrette pas d'avoir débarrassé la terre de cette bête nuisible. Toi, il faut que tu vives, pour Thomas d'abord, et aussi pour l'Anglais qui t'attend. Je n'avais que toi au monde et je suis content de t'avoir retrouvée, même si le temps a été trop court. Va, Elise! Sors de la ville et lutte, ne serait-ce qu'en souvenir de moi! »

Tenu en respect par quatre hallebardes, Jehan se laissa désarmer et lier les mains dans le dos, avant de s'éloigner en direction de la citadelle, poussé par les sergents.

26.

Elise, dans un demi-sommeil, se blottit contre Adam et remonta la couverture, douce et chaude, sur ses épaules, bien décidée à profiter encore du matelas moelleux sur lequel elle était couchée. A quoi bon se lever, lorsqu'on est si bien? Thomas était à côté, dans un joli berceau, dormant à poings fermés, rêvant sans doute... Quels pouvaient être les rêves d'un bébé? Un mélange de visions familières, avec la voix de sa mère et l'odeur du lait tiède? Tout à l'heure, il se réveillerait et elle le prendrait dans ses bras pour lui donner sa tétée, après quoi il s'endormirait doucement en suçant son pouce...

A ce moment précis, une rafale de pluie glacée fouetta le visage d'Elise, la tirant brutalement de sa torpeur. Elle se rendit compte, hélas, qu'elle se trouvait encore dans ce maudit fossé plein de boue et de flaques d'eau glacée, en compagnie des vieillards, des femmes et des enfants qui avaient été conduits hors des murs pour prolonger la résistance. Certains étaient là depuis plus de deux semaines, à manger les herbes gelées qui affleuraient çà et là. Beaucoup étaient morts de faim ou de maladie, et leurs corps jonchaient le sol, souvent presque nus, car les survivants se disputaient âprement leurs vêtements pour lutter contre le froid de l'hiver.

Elise avait été expulsée de la ville huit jours auparavant, le 24 décembre. Le jour de la Nativité, par chance, les Anglais leur avaient jeté quelque nourriture, pour la première fois, provoquant la ruée pathétique des milliers d'affamés. Elle avait réussi à se saisir d'une miche de pain qu'elle avait ensuite dévorée en cachette, de peur que d'autres ne s'en emparassent par la force. Au moment où les soldats s'étaient approchés du fossé, elle avait bien tenté de leur crier qu'elle était l'épouse de sir Adam, sans succès...

Plus tard, elle avait pensé que c'était peut-être une bonne chose que d'avoir eu affaire à des hommes sourds à toutes les supplications ! En effet, si la nouvelle de sa présence dans le fossé était parvenue au roi, celui-ci aurait pu décider de la faire discrètement exécuter, avant qu'Adam n'intervînt... Du reste, il aurait pu aussi ne jamais l'apprendre !

L'on mourait beaucoup, dans cet enfer, et on y naissait aussi... Ainsi, depuis qu'elle était arrivée, Elise avait vu plusieurs femmes accoucher dans la boue du fossé. Chaque fois qu'une naissance était signalée par les sentinelles, un prêtre anglais se déplaçait pour baptiser l'enfant. Ce dernier était hissé sur le bord de la tranchée, enveloppé dans ses langes, puis renvoyé dans la fange, auprès de sa mère, après une courte cérémonie. Elise se demandait s'il était d'un quelconque secours de savoir son enfant baptisé, quand il était certain qu'il mourrait de faim dans les jours prochains.

Sous la couverture doublée de vair dont elle s'enveloppait en permanence, Thomas s'agita. Elle en rabattit un pan et palpa la poitrine du nourrisson. Grâce à Dieu, la vie battait encore dans son petit corps, quoique son pouls lui semblât à la fois plus faible et plus rapide. Découvrant un sein, elle essaya de le faire téter. Miraculeusement, son lait ne s'était pas tari. Mais l'enfant, trop épuisé, ne parvint à avaler que quelques gouttes avant de se remettre à pleurer.

Alors, une sorte de langueur s'empara d'Elise, qui dut s'asseoir à même le sol détrempé pour ne pas défaillir. Dans cette position, elle sentit qu'un engourdissement général prenait possession de son corps. La sensation était presque agréable, car cette torpeur rendait moins vive la morsure du froid. Elise, cependant, savait qu'il ne fallait pas y succomber. Car ce n'était pas le sommeil qui la guettait, mais la mort !

Un vieillard en guenilles s'approcha de la forme humaine qu'il avait repérée, allongée au beau milieu du bourbier. En jetant des regards furtifs alentour, il s'accroupit et entreprit de dégager le corps inerte de la couverture qui l'enveloppait, dans l'intention de la voler. Il eut un haut-le-corps en apercevant soudain un deuxième cadavre dans un replis de tissu : celui, minuscule, d'un nouveau-né !

Il se signa et s'éloigna, renonçant à son larcin.

Si le vieillard, dans sa tentative de vol, n'avait pas découvert la chevelure cuivrée d'Elise à cet instant précis, nul doute que Gilles n'aurait perçu qu'une forme anonyme gisant dans le fossé, comme tant d'autres. Le nain marchait sur le bord de la tranchée, à la recherche de sa maîtresse, quand son regard fut attiré par la tache de couleur que faisaient les cheveux roux sur la boue noire du sol.

— Harry, viens vite par ici ! cria-t-il à l'écuyer qui l'accompagnait. Non, cours plutôt chercher sir Adam ! Non ! Viens avec moi !

Ils s'élancèrent en courant dans la direction indiquée par Gilles.

Arrivés près d'Elise, ils s'agenouillèrent pour scruter le visage grisâtre de la femme.

— Mon Dieu, ils ont l'air plus morts que vifs ! s'exclama Harry en soulevant légèrement l'enfant. Non, le bébé respire... Mais que fera-t-il sans sa mère ?

— Tais-toi, grand crétin ! lui lança Gilles. Son pouls bat encore ! Tâchons de les porter jusqu'à la tente.

Adam se tenait près du roi quand celui-ci reçut l'ambassade des Rouennais venus négocier leur reddition. Seize hommes des trois ordres, bourgeois, nobles et clergé, se présentèrent vêtus d'habits de deuil devant Henri, bien décidés à obtenir une capitulation honorable. Les pourparlers tournaient mal, car le souverain se montrait intransigeant et n'admettait pas la moindre condition qui ne fût fixée par lui-même.

La discussion entre les deux partis s'envenimait, menaçant de tourner court, quand Adam aperçut son écuyer qui lui faisait des signes. Au visage radieux de Harry, il devina qu'il avait une bonne nouvelle à lui apprendre et, impatient, se retira sur la pointe des pieds.

— Qu'y a-t-il, Harry? s'enquit-il, le cœur battant à tout rompre. Des nouvelles d'Elise?

— Oui, sir Adam, nous l'avons trouvée... avec l'enfant! Ils sont dans la tente. Attendez!

Adam, déjà, s'était élancé.

— Attendez! Je dois vous dire qu'ils ne sont pas conscients, et en piteux état... Nous les avons tirés du fossé, à demi morts de froid.

— Mais vit-elle? Respire-t-elle? demanda Adam en secouant l'épaule de son écuyer.

— Oui, très faiblement... Tous deux sont vivants.

Adam courait vers la tente.

— Sir Adam, vous rendez-vous compte? s'écria Harry en essayant de le rattraper. Vous êtes père! C'est un garçon!

Adam resta pendant de longues minutes agenouillé près d'Elise sans dire un mot. De grosses larmes coulaient sur les joues du chevalier tandis qu'il contemplait le visage émacié de son épouse, caressant sa peau devenue pâle comme de l'albâtre, presque transparente. Les bras, naguère potelés, semblaient à présent capables de se briser entre les doigts d'un enfant.

Quant à la petite créature qui se trouvait à son côté, elle était loin d'avoir le teint rose et le visage poupin communs aux nourrissons! Et c'était bien son fils! Ses cheveux d'un noir intense ne laissaient aucun doute quant à sa paternité.

317

— Oh, Gilpoti ! lança-t-il à l'adresse du nain, la voix noyée de pleurs. Ne les avons-nous retrouvés que pour être témoins de leur agonie ?

Gilles cessa un instant d'attiser le brasier qu'il alimentait de grosses bûches, au centre de la tente.

— Sir Adam, c'est à vous, maintenant, de garder la foi. Ils se réveilleront quand leur corps sera réchauffé, je pense... Puis-je me permettre de vous suggérer une méthode des plus efficaces ?

Après avoir écouté les conseils de Gilles, Adam se déshabilla entièrement.

« Je suis morte, pensa Elise. J'espère que je n'irai pas en enfer... Pas dans la boue. Seigneur, faites que je ne me réveille pas dans la boue, avec cette maudite pluie glacée tombant sur nous... ! »

Pour le moment, elle se sentait bien au chaud et au sec, et cette présence... ce contact ? C'était celui d'une peau, tiède et nue contre son dos !

« C'est ainsi que nous nous endormions, Adam et moi, en ces temps — si lointains ! — où nous étions à Falaise... »

Elle se laissa glisser dans un profond sommeil, songeant confusément que si de tels rêves y étaient fréquents, l'enfer était un endroit plutôt agréable...

Lorsqu'elle s'éveilla de nouveau, des voix d'hommes emplissaient l'espace autour d'elle, pleines de fureur.

27.

— Cette femme a été convaincue d'espionnage, la chose a été établie ! Sans compter la tentative de régicide dont elle est soupçonnée. Ces deux faits vous semblent-ils à ce point insignifiants que vous osiez nous suggérer de la pardonner ? Vous voudriez que nous la laissions aller comme si de rien n'était ? Je crois que vous déraisonnez, Saker !

La réponse véhémente d'Adam parvint à percer la brume épaisse qui brouillait le cerveau d'Elise. La voix du chevalier éveilla son entendement encore englué dans un profond sommeil dont elle émergeait très lentement...

Ainsi, la colère du roi l'avait enfin rattrapée... Elle était en son pouvoir... Adam aussi allait payer pour elle ! Elle essaya d'intervenir avant qu'il ne se compromette définitivement. En vain. Son corps, hélas, n'obéissait pas à ses ordres !

Henri de Lancastre, roi d'Angleterre, debout dans sa robe d'hermine, était impressionnant de majesté. Sa voix, vibrante de fureur, résonnait de terribles échos, et ses yeux noisette jetaient des éclairs propres à glacer d'effroi tous ceux qui osaient lui tenir tête.

Tous tremblaient de peur dans de semblables circonstances, mais pas sir Adam Saker. Le fait qu'on pût ne fût-ce qu'envisager de punir la femme qui gisait sur le lit de camp, dans un état critique, lui faisait perdre toute notion de diplomatie.

— Ne pensez-vous pas qu'elle a suffisamment payé, Votre Majesté ? Regardez-la ! Depuis que votre armée a mis le siège devant Rouen, elle a souffert de la famine, elle en est presque morte — ainsi que mon fils, un enfant encore à la mamelle ! C'est Coulet qui nous a trahis, pas elle ! Elle a refusé de vous tuer, alors qu'elle aurait pu le faire... N'oubliez pas cela !

Henri avait pénétré dans la tente quelques instants auparavant. Sans doute avait-il remarqué l'absence d'Adam, et son sourire lorsque celui-ci avait quitté l'assemblée. Intrigué, le souverain était venu le trouver dès que les négociations avaient pris fin. A présent, placé entre Elise et le roi, le chevalier lui faisait face.

— Quel type de renseignement a-t-elle fait parvenir à l'ennemi ? poursuivit Adam, sans se rendre compte de la façon tonitruante dont il s'adressait à Henri. Des peccadilles ! Elle avait déjà informé Coulet de sa volonté de ne plus espionner pour le compte de Jean sans Peur, quand celui-ci a essayé de la forcer à vous tuer. Pensez-y, Votre Majesté ! Est-il vraisemblable qu'elle aurait tenté de vous tuer, quand elle avait déjà renoncé à espionner ? Ses méfaits vous ont-il empêché en quelque manière de prendre Rouen ? Les défenseurs viennent d'entamer les pourparlers concernant la reddition et vous savez que, dans quelques jours, les clés de la ville vous seront remises. La route de Paris et du trône de France vous est désormais ouverte, et vous parlez de punir cette malheureuse femme? Votre Majesté, je vous demande de gracier mon épouse, la mère de mon enfant, à l'occasion de cette glorieuse victoire!

« C'en est fait de toi, Adam! songea Elise. Mon amour, tu as brûlé tes vaisseaux! Qui élèvera notre enfant si jamais Henri te fait emprisonner pour trahison? Moi, je m'attendais à ce sort, mais j'espérais que tu resterais en liberté pour t'occuper de Thomas... »

— Votre audace confine à la folie, Saker! affirma le roi d'un ton menaçant.

Les yeux noirs du chevalier rencontrèrent ceux, plus clairs, du souverain et y demeurèrent rivés, sans ciller une seule fois.

« Je dois dire quelque chose, pensa encore Elise. Détourner la colère de Henri. »

La bouche d'Elise s'ouvrit pour parler, mais aucun mot ne parvint à franchir ses lèvres. D'énormes rochers semblaient peser sur ses paupières...

Au prix d'un effort titanesque, elle réussit à bouger faiblement un bras... En vain car, à l'évidence, personne ne s'en aperçut.

— Lorsque je vous ai sauvé la vie sous les murs de Louviers, reprit Adam, vous m'avez offert un domaine, toute une sénéchaussée, Votre Majesté. J'ai alors refusé cette faveur, car j'estimais n'avoir accompli que mon devoir... Aujourd'hui, j'accepte une récompense sous la forme d'un pardon pour Elise!

« Non! Il ne... doit pas demander cela! voulut-elle dire, sans y parvenir. C'est beaucoup trop, Adam... »

En même temps, elle dut s'avouer combien ce sacrifice la touchait. »

Henri et Adam sursautèrent en entendant la voix d'Elise. Une voix que le chevalier pensait ne plus jamais ouïr.

— Elle se réveille ? demanda le souverain.

— Je ne sais pas... Elle doit délirer, lui répondit Adam, qui n'osait plus espérer quoi que ce fût.

Cependant, il s'agenouilla près du lit, incapable de détacher les yeux du visage d'Elise. Hormis les faibles battements de son cœur, c'était le premier signe de vie qu'elle donnait depuis qu'on l'avait trouvée.

— J'aurais pu vous octroyer un domaine auprès duquel celui de votre frère aurait paru être une métairie, déclara Henri, ainsi qu'un titre qui en fût digne.

Adam secoua la tête.

— Que sont les terres et les titres, à côté d'une femme qui m'a donné un fils et qui a lutté jusqu'au bout pour le sauver de la mort ?

— En ce cas, gardez votre épouse ! céda Henri.

Son regard, empreint de découragement, alla d'Elise au chevalier. Il semblait dire : « Vous venez d'échanger un domaine et un titre enviables contre une femme mourante et un enfant chétif qui ne vaut guère mieux... »

— Je vous envoie tout de suite mon médecin, maître Kamal, et un prêtre, ajouta-t-il, l'air pensif.

— Merci, Votre Majesté ! Je...

Adam s'interrompit soudain, car Elise venait de bouger.

Elise battit des cils, et ses yeux s'ouvrirent enfin. La lumière de la chandelle lui sembla plus forte que celle du soleil à son zénith.

Après quelques secondes, quand sa vue fut moins trouble, elle vit, à quelques pouces du sien, le visage d'Adam. Adam, dont les yeux noirs étaient baignés de larmes. Elle se sentit de nouveau éblouie, mais cette fois par l'amour qu'elle vit briller dans son regard.

— Adam...

— Ne dis rien, mon amour. C'est déjà beaucoup que tu aies ouvert les yeux...

Avec mille précautions, il passa un bras autour de ses épaules et posa la joue sur son front. Elle sentit alors le contact humide des larmes qui roulèrent jusqu'à son cou, sans savoir s'il s'agissait des siennes ou de celles d'Adam.

Ce fut à cet instant précis que Thomas décida de se réveiller en criant sa faim et sa surprise de voir un visage étranger si près de lui.

— Il a votre voix, Saker, dit Henri d'une voix émue, au grand étonnement d'Adam qui avait oublié sa présence.

Le roi revint le lendemain, en compagnie de son frère, le duc de Clarence, pour vérifier que la lingère Rose Watson avait bien pris son service auprès du fils Saker. En effet, Rose avait été désignée par Henri pour servir de nourrice à la place d'Elise, en attendant que cette dernière eût repris assez de forces pour continuer d'allaiter.

Lorsqu'ils arrivèrent, l'enfant tétait avidement le

sein de la lingère, qui elle-même était mère depuis deux mois, tandis qu'Adam faisait manger le contenu d'une écuelle de potage à Elise à l'aide d'une cuillère de bois.

Le cocasse de la scène fit sourire Henri. Il ne s'était jamais douté qu'un chevalier du royaume fût capable d'un comportement aussi maternel !

— Vous feriez une excellente gouvernante, Saker ! plaisanta le roi. Nous n'oublierons pas cette facette de vos talents si la raison d'Etat doit un jour y faire appel...

Au sourire qui éclairait le visage du souverain, Adam comprit que la remarque n'avait rien de malveillant, et il en fut rassuré. Il posa la cuillère et l'écuelle pour saluer Henri comme il se devait, mais le monarque l'en dissuada.

— Elle a davantage besoin d'être nourrie que nous-mêmes de recevoir vos révérences... Poursuivez donc votre tâche ! Nous ne sommes venus que pour nous assurer que Rose était en place.

— Nous vous en sommes reconnaissants, Votre Majesté, dit Elise, dans un anglais hésitant.

— Oui, Votre Majesté, nous vous en remercions, renchérit Adam.

Au vrai, le prétexte de cette visite lui semblait quelque peu futile... Il devait y avoir d'autres raisons !

— Je suis heureux de vous voir en sécurité, lady Elise, déclara le duc de Clarence en s'avançant vers elle. Hum ! Je suis aussi venu vous voir à propos d'une rumeur...

— Une rumeur ? s'étonna la jeune femme tandis qu'Adam plaçait un coussin sous son dos.

— Oui... Je voulais vous demander : est-ce coïncidence si votre fils porte le même prénom que moi ?

Le duc s'approcha de la nourrice pour voir l'enfant de plus près.

— Un bien beau bébé, madame, en vérité ! Mes félicitations à tous les deux !

Incidemment, Adam remarqua que le regard de son suzerain s'attardait davantage sur la poitrine de la nourrice que sur le petit Thomas...

— Oui, Votre Grâce, c'est en votre honneur que je l'ai ainsi nommé, lui confirma Elise. Et pour vous remercier de votre aide !

Adam craignit un instant que ces propos n'éveillassent quelque méfiance dans l'esprit du roi, lequel ignorait toujours le rôle que son frère avait tenu lors de l'évasion d'Elise. Heureusement, Henri ne parut guère avoir relevé quoi que ce fût d'étrange...

— Nous nous réjouissons de constater votre meilleure santé, ainsi que celle de l'enfant, lady Elise, déclara-t-il.

Nulle trace de rancœur ne subsistait dans ses yeux.

— Nous avons réfléchi, la nuit dernière, commença Henri. Et nous avons pris quelques décisions vous concernant, vous et votre époux.

Adam prit la main d'Elise, sachant que leur sort pouvait se décider là.

— Nous avons été touchés par l'amour que sir Adam Saker semble vous porter, et par le noble geste qui lui a fait renoncer aux biens que je lui offrais en échange de votre liberté... Aussi, avons-nous résolu qu'il n'était pas juste qu'un guerrier tel que lui, brave entre les braves, fût dépouillé de terres dont il a amplement gagné le droit de jouir! Sir Adam, tout le duché de Normandie fera bientôt partie de notre couronne, comme de juste...

« Lorsqu'un homme désire quelque chose à ce point, pensa Elise, il finit par croire à ses propres mensonges. »

— ... et les domaines abandonnés par ceux qui ont refusé de nous prêter allégeance sont nombreux. Je vous fais donc maître du comté du Lessay, dans le Cotentin!

— Votre Majesté, c'est... c'est trop d'honneur! balbutia Adam, rouge de confusion.

Le roi sourit, certainement amusé par l'étonnement qu'il pouvait lire dans les yeux du chevalier. Celui-ci était ébahi par la faveur qu'on lui accordait.

— Votre Majesté, Votre Grâce, Adam, excusez-moi..., intervint Elise. Je voudrais parler!

Tous les regards, intrigués, se tournèrent vers elle.

Le cœur d'Elise battait à tout rompre. Car ce qu'elle avait à dire était délicat, dans cette situation.

— Je vous en prie, parlez, lady Elise, l'encouragea Henri.

— Hum... Eh bien, ta volonté sera la mienne, Adam, commença-t-elle en observant le visage déconcerté du chevalier, mais je tiens d'abord à te faire part de mon opinion, avant que tu n'acceptes l'honneur qui t'est fait par Sa Majesté. Ensuite, libre à toi d'obéir ou de refuser... Or, à mon avis, il vaudrait mieux que tu refuses!

— Quoi? Refuser un riche comté normand et un titre? s'étonna le duc de Clarence.

Les traits du roi demeurèrent impassibles.

— Pourquoi, ma bien-aimée? s'enquit Adam.

— Je... je sais que tu l'accepterais pour me faire plaisir, tenant compte du fait que je suis française et que j'aimerais mieux rester sur le sol de mon pays... Adam, je préférerais que tu possèdes le plus petit fief d'Angleterre, plutôt que tout le duché de Normandie !

Elle jeta un coup d'œil au roi. Constatant que celui-ci conservait un visage indéchiffrable, elle se tourna de nouveau vers Adam, qui l'incita à poursuivre.

— J'ai connu la guerre dans toute son horreur, et je n'aspire qu'à la paix, expliqua-t-elle. Sa Majesté poursuivra sans doute sa conquête du pays — à juste titre, peut-être... Mais je sais que la France, hélas, ne connaîtra pas la paix avant longtemps, car les Bourguignons et les Armagnacs ne rendront pas facilement les armes et continueront de se disputer le pouvoir, et à vous le disputer, Votre Majesté... Dans ces conditions, Adam, je préférerais me savoir en sécurité dans une simple chambre en Angleterre, plutôt que de rester dans un pays où je me sentirais toujours menacée par l'imminence d'un conflit.

Elise baissa les yeux, aussitôt le dernier mot prononcé, par crainte des réactions qu'elle pourrait lire sur les visages des hommes qui l'entouraient.

— Bien parlé, madame ! approuva le duc de Clarence, sans le moindre accent de cynisme, contrairement à ses habitudes.

— Je suis de ton avis, Elise, acquiesça Adam.

Tous se tournèrent alors vers le roi, à qui la décision finale incombait.

— Vous menez les négociations d'une main de maître, lady Saker ! s'exclama-t-il. Bien... Nous avons reçu aujourd'hui même la triste nouvelle de la mort de sir Reginald, comte de Rothley. Il a, nous dit-on, quitté ce monde sans laisser d'autre héritier qu'une sœur, nonne cloîtrée, qui préfère finir ses jours dans la paix du couvent plutôt que prendre les rênes du comté. Saker, vous voici donc comte de Rothley! Cela vous agrée-t-il, lady Elise? ajouta Henri d'un ton ironique.

— Oh! oui, Votre Majesté! Si cela convient aussi à mon époux...

— Sir Adam?

— Votre Majesté, je ne sais comment vous remercier, bredouilla Adam. Votre générosité dépasse mes plus folles espérances... J'accepte, bien sûr!

— A une condition, cependant, précisa Henri. Dès que Rouen se sera rendue, la chose ne fait plus aucun doute, je vous conseille, sir Adam, de regagner l'Angleterre avec votre épouse dès que sa santé lui permettra de voyager, pour la présenter à votre famille et prendre ensuite possession de votre nouveau fief. Dans un an environ, je vous demanderai de revenir en France avec Elise, car ma future épouse, Catherine de Valois, apprécierait grandement d'avoir pour première dame de compagnie une femme parlant la même langue qu'elle... Y voyez-vous un inconvénient, lady Saker... pardon, lady Rothley!

Une espionne française promue au service personnel de la reine! songea Elise en réprimant un sourire. C'était tout bonnement incroyable...

— Je m'acquitterai de cette tâche du mieux que je le pourrai, répondit-elle. C'est un grand honneur que vous me faites... Il y a juste une chose que je voudrais encore demander à Votre Majesté. Ne me jugez pas opportuniste pour autant... Voici : les malheureux qui se trouvent toujours dans le fossé, je vous en supplie, faites quelque chose pour eux...

Le roi pâlit en écoutant la requête. Sa conscience avait déjà dû le tourmenter à ce sujet.

— Madame, dit-il, si nous vous avions employée depuis le début comme ambassadrice, nul doute qu'à l'heure actuelle, la guerre serait finie... Il en sera fait selon votre désir... Autre chose, peut-être, pour vous faire plaisir ? ajouta-t-il non sans ironie.

— Oui, Votre Majesté...

Henri haussa les sourcils, Adam fronça les siens, et le duc de Clarence éclata de rire devant une telle audace.

— Mon frère, Jehan Jourdain, est prisonnier, dans la citadelle, pour m'avoir défendue, expliqua Elise, la voix soudain enrouée par l'émotion, et il sera peut-être pendu si nul n'intervient...

— Qu'a-t-il fait de si grave pour vous défendre, madame ? s'enquit Henri.

— Il a tué le capitaine Ghurkin, Votre Majesté. Jehan n'est pas un assassin, je vous prie de me croire. Il ne mérite pas d'être pendu !

— Ghurkin ! s'exclama Adam. Il a tué ce criminel ! Votre Majesté, il s'agit de ce bourreau qui...

— Oui, oui, je me souviens très bien, acquiesça Henri. Comment oublier cet infâme coquin ? Je ne regrette qu'une chose : c'est de ne plus pouvoir me repaître du supplice que je lui avais promis... Madame, votre frère mérite une haute récompense ! Je m'en occupe dès maintenant, et sachez que je lui proposerai un poste de capitaine dans l'armée royale !

— Oh, merci ! s'exclama Elise. Merci de tout cœur, Votre Majesté !

— A présent, partons, mon cher frère, dit le roi au duc de Clarence. Si nous restons, j'ai peur que nous ne devions marchander jusqu'à ma couronne !

28.

Le 13 janvier, après quatre jours et quatre nuits de tractations, il fut convenu que la ville de Rouen serait rendue le 19 janvier, qu'elle paierait une rançon de trois cent mille écus d'or, et que les habitants se reconnaîtraient sujets liges du roi d'Angleterre.

A la date prévue, assis sur un trône et vêtu de drap d'or, Henri reçut les clés de la ville. Le soir même, les troupes anglaises l'occupèrent, et le roi fit son entrée triomphale par la porte de Caux, chevauchant un coursier brun et portant le pectoral d'or des Lancastre.

Dans la ville conquise, le souverain convoqua la noblesse normande pour demander à chacun le serment de fidélité. S'ils furent nombreux à refuser et à perdre leurs biens, beaucoup durent se soumettre et porter la croix de saint George sur leurs vêtements, en signe de sujétion à la couronne d'Angleterre.

Une monnaie fut frappée, portant l'inscription « Henricus rex Franciae ».

Au même moment, à l'autre bout de la France, une petite fille de sept ans, prénommée Jeanne, regardait les moutons que l'on enfermait pour la nuit dans une bergerie de Domrémy.

Elise sourit à son enfant qui dormait paisiblement dans son berceau en suçant son pouce. D'un doigt, elle caressa la joue de Thomas, redevenue rose et douce, en murmurant une prière pour remercier l'Eternel d'avoir permis que son fils fût sauvé. Il était encore un peu trop chétif pour son âge, mais il avait grandi et forci à une vitesse extraordinaire, pendant ces deux dernières semaines.

La nouvelle comtesse de Rothley se demanda si Adam serait bientôt de retour au couvent des Chartreux, où ils étaient logés à présent. Il était parti depuis le matin pour assister à la reddition officielle, et elle attendait son retour avec impatience, espérant le voir rentrer en compagnie de son Jehan, enfin délivré.

Le retour de son frère n'était pas le seul motif d'impatience de la jeune femme.

Elle alla chercher un peigne en corne et entreprit de démêler ses cheveux avec soin devant un miroir. Près d'elle, sa robe couleur d'émeraude attendait qu'elle la revêtît. Adam comprendrait-il à ce signe qu'elle se sentait prête à reprendre les étreintes dont ils avaient été privés depuis plus d'un an...

Sachant qu'elle était trop faible pour répondre à son désir, Adam avait eu la délicatesse de ne rien lui demander pendant deux semaines, se contentant de la soigner durant le jour et de se coucher contre elle, la nuit, pour la réchauffer. Néanmoins, elle avait lu l'envie dans ses yeux tandis qu'il la complimentait à propos des couleurs et de l'éclat recouvrés de son teint et de ses cheveux. Elle savait qu'il attendait le jour où elle serait en mesure de répondre à ses tendres sollicitations.

Ce soir, il ne serait pas déçu !

Soudain, elle entendit un bruit de pas approcher. Incapable de contenir son excitation, elle se précipita hors de la chambre.

— Jehan ! s'écria-t-elle en se jetant dans les bras de son frère. Quel bonheur de te revoir sain et sauf !

Henri avait entrepris les démarches nécessaires de toute urgence pour sauver Jehan de la pendaison, à laquelle ce dernier avait été condamné, et n'avait obtenu sa grâce qu'après de longues discussions menées par Adam lui-même.

Elise avait raconté à son époux la façon odieuse dont Ghurkin s'était comporté à son égard, depuis les premières avances, grossières, jusqu'aux menaces qu'il avait fini par mettre à exécution, en passant par la dague brandie contre le petit corps de Thomas. Le chevalier l'avait écoutée en pestant à chaque épisode, regrettant à voix haute de n'avoir pu de sa propre main punir celui qui l'avait poursuivi dans les rues de Rouen, et par la faute de qui il avait failli se faire prendre...

— J'ai bien cru ne jamais te revoir, petite sœur ! dit Jehan en serrant Elise contre son cœur.

— Comme tu es maigre, mon frère ! s'exclamat-elle en le regardant de la tête aux pieds.

— Ni les soldats ni les habitants n'avaient plus rien à manger. Quant aux prisonniers, tu peux imaginer ! Dans mon cachot, je ne suis pas mort de faim grâce aux nombreuses araignées qui en tapissaient les murs... Je les ai mangées, l'une après l'autre.

Elise et Adam ne purent réprimer une moue horrifiée.

— Oui, poursuivit Jehan. Et je dois dire que, sur le moment, je les ai trouvées succulentes ! Les derniers jours, j'ai même mangé leurs toiles !

— Oh ! mon pauvre petit frère... Viens donc t'asseoir à table. Je n'ai pas prévu d'araignées au dîner... mais j'espère tout de même que tu lui feras honneur !

— N'en doute pas un seul instant !

Pendant le repas, Jehan annonça à sa sœur qu'il avait accepté la proposition du roi, qui désirait lui confier le commandement d'une unité de cinq cents arbalétriers.

— J'y ai réfléchi et, outre que ma situation est compromise auprès de Jean sans Peur, je pense que rester au service de la France condamne à se voir ballotté entre les factions qui se déchirent depuis tant d'années — sans que nous puissions entrevoir l'ombre d'une réconciliation... Je crois que ce n'est pas trahir que de servir un roi qui en est vraiment un !

— Henri n'est pas un mauvais homme, commenta Adam. Je le connais depuis longtemps : il est colérique, parfois imprévisible et retors, mais toujours respectueux de sa parole. Je comprends vos scrupules, Jehan. Moi-même, je ne sais pas s'il a raison de revendiquer le trône de France... Cependant votre choix est le bon, à mon avis, et je suis heureux de pouvoir compter sur vous pour défendre la cause des Français quand l'occasion s'en présentera... Ainsi, à nous deux, nous empêcherons peut-être que soient de nouveau commises les atrocités dont les populations françaises ont souffert, et que j'ai toujours réprouvées !

— Je suis fier de vous avoir pour beau-frère, déclara Jehan en posant sa robuste main sur l'épaule d'Adam. Nous avons chacun choisi le métier des armes, qui est un rude métier. Or, à présent, cela fait dix ans que je sers, et mes vues sur la question ne sont plus les mêmes que lorsque j'étais un jeune homme.

— Pour ma part, lança Adam en couvant Elise d'un regard tendre, l'âge n'a pas apporté que des désillusions. Toutefois, je vous comprends... A présent, nous devons œuvrer pour ne plus être les simples jouets des puissants ! La guerre existera tant que les hommes penseront que la possession d'un titre ou d'un domaine sont les choses les plus désirables au monde. A présent, j'ai acquis la certitude que ces choses ne sont rien lorsqu'il vous manque l'essentiel... Et j'ai trouvé l'essentiel auprès de ta sœur.

— Adam, tu me fais rougir ! protesta Elise.

— Il a raison ! reprit Jehan. Je me suis rendu compte à quel point j'étais seul avant de la revoir. Je l'aime, comme une sœur, bien sûr, car c'est elle qui par son affection m'a ouvert les yeux sur ce que signifie l'amour du prochain, plus que tous les sermons des prêtres ! Adam, nous servons à présent le même maître, bien que vous soyez comte et que je sois roturier... Aussi, faisons le serment de toujours refuser de tuer le moindre innocent, quitte à désobéir aux ordres que nous recevrons !

Les deux hommes se levèrent et entrechoquèrent leurs gobelets.

— Je le jure ! déclara Adam.

— Nous voici vraiment frères d'armes, maintenant, dit Jehan en lui donnant l'accolade.

Elise, muette d'émotion, les serra tous deux dans ses bras.

Elle se sentait si petite, si fragile dans ses bras...

Adam l'avait tendrement enlacée dès que Jehan était sorti pour gagner son lit, exténué et repu.

— Comme j'aime te voir porter cette robe, lui chuchota-t-il à l'oreille. Sa couleur et... si près du corps ! Elle te fait ressembler aux douces collines de mon Sussex natal, quand le soleil brille après la pluie.

— Elle ne t'a pas toujours autant plu ! rappela Elise d'un air mutin. Si je m'en souviens bien, je portais la même le soir de nos noces, et tu as refusé de l'enlever entièrement...

— Je l'ai fait en rêve, par la suite, et de nombreuses fois !

— Vraiment ? Et comment t'y prenais-tu, dans tes songes ? Avec plus d'adresse que dans la réalité, j'espère !

— Moi, maladroit ? Tu n'as pas toujours affirmé cela, si ma mémoire est aussi bonne que la tienne... Et je vais te le prouver !

Adam se plaça derrière Elise et commença de lui délacer sa robe. A sa respiration un peu saccadée, elle sentit à quel point il avait envie d'elle, et elle ferma les yeux en soupirant d'aise. Ses mains, pourtant rudes et familières des armes, défirent sans peine les premiers lacets. En revanche, les derniers fermoirs, près des reins d'Elise, furent un écueil infranchissable pour lui, sans doute rendu gauche par son impatience croissante.

— Eh bien, messire Rothley, murmura Elise d'un ton moqueur, dois-je faire appeler ma dame d'atour pour vous aider ?

Il ne répondit que par un grognement contrarié avant qu'Elise, charitable, ne défît elle-même le dernier obstacle. Adam fit alors glisser le vêtement sur ses épaules, et le corps féminin parut dans toute sa splendeur, à la lumière des chandelles. Les seins avaient repris tout leur volume et leur fermeté, encore accrus par le lait dont ils étaient gorgés. Ils étaient à ce point ronds et appétissants qu'Adam ne put résister à leur appel muet et les baisa avec dévotion.

— Un père peut-il être jaloux de son fils, dans certaines circonstances ? demanda-t-il d'un ton malicieux.

— En aucun cas ! Thomas ne s'intéresse qu'à leur contenu...

Adam se laissa tomber à genoux devant elle, enserra sa taille et déposa des baisers brûlants sur ses hanches, autour du nombril, sur le sillon de la croupe insolente, puis sur ses cuisses qu'il mordilla en descendant jusqu'au creux du genou.

— Oh... tu m'affoles ! balbutia Elise, frissonnante de désir.

Elle s'agenouilla à son tour et, le saisissant par la nuque, embrassa Adam avec une fougue irrépressible. Ils restèrent ainsi un moment, l'un en face de l'autre, les lèvres d'Elise tour à tour conquérantes et suppliantes, puis se couchèrent dans un baiser plus torride encore et roulèrent sur la robe verte, leurs jambes entrelacées, la poitrine de la jeune femme palpitant contre le torse d'Adam.

Celui-ci murmura des mots tendres et dénués de sens, qui enflammèrent l'esprit d'Elise. Quand il goûta de la pointe de la langue le lobe d'une oreille et s'aventura dans la coquille délicate, translucide comme l'aile d'un papillon, elle se sentit défaillir, le corps parcouru d'étincelles fulgurantes.

Adam se leva, alors, et se défit à la hâte de sa tunique et de ses chausses sous le regard languissant d'Elise. Elle admira son ventre plat et gracieusement bosselé de muscles, ses jambes robustes aux attaches étonnamment fines et ses épaules sculptées dans le granite. Son visage aussi, si fier, si énergique, et son regard mystérieux, lui inspiraient une passion capiteuse.

Il se coucha face à elle, cuisse contre cuisse, et passa une main dans la somptueuse chevelure acajou, avant de la poser sur la toison de même teinte qui rougeoyait à l'aine d'Elise. Elle s'offrit alors sans pudeur aux doigts qui la fouillaient avec une lenteur calculée et haleta bientôt sous l'effleurement, dont le rythme semblait s'ajuster aux moindres inflexions de son désir.

N'y tenant plus, elle se saisit de la virilité du chevalier et lui rendit sa caresse, aussi lente et savante que l'autre. Le souffle court, ne pouvant plus supporter ces préliminaires, elle se coucha sur le dos, prête à recevoir en elle la chair qui palpitait dans le creux de sa paume.

— Prends-moi tout de suite, chuchota-t-elle entre deux gémissements. Je t'en conjure !

Pour lui obéir, Adam se plaça entre les jambes d'Elise, qui enserrèrent aussitôt sa taille, l'attirant impérieusement vers elle.

Plus tard, Adam souleva du sol le corps d'Elise, tout ensommeillée, pour la porter sur le lit. Elle se laissa faire, souriant de satisfaction, prête à se laisser totalement gagner par l'agréable lassitude née de leur longue étreinte, tandis qu'Adam s'allongeait près d'elle, les yeux mi-clos.

— Tu es encore bien maigre, remarqua-t-il. On voit tes côtes...

— Tu ne me trouves pas appétissante? rétorqua-t-elle, faussement offusquée. Avais-tu l'impression de serrer un fantôme dans tes bras, tout à l'heure?

— Non, bien sûr... Mais il faut que tu prennes encore du poids. Il te faut de bon repas, trois fois par jour! Sitôt que nous aurons gagné l'Angleterre, je prendrai à notre service le vieux cuisinier de la famille. Il n'a pas son pareil pour préparer des plats à s'en pourlécher les doigts!

— Eh bien! s'exclama Elise en riant. Il s'agirait donc du seul Anglais au monde capable de cuisiner convenablement!

— Si la sienne ne te convient pas, tu pourras toujours lui donner des leçons de cuisine française...

La jeune femme, soudain, recouvrit son sérieux.

— Et ta famille, Adam, comment penses-tu qu'elle m'accueillera? lui demanda-t-elle. Je me suis souvent posé la question, sais-tu? Les Saker verront-ils d'un bon œil qu'un de leur membres soit marié à une étrangère?

— Ne te fais aucun souci à ce propos, Elise. Mes sœurs seront ravies de te connaître, et je crois que tu aimeras tout particulièrement Amicia... elle est si douce, si généreuse avec tous!

— Et ton frère, le comte? Crois-tu qu'il ne te jalousera pas d'avoir acquis un titre et un fief plus grand que le sien?

— Non... John a tous les défauts, il est vantard, coureur et porté sur la boisson, mais il n'est guère envieux! Quant à son épouse, c'est une femme réservée dont tu n'as rien à craindre...

Elise, qui n'avait pas osé le questionner sur ce sujet, se réjouit de ce qu'il l'abordât spontanément.

— Tu veux parler de lady Anne?

— Insolente comme tu l'es, je gage que tu brûles de me poser la question... A savoir, si je l'aime encore!

Baissant les yeux, Elise acquiesça.

Adam éclata de rire devant son air à la fois confus et têtu.

— Eh bien, oui! avoua-t-il d'un ton grave. Je suis contraint de t'avouer que j'en suis encore follement épris...

Elise le foudroya du regard. Elle s'apprêtait à l'injurier lorsqu'il poursuivit :

— J'en suis épris au point de risquer ma vie dans les rues de Rouen pour aller chercher une petite Française... dans le seul but de lui donner une leçon d'anglais! Que voulez-vous, lady Elise, ajouta-t-il avec un air affecté, je m'ennuie tellement au service de notre roi!

— Sir Adam, vous êtes le plus grand imbécile du monde! s'écria Elise en lui sautant au cou, soulagée. Et je vous aime!

29.

Calais, février 1419

Une brise humide soufflait, fraîche et salée, sur le pont du navire marchand. A bord, Elise et Adam attendaient avec impatience le moment où leur embarcation lèverait l'ancre pour cingler, en une courte traversée, vers les falaises blanches de l'Angleterre. Vers la paix enfin ! Du moins, provisoirement...

Une rafale plus forte que les autres faillit arracher la coiffe en dentelle d'Elise, qui dut bien vite la retenir à deux mains, heureusement libres à ce moment. Adam, en revanche, portait Thomas dans ses bras. Impuissant, il vit son chapel rouler sur le quai et tomber à l'eau. Le velours rouge du couvre-chef flotta un instant à la surface, quelques mouettes curieuses voletèrent autour, puis il disparut lentement dans les flots bruns du port.

Le nourrisson eut l'air de trouver cela fort drôle, à en croire les joyeux piaillements qu'il émit.

Adam sourit à Elise d'un air désabusé en secouant la tête.

— Un chapel tout neuf ! Si c'est un signe du ciel, veut-il dire que mon destin ne m'autorisera jamais à porter autre chose qu'un casque sur la tête ?

Elise lui sourit en retour et renonça à lui confier qu'elle préférait le contempler ainsi, nu-tête, ses cheveux noir corbeau flottant en désordre dans le vent, plutôt que le voir porter cette toque qui lui rappelait celle dont Jean sans Peur s'affublait... Balayant ce sinistre personnage de sa mémoire, elle s'attendrit en observant le fier visage du guerrier rayonner de douceur, penché sur son fils qui tendait sa petite main vers les oiseaux blancs du port. Comment Thomas les nommerait-il, plus tard, quand il apprendrait à parler ? Dirait-il *birds*, en anglais, ou oiseaux ? Quelle importance ?

Elle s'émerveillait de voir la façon naturelle dont Adam s'était attaché à son fils, en quelques semaines. D'abord emprunté à l'égard du nourrisson, il saisissait à présent la moindre occasion de s'occuper de lui et de le tenir dans ses bras pendant des heures, ne le rendant à sa mère qu'à regret lorsqu'elle devait le nourrir. Maintenant, le visage de son père était devenu familier à Thomas, qui gazouillait de plaisir chaque fois qu'il s'approchait de lui.

L'écuyer Harry, désireux de participer à la marche glorieuse de l'armée anglaise vers Paris, était resté au service du roi. Adam était convenu avec le jeune homme qu'il le retrouverait à son retour en France, lorsque le mariage entre Henri et Catherine de Valois serait conclu. Gilles, en revanche, n'avait pas voulu se séparer d'Elise. Cela lui était égal, avait-il dit, de quitter la France, ajoutant même qu'il était enthousiaste à l'idée de connaître un autre pays ! Lady et lord Rothley avaient bien entendu accepté immédiatement, et avec grand plaisir, de garder Gilles à leur service.

Cependant, alors qu'il regardait les maisons de Calais, accoudé au bastingage, Elise surprit sur le visage du petit homme une expression mélancolique. Ce n'était pas la première fois qu'elle remarquait chez lui ce regard, empreint d'une tristesse indéfinissable. Le regard d'un être ayant conscience de sa propre solitude, irrémédiable...

Le bateau se balançait, tirant sur ses amarres comme s'il piaffait d'impatience, attiré par le large. Le départ n'aurait cependant lieu qu'à marée haute, dans une heure environ.

Soudain, Elise vit une marchande à l'autre extrémité du quai. Elle vendait des oranges et des citrons dont les couleurs vives retenaient le regard. Nombre de marins lui achetaient ces denrées qui avaient la vertu de les préserver du scorbut pendant les longues traversées. Mais ce qui retint l'attention d'Elise fut la taille de la femme : elle était à peine plus grande que le panier contenant sa marchandise ! Une naine, tout comme Gilles !

Discrètement, Elise tira sur la manche du pourpoint d'Adam et, du menton, lui montra la vendeuse d'agrumes avant de jeter un regard significatif sur Gilles.

— Ah ! Si nous achetions quelques oranges pour la traversée ? s'exclama Adam, qui avait parfaitement compris la manœuvre. Ces fruits délicieux proviennent d'Espagne. En as-tu déjà goûté, Elise ?

— Non. Ce n'est certes pas la première fois que j'en vois, mais j'ignore quel est leur goût.

— Gilles, voudrais-tu descendre en acheter quelques-unes ?

— Bien, messire. J'y vais de ce pas.

Après qu'Adam lui eut tendu sa bourse, Gilles inclina le buste avec une déférence qui seyait au digne serviteur du comte et de la comtesse de Rothley.

Ceux-ci l'observèrent s'approcher de la petite femme, qui ouvrit des yeux stupéfaits en voyant arriver un client dont la taille ne dépassait la sienne que d'un ou deux pouces. Gilles resta un moment à parler avec elle. Plus longtemps, au vrai, que ne l'exigeait la simple transaction... Bientôt leurs éclats de rire aigus, ponctuant une conversation fort animée, atteignirent le navire.

Elise adressa un clin d'œil à Adam.

— Je pense que l'épouse du comte de Rothley aura besoin d'une domestique, qu'en dis-tu ? Crois-tu que la marchande d'oranges accepterait de venir avec nous en Angleterre ?

— Si elle apprend que Gilles est aussi à ton service, elle n'hésitera pas, à mon avis, chère entremetteuse !

Les yeux d'Elise étincelaient de joie.

— J'aimerais tant que tout le monde connaisse un jour le bonheur que j'ai trouvé auprès de toi ! murmura-t-elle en caressant la joue d'Adam.

Celui-ci lui serra la main avec tendresse et dit simplement :

— Je t'aime, Elise.

Les Historiques

HARLEQUIN

Pleins feux sur la passion et les tumultes de l'Histoire

Dans *Les Historiques*, les orages du cœur se mêlent aux tempêtes de l'Histoire, depuis les croisades en Terre Sainte jusqu'à l'essor du Nouveau Monde, en passant par la Révolution russe et les soubresauts de la vieille Europe…

Les Historiques vous offrent tous les deux mois des récits captivants et des destins exceptionnels de personnages emportés par le souffle de l'aventure.

Les Historiques Harlequin
Le tourbillon de l'Histoire, le souffle de la passion.

5 romans inédits tous les deux mois

Collection Les Historiques

LA FILLE DU TROUBADOUR, *de Suzanne Barclay* • n°227

Angleterre, 1386. Après sept ans passés en mer, le chevalier James Harcourt, considéré comme le mouton noir de la famille Somerville, revient au bercail. Là, il rencontre Emmeline Spencer, apothicaire, poétesse à ses heures, et fille naturelle d'un troubadour. La jeune femme s'est introduite chez les Sommerville en se faisant passer pour une femme ménestrel dans le but de venger sa sœur Celia, que James est soupçonné d'avoir tuée…

LE DONJON DES SORTILÈGES, *de Tori Phillips* • n°228

Angleterre, 1542. Jadis éconduit par Blanche Cavendish, la fille de son seigneur, Duncan Hayward s'est juré, après le mariage de celle-ci, de la chasser de sa mémoire. Pourtant, quand, des années plus tard, lord Cavendish fait appel à lui pour arracher Blanche, devenue veuve, aux griffes de sa belle-famille, Duncan n'a d'autre choix que d'accepter. Commence alors pour lui une folle épopée qui va le mener dans un bastion lugubre en pleine nuit de Halloween…

LE MAÎTRE DES PASSIONS, *de Laurel Ames* . n°229

Angleterre, 1815. Richissime et séduisant, lord Bennet Varner dirige avec panache une prestigieuse compagnie maritime tout en travaillant comme espion pour la Couronne britannique. Cette existence mouvementée convient parfaitement à son tempérament frondeur, tout comme les liaisons amoureuses qu'il multiplie sans le moindre état d'âme — jusqu'à sa rencontre avec une jeune héritière à la nature volcanique qui a elle aussi ses petits secrets…

UNE NUIT D'ÉGAREMENT, *de Judith Stacy* • n°230

Nevada, 1887. Seule et désemparée après son veuvage, Mattie se rapproche de Jared, le meilleur ami de son défunt époux, à qui elle confie n'avoir jamais été heureuse en ménage. En quête de réconfort, elle s'offre à Jared et tous deux passent une nuit de passion inoubliable. Mais, bientôt, Mattie découvre qu'elle est enceinte — et la panique s'empare d'elle. De quel droit imposerait-elle cet enfant à Jared ? De toute évidence, seule la compassion a poussé ce dernier à lui faire l'amour. Elle doit donc fuir le village avant qu'il se sente obligé de la demander en mariage…

LE PRIX DE L'ESPÉRANCE, *de Linda Castle* • n°231

Archéologue de renom, Kevin Parish est pressenti pour recevoir le prix Montague, décerné par la communauté scientifique à ses membres les plus éminents. Un honneur qui contrarie fort le professeur Cadwallender, l'ancien maître de Parish en froid avec lui depuis des années. Craignant de voir la prestigieuse dotation lui échapper, Cadwallender sent toutefois renaître ses espoirs quand sa fille Constance, elle-même brillante archéologue, décide d'obtenir à sa place le prix tant convoité…

Avide
de sensations fortes ?

Découvrez
la collection BEST SELLERS

Action

Secrets

Passion

Intrigues

Mystère

Suspense

5 BEST SELLERS **tous les 2 mois,
c'est 5 fois plus de sensations à découvrir.**

**La collection Best-Sellers est en vente
en grande surface, au rayon poche Harlequin.**

BEST SELLERS

Les Best-Sellers Harlequin, c'est la promesse d'une lecture intense : romans policiers, thrillers médicaux, drames psychologiques, sagas, ce programme est riche d'émotions.

Ne manquez pas, ce mois-ci :

Promesse et défi, *de Debbie Macomber • N° 155*

A la mort de son père, Margaret Clemens se retrouve à la tête d'une immense fortune. Elle est aussi une femme très seule. Ce qui n'étonne personne à Buffalo Valley car Margaret a tout d'un garçon manqué. Elle crée la surprise en tombant amoureuse de Matt Eilers, qui passe pour un véritable coureur de jupon, et nul ne donne cher de leur mariage hâtivement décidé. Mais leur union fait mentir tous les pronostics, du moins jusqu'à ce qu'un élément extérieur s'immisce entre eux, rappelant que Matt a un passé tumultueux, terreau fertile pour la vengeance et le chantage…

Retrouvez "Chronique de la Vallée", l'émouvante saga de Debbie Macomber.

Sacrifice, *de Meg O'Brien • N° 156*

Dans la paisible petite ville de Carmel, le choc est total quand Marti Bright est retrouvée assassinée dans des circonstances effroyables. Sa meilleure amie Abby Northrup cherche à comprendre. Se penchant sur le passé récent de la victime, elle s'aperçoit que Marti, qu'elle croyait si proche, cachait en réalité bien des secrets. Et quand les premières ombres commencent de se lever, elle s'avise avec horreur que son sort est lié à celui de son amie défunte. Mais n'est-il pas trop tard pour se mettre à l'abri ?

L'héritière de Calistoga, *de Christiane Heggan* • N° 157

C'est avec une immense fierté non dissimulée que Rachel Spaulding apprend que les vignes familiales de Calistoga lui reviennent par héritage. Pour sa sœur Annie, la pilule est amère. Après tout, Rachel n'est pas une enfant légitime, mais adoptée. Une adoption entourée de dangereux secret, qu'Annie charge un détective de leur connaissance, Gregory Shaw, de découvrir. Et lorsque le scandale revient sur le devant de la scène tant d'années plus tard, Gregory ne peut plus échapper au drame qu'il a involontairement suscité. Ni aux foudres de Rachel Spaulding, aussi rancunière qu'elle a été amoureuse de lui...

La maison de Palm Street, *de Robyn Carr* • N° 158

A la veille de son cinquantième anniversaire, Gabby Marshall s'en est allée brusquement, emportant avec elle sa générosité, sa bonne humeur, son optimisme. Et laissant ses quatre amies, Elly, Sable, Barbara Ann et Beth comme orphelines, privées de son soutien. Elles sont toutes écrivains, et toutes soudain atterrées devant l'impasse où se trouve leur vie. Mais, tandis qu'elles mettent de l'ordre dans les papiers de leur amie, tout un pan caché de la vie de Gabby leur apparaît. A travers l'exemple incroyable qu'elle leur donne à titre posthume, cette femme remarquable va les inviter à revoir leurs propres vies.

La dernière énigme, *de Margot Dalton (N° 118) - réédition*

Enceinte, Jackie n'est toujours pas décidée à partager la vie de son compagnon, Paul Arnussen. La nouvelle maison qu'elle vient d'acheter pour y vivre avec son enfant la comble d'aise. Mais un jour, en plantant des fleurs dans son propre jardin, elle découvre avec stupeur des ossements humains enterrés là...

Une nouvelle enquête passionnante de Jackie Kaminski.

COMPLÉTEZ VOTRE COLLECTION !

*Pour prolonger le tourbillon de l'Histoire
et le souffle de la passion...*
...découvrez les romans de votre collection
Les Historiques
que vous n'avez pas encore lus !

4,57€ par roman.

Ces volumes sont disponibles auprès du Service Lectrices dans la limite des stocks. Si vous souhaitez commander certains titres, cochez les livres choisis et indiquez vos coordonnées dans le bon de commande ci-joint.

Chaque volume est vendu au prix de 4,57 €, auquel s'ajoutent 2,05 € par colis pour la participation aux frais de port et d'emballage.

N'envoyez pas d'argent aujourd'hui, une facture accompagnera votre colis.

Renvoyez ce bon à : Service Lectrices HARLEQUIN
CÉDAP / BP 77 - 94232 CACHAN CEDEX.

Mme ☐ Mlle ☐   Si abonnée, n° : ⌑ ⌑⌑⌑⌑⌑⌑⌑⌑⌑

NOM _____

Prénom _____

Adresse _____

Code Postal ⌑⌑⌑⌑⌑   Ville _____

_____   Tél. : ⌑⌑⌑⌑⌑⌑⌑⌑⌑⌑

Adresse e-mail _____

Date d'anniversaire ⌑⌑⌑⌑⌑⌑⌑⌑   *Signature indispensable*

Le **Service Lectrices** est à votre écoute au **01.45.82.47.47**
du lundi au jeudi de 9h à 17h et le vendredi de 9h à 15h.

L'ASTROLOGIE EN DIRECT
TOUT AU LONG
DE L'ANNÉE.

(France métropolitaine uniquement)
Par téléphone 08.36.68.41.01
0,34 € la minute (Serveur SCESI).

Composé sur le serveur d'EURONUMÉRIQUE, à MONTROUGE
PAR LES ÉDITIONS HARLEQUIN
Achevé d'imprimer en août 2002

BUSSIÈRE

GROUPE CPI

à Saint-Amand-Montrond (Cher)
Dépôt légal : septembre 2002
N° d'imprimeur : 23933 — N° d'éditeur : 9490

Imprimé en France